조흔파얄개걸작시리즈 5
얄개·배꼽대감 짱짱
조흔파 지음

동서문화사

일러스트 : 남열

얄개·배꼽대감 짱짱
차례

경사가 났네 … 5
악도리 … 19
절 공부 … 73
옛날 일 … 127
신접살이 … 171
둘도 없는 친구 … 202
얌체 … 250
중봉 선생 … 259
새 임금 … 284
귀양살이 … 302
죽어간 넋이라도 … 328

경사가 났네

어두운 밤하늘을 진주가루같은 첫눈이 곱게 누비고 있다. 때는 시월 보름, 시각은 자정에 가깝다. 날씨만 맑았다면 달빛에 비친 남산 모습이 뚜렷하련만 지금은 아무 것도 보이지 않고 스산한 바람 소리만이 초겨울 기별을 목메어 외치고 간다. 4대문이 굳게 닫긴 지 이미 오래 되었고 서울 장안이 깊은 잠에 잠긴 지도 이미 오랜 시각, 호젓한 밤거리를 두 개의 사람 그림자가 나란히 걸어가고 있다. 손에 등불을 든 것으로 보아 순라 군사(야간 순찰을 도는 군사)임이 분명하다. 그들은 남대문 앞을 지나 차가워 보이는 돌담을 끼고 돌아, 양생방(지금의 소공동 서쪽 일대) 쪽으로 향한다. 하나는 키가 크고 다른 하나는 키가 작다.

"어, 춥고 배고프다. 뜨뜻한 국밥이나 한 그릇 먹었으면 좋겠군."

입술이 얼었는지, 더듬는 말로 키 작은 사람이 종알댔다.

"누가 아니래."

키다리도 싫지 않은지, 코를 벌름거리며 씨익 웃는다. 다시 말 없이 걷던 두 사람은 커다란 솟을대문 집 앞에 우뚝 섰다.

"어?"

이상한 일이다. 문이 반쯤 열려 있지 아니한가. 뿐만 아니라 안팎 마당에 불이 밝혀져서 촛불이 바람결에 일렁거리고 있다.

"됐네, 무슨 잔치가 있나봐."

"잔칫집치고는 아무 냄새두 안 나는걸."

"냄새는 무슨 냄새?"

"가령 부침개 부치는 냄새라든가 기름 냄새 따위……."

"밤중에 무슨 냄새가 난다고?"

"밤중엔 냄새두 안 나는 법인가?"

"가만 있어, 안을 좀 엿볼 수밖에."

키다리가 슬금슬금 다가서서 대문 안을 끼웃해 보았다.

"아무도 없어."

"딴은 이상한걸."

"도둑이라도 들었단 말인가?"

두 사람은 저도 모르는 사이에 중문께로 왔다. 바로 이때였다.

"누구얏?"

하는 소리가 목덜미에 떨어졌다.

질겁을 해서 획 돌아다보니, 어깨가 딱 바라진 체격 좋은 남자 두 서넛이 퉁방울같은 눈을 부릅뜨고 둘러서 있다. 이 집의 하인들임이 분명하다.

"우리는 순라를 도는 군사요."

"순라를 도는 군사가 밤중에 남의 집 안뜰에는 왜 뛰어들어?"

"대문이 열려 있기에 혹시나 무슨 좋지 않은 일이 있으신가 해서."

국밥을 좀 얻어 먹을까 해서 들어왔노라고 대답할 수는 없었다.

"당치도 않다. 포졸 노릇을 몇 해나 했는지 모르거니와 이 댁이 뉘 댁인지도 어찌 모르오?"

"뉘 댁이시오?"

"이 참찬 언명 대감의 댁이야."

"예엣?"

두 사람은 눈을 크게 뜨고 목을 움츠리었다. 포도청으로 전속된 지 얼마 안 된 두 사람은 그야말로 맑은 하늘에 날벼락이었다. 언명 대감이라면 말로만 들어서 아는, 높은 벼슬을 지내시는 이몽량 어른의 자(본이름 외에 부르는 이름, 한 자로는 字)다.

"썩 물러가지 못 할까."

하인이라도 세도 있는 집안의 하인은 서슬이 시퍼렇다. 두 사람의 군사는 등골에 땀이 부쩍 나서 추운 줄도 모를 정도였다. 밖으로 쫓겨 나와서도 그들은 덤덤히 말이 없다가 키 작은 쪽이 먼저 입을 열었다.

"그건 그렇다 하고…… 이상한 일인데, 대감 댁에 무슨 일이 생겼단 말인가."

이 때, 아까 그 하인들이 우루루 밀려 나온다.

"달아나세."

저희를 잡으러 나오는 줄 알고 뒷걸음질을 치다보니, 그것이 아니었다. 그들은 대문 위에 인줄을 달아놓고 들어간다. 숯덩이와 빨간 고추를 주렁주렁 꿴 새끼 오라기.

"야, 이 댁에 경사가 났다."

"음, 아들을 낳았나봐."

"글쎄 어쩐지……."

"그런 걸 모르고 국밥을 얻어 먹겠노라고 기웃거렸으니, 세상에 이런 창피가……."

"떡국하고 흰 밥은 산모만이 먹는 거야. 자, 가세."

주인 대감 이몽량은 큰 사랑에서 뒷짐을 지고 안을 오르락내리락 하고 있었다. 안에서 나올 소식을 기다리고 있는 것이다. 나이 젊은 부인이 무척 애처롭게 여겨진다. 벌써 아들 둘에 딸 하나를 낳아 기르고 있는 약한 몸이, 또 아기를 낳으려 하고 있다.

"어허, 참 더디기도."

이 때 사랑 문이 덜컹 열리며 계집종 삼월이가 뛰어들어

왔다.

"무, 무슨 일이라도 생겼느냐?"

미닫이문을 열어 잡은 대감 앞에 삼월이는 얼굴을 붉혀 가지고 침을 한 번 꿀떡 삼키더니,

"아들이오. 아드님이 탄생하시었습니다."

삼월이는 마치 자기의 공이라도 되는 듯이 숨이 턱까지 닿아 가지고 서두른다.

"무어? 아들이라고? 그리구 산모는? 마님께서는?"

"무고하시와요. 그런데 이상한 일은, 아기가 울지를 않사와요."

"울지를 않는다고?"

"예, 젖도 빨지를 않삽고요."

"어느 새 젖을 빨기야 할라구? 하지만……."

울지를 않는다면 죽은 것이 아니겠는가. 이러한 걱정은 안방에서도 있었다.

아들은 분명 아들이건만 울지 않을 뿐 아니라 꼼짝도 아니 하니 죽은 것이나 마찬가진데, 게다가 옆구리에서 잔등에 이르는 몸의 반쪽이, 살이 썩은 것처럼 거무튀튀하고 푸르죽죽하여 차마 보기에도 끔찍스럽다. 아기 엄마를 돕던 아줌마들은 더 기다려 볼 것도 없이 죽은 아이로 쳐서 윗목에 밀어 놓고 산모만을 위로한다.

이러기를 다음날 해질녘까지 했다.

큰 사랑의 대감은 머리를 싸매고 드러누웠다. 세상에 태어나자마자 생명이 끊긴 아기를 생각하면 가엾기 그지없으나, 어찌 할 것이랴. 이제는 내다 묻어 버릴 궁리를 하고 있는데 늘 가까이 지내는 박견이라는 장님이 마침 막대기를 뚝닥거리며 사랑 마당으로 들어섰다.

대감은 평소에 점치는 것을 몹시 싫어하는 분이었으나 갓난아기의 일이 하도 맹랑하여 한 번 물어 볼 마음이 들었다.

주인 대감은 장님 박견을 전에 없이 반갑게 맞아들였다.

"봉사, 알맞게 잘 왔네. 그 사이 내게 아들이 생겼는데, 이틀이 지나도록 울지 않고 젖을 빨지도 않으며 눈을 뜨지도 않으니 이상하지 않은가."

"그 참 이상하오."

박견은 인사말도 주고받기 전에 대꾸부터 하며 안 보이는 눈을 슴벅거린다.

"자네 점을 한 번 쳐봐 주겠나?"

"하하하, 할 수 없으신가보구려. 노상 점치는 건 미신이라고 하시더니만, 오늘은 소인더러 점을 치라시니, 이것도 이상한 일이외다."

"점을 믿어서가 아니라 하도 갑갑증이 나서 하는 말일세."

만사에 지기 싫어하는 대감이건만 아기에 관한 일이라 한 번 성미를 누르고 점괘를 기다린다. 장님 박견은 일부러 트림을 하며 뻐기고 나서 수다스럽게 산통을 흔들더니, 점괘 하나를 뽑아 놓고는 웬 일인지 벌떡 일어나 대감 앞에 넙죽 엎드리며 큰 절을 한다.

"임자, 별안간 왜 이러나?"

"그 아기의 탄생은 대감댁 뿐 아니라 온 나라의 경사오이다. 어려운 나랏일이 이 아기로 말미암아 편해질 것이고 대감 댁 자자손손이 이 아기로 말미암아 빛날 것이매, 소인 새로이 아기께 문안 올리오."

"엉뚱한 소리. 아기는 죽었다는데 무슨 잠꼬대야? 점 쳐준 사례를 두둑이 받으려고 하는 말이 아닌가?"

박견은 펄쩍 뛴다.

"사례가 무슨 사례오니까. 그 아기는 장차 나라의 으뜸가는 충신이 될 것이요, 벼슬도 높아질 테니 그리나 아십시오."

안방마님이 시켜서 사랑방 형편을 살피러 나왔던 삼월이가 이 말을 듣고는 쪼르르 안으로 들어갔다. 큰사랑에 장님 박견이 와서 이러저러 하더란 말을 들은 마님이 윗목에 밀어 두었던 아기를 끌어당기어 다시 보니, 눈은 감았으나 쌔근거리는 숨소리가 죽지 않았음을 말해 주고 있다. 젖꼭지를 물리니까 어찌나 암팡지게 빠는지 젖꼭지마저 집어삼키려는 기세다.

젖을 한참 빨아먹고 난 아기는, 엄마 품에서 물러나며 눈

을 번쩍 뜨더니 두리번두리번 세상을 한 번 살피는 듯하다가,

"으아!"

하고 울음보를 터뜨려 놓는다.

장님 박견의 말을 듣고 안마당을 향하여 들어오던 대감은 마루 끝에서 아기의 울음소리를 들었다. 웃는 얼굴로 방에 들어가 포대기에 싸인 아기를 보니, 갓난 것인데도 제법 위엄이 있어 보인다.

"어허, 이 놈이 날 때부터 말썽이로군. 이렇게 의젓한 것이 어쩌자고 사람을 그렇게 놀라게 했담."

이 날부터 아기는 젖을 잘 먹었다. 그런데 젖 달라고 보채는 것이 다른 아기들하고는 무척 다르다. 울거나 칭얼거리지 않고 고사리같은 손을 들어 엄마의 머리 끄덩이를 잡아 당긴다.

"이 애가 무슨 짓이야?"

엄마가 짜증을 내건만 아기는 태연하다.

'마땅히 줘야 할 것인데 왜 안 주느냐?'

고 나무라는 듯, 눈을 똑바로 뜨고 입을 오므리곤 한다. 이렇게 야릇한 짓을 해가며 자란 아기가 어느덧 돌이 지나고 겨울도 보낸 이듬해 봄에는 토실토실 젖살이 오르고 눈치가 말짱해서 어른들의 귀염을 받기에 넉넉하였다.

하루는 때가 마침 봄날이라, 살랑거리는 바람결이 하도 부

드러워 삼월이는 아기를 등에 업고 돗자리 한 조각을 옆에 끼고는 들로 놀러 나갔다. 꽃 그늘 아래 자리를 보아 돗자리를 깔고서 아기를 내려놓고 엉거주춤히 앉아 본 삼월이에게는 보이는 것, 들리는 것 모두가 봄의 그것이다. 오장이 나른하고 사지가 노곤하다. 답답한 듯 안타까운 듯, 다감한 마음에 응석이 절로 나서 몸을 비꼬며 꽃잎을 한 입 담뿍 물어보았다. 시원치가 않다. 부푼 가슴을 쥐어뜯었다. 그래도 하릴없이 마음만 조여든다. 옆으로 발랑 드러누우며 하품을 깨물었다. 온몸의 마디가 오주주하면서 눈꺼풀이 천근이나 무거워진다. 녹아드는 것 같은 졸음에, 하다분한 풀솜에 싸이는 듯 맥이 탁 풀리면서 삼월이는 가볍게 코를 골기 시작하였다.

삼월이가 잠든 데에는 아랑곳없이 아기는 기다가는 걷고, 걷다가는 기어서 한 걸음 두 걸음 돗자리를 벗어났다. 눈부시게 쳐다보는 하늘에 이름 모를 새가 날고 있다.

'저것을 잡아 보았으면……'

이런 생각을 하고 있는데, 이른 봄에 깐 병아리가 종종거리며 눈 앞을 스쳐간다. 아기는 흙을 집어서 홱 뿌렸다. 이것을 모이로 알았던지, 병아리는 달려와 몇 번 쪼아 보다가 달아난다. 아기는 쫓아갔다. 그러나 병아리는 또 달아난다.

'저 놈이 내가 무서워서 저러지.'

신바람이 나서 쫓아가는 아기의 바로 앞에는 뚜껑 없는

깊은 우물이 있다. 아기에게 우물 따위는 문제가 아니었다. 다만 마음이 가는 것은 병아리 뿐이다.
'내 기어코 저 놈을 잡고야······.'
병아리는 안 잡히려고 부실한 날개로 호드득 날아 우물가에 있는 어린 버들가지에 올라앉아 목멘 소리로,
"끼룩끼룩."
하고 울었다.
'조게 사람을 마구 놀리는구나.'
아기가 발딱 일어났으나 손이 닿지 않는다. 하는 수 없이 잡기를 단념하고 문득 우물 속을 들여다보니, 병아리란 놈이 거기에 들어가 있다. 물거울에 비쳐진 병아리의 모습, 아기는 그것을 보았다.
'네 이놈, 이제는 갈 데가 없으니 나한테 꼭 잡혔다. 꼼짝 말고 게 있거라.'
아기는 기우뚱하며 한 팔로 허공을 짚으려 하였다.
"으악!"
삼월이가 잠결에 소리를 지르며 놀라서 화닥닥 일어났다. 둘러보니, 아기가 없다. 정신이 번쩍 나서 이곳 저곳을 살피었다.
"앗! 아기가······."
아슬아슬하다. 아기가 우물 속을 짚으려고 휘청한다. 신발을 신을 새 없이 달려든 삼월이는 한 발만 늦었더라면 아기

를 우물에 빠뜨릴 뻔하였다. 아기를 안고 가쁜 숨을 몰아쉬며 자리에 돌아오니, 등골에 식은땀이 주루룩 흘러내린다.

아기는 구했으나 삼월이는 자기가 죽을 지경이었다. 정수리가 아직도 뻐근하다. 손으로 더듬어 만져보니까, 가르마를 탄 숨통 근처에 밤톨만한 혹이 돋아 있다. 이상한 일이었다. 아까 잠이 들었을 적에 꿈인지 생시인지 수염이 석자나 되는 잘 생긴 노인 한 분이 가마를 타고 급히 달려 오더니, 뛰어내려 눈을 부릅뜨고 막대기로 정수리를 휘갈기면서,

"요년, 한낮에 잠이 무슨 잠이냐. 얼른 깨어서 아기를 구하지 못할까!"

호령을 하므로 퍼뜩 잠을 깨어보니, 아기가 그 지경이었다. 그 노인이 누구신지는 몰라도 그 분이 아니었으면 아기가 지금쯤은 어떻게 되었을까, 생각만 하여도 온몸에 오싹 소름이 끼친다.

그보다 더 희한하고 야릇한 일은, 꿈에서 얻어맞은 자리가 잠에서 깨어난 지금도 뻐근한 것이다.

'이럴 수가 있을까?'

있으나마나 아프니 걱정이다. 아플 뿐만 아니라 혹이 자꾸만 커진다. 완전히 흥이 깨지고 봄 경치고 무어고 귀찮기만 하다. 아기를 들쳐업고 집으로 돌아왔으나, 맞은 자국은 그저 아프다. 곰곰이 헤아려 보았으나 끝내 까닭을 알 수가 없다.

시무룩이 앉아 있는데, 부엌의 찬모 할멈이 이 꼴을 보고 왜 그러느냐고 묻기에, 오늘 있었던 일을 낱낱이 말했더니 할멈은 펄쩍 뛰며,

"삼월아, 그 말 아예 입 밖에 내지 마라. 아기가 우물에 빠질 뻔한 일을 마님께서 아시는 날엔, 너뿐 아니라 나까지도 크게 꾸중을 들을라."

하고 혹시나 누구든 들은 사람이 없나 하여 사방을 둘러볼 적에,

"할멈, 무슨 얘기야? 우리에게두 들려줘."

하며 아기의 두 형 운복과 송복이 달려왔다. 할멈은 질겁을 하면서,

"아, 아니옵니다. 도련님들이 아실 일이 아니옵니다."

하여 우물쭈물 얼버무려 넘기었다.

이 해 여름에 삼월이는 놀랍고도 이상한 일을 겪었다. 세상에 그렇게도 신통스러운 일이 있을 수 있을까.

이상한 일이란 다름이 아니라, 장마철이 지나서 습기 때문에 눅눅해진 글씨와 그림을 광 속에서 꺼내다가 말릴 때, 삼월이도 주인 대감을 도와 일을 거들다가 우연히 족자 한 쪽을 펼쳐 들었다. 순간,

"으앗!"

그림을 보자 삼월이는 깜짝 놀라 손에 들었던 족자를 땅에 떨어뜨렸다.

"조심해서 다루어라, 방정맞은 것아."
"대감마님!"
"왜 그러느냐?"
"이 그림의 어른이 누구시오니까?"
"그건 왜 묻느냐?"
"글쎄, 알아볼 일이 있사와서요."
"말해 줘도 네가 잘 모르겠지마는 이 분은 우리 집 조상 어른이신데, 고려조 충렬왕 시절의 제자 현자 쓰시던 어른이 시다. 충목왕 때 계림부원군으로 진봉되고 공민왕 당년에는 우정승을 지내신 분이야. 아호가 익재요, 시호가 문충공…… 알았느냐?"

알았을 리가 없다. 대감이 단숨에 하신 말씀의 뜻은 잘 모르지만 그래도 어렴풋이 짐작이 가는 것은, 그 노인이 옛날 사람이라는 점이다. 그래서,

"그러니까 옛날 어른이시군요."
"아무렴, 지금으로부터 삼백 년 전 분이다."
"삼백 년……? 그런 어른께서……."
"하하하, 왜 놀라느냐?"

대감은 모르는 일이지만 삼월이는 놀랄 만하여서 놀란 것이었다. 이 그림에 그려진 수염 긴 노인이야말로 지난 봄에 꿈에 나타나 막대기로 자기를 때리고 간 노인…….

삼백 년 동안은 어디 가서 살다가 갑자기 꿈속에 나타난

것일까?

　대감 마님이 말해 준 그림 속 노인은 아기의 조상 할아버지일 것이다. 그 할아버지가 죽게 된 아기를 살려내신 것이다. 삼월이는 또 그 이야기를 침모 할멈에게 하였던 바, 할멈은,

"아기가 예사 아기하고는 달라. 삼백 년 전 할아버지 넋이 보호하는 아기야."

　하며 눈망울을 굴리는 것이었다.

악도리

아기가 여섯 살이 되었다. 장난이 어떻게나 심한지, 밥만 먹으면 잠시도 집에 붙어 있지 않고 밤낮으로 바깥에서만 산다. 동네 애들을 모아 놓고 제기차기와 씨름하기로 세월을 보낸다. 그러다가도 친구가 경우에 어긋나는 짓을 하는 것을 보면 때리기를 예사로 하다가도, 가난한 집 애가 헐벗은 것을 보면, 제가 입은 옷이나 신었던 신발을 냉큼 벗어주고는 알몸 맨발로 돌아오기가 일쑤였다.

장난도 좀스러운 것이 아니라 어른 뺨칠 만한 엉뚱한 것으로 골라가며 하니, 이웃집 어른들은 이 아이가 노는 낌새만 보면 하던 일을 제쳐놓고 욕설을 퍼부어 쫓아 보내기가 예사였다. 아무리 대감댁 도련님이라 할지라도 섣불리 정답게 대했다가는 무슨 변을 당하게 될지 알 수가 없어서였다. 같이 놀 친구가 없을 때면 그가 늘 즐겨 찾아가는 곳이, 이웃 마을에 있는 대장간이다. 풀무 불에 새빨갛게 달군 쇠를 모루 위에 올려 놓고 장단에 맞추어 또드락또드락 두들기면 여러 모양으로 바뀌어 간다.

'이번에는 뭐가 되려나?'

딱딱한 쇠붙이가 녹신녹신하여 제 마음대로 되는 것이 신기하고 재미난다.

한참씩이나 쪼그리고 앉아서 구경을 하다가 돌아가는 대감댁 아기와 대장간 주인은, 어느 사이에 낯이 익혀서 흉허물이 없게 되었다.

그런데 한 가지 이상한 것은, 쇠붙이가 하나씩 둘씩 없어져서 자리가 난다는 것이다.

'누가 훔쳐가기라도 하지 않고서야 없어질 리가 있나.'

더구나 귀신이 곡할 일은, 대감댁 도령이 다녀간 뒤마다 쇠붙이가 없어지곤 하는 일이다. 아무래도 수상하다 여긴 대장장이가, 그 날은 아기가 들어오자 유심히 동정을 살피기 시작했다.

아니나 다를까 도령이 쪼그리고 앉은 곳이 바로 쇠붙이가 있는 위였다. 털썩 깔고 앉은 채 꼼짝 않고 구경을 하다가 엉덩이를 뭉기적거리며 볼기짝 사이에 그 쇠붙이를 끼우고는 아기작아기작 느닷없이 밖으로 나가 버린다.

'옳지, 알았다. 쇠붙이가 없어지는 게 요 녀석의 짓이었구나.'

대장장이는 비로소 알았으나, 그렇다고 먼저 그 말을 꺼낼 수는 없었다. 만일 그랬다가 말썽이 나는 날이면 양반댁 어린 도령에게 백죄 도둑 누명을 씌웠다고 오히려 경을 치기가 쉽다. 하지만 눈을 뜨고 앉아서 언제까지나 물건을 잃고만 있을 수는 없는 노릇이 아닌가. 그래서 곰곰이 궁리한 끝에,

'요 녀석에게 따끔한 맛을 한 번 보여 주어야……'

이렇게 작정한 대장장이는 도령이 오기를 기다리고 있었다.

마침 다음날은 가랑비가 내려서, 아이들이 밖에서 놀기에는 다 틀린 날씨였다. 이런 날이면 도령이 틀림없이 찾아온다.

도령이 올 때쯤 때를 가려서, 대장장이는 널려 있는 쇠붙이를 한쪽에 모아 놓고 불에 달군 쇳덩이 하나만을 꺼내어 일부러 한쪽 구석에 던져 두고는 모른 척하고 저 할 일만 하는 시늉을 하였다.

이윽고 염낭에 달린 은방울 소리가 달랑거리더니, 도령이 쓱 들어선다.

'옳지! 요 깍쟁이야…… 오늘은 어디 한 번 겪어 보아라.'

아닌 체하고 대장장이가 눈여겨 보니 도령도 아닌 체하고 슬금슬금 한쪽 옆으로 비켜서는데, 거기가 바로 문제의 쇳덩이를 놓아둔 자리 앞이다. 겉으로만 보기에는 붉지도 아무렇지도 않지만 뜨겁기는 아직도 불덩이 같으리라. 그런 줄을 모르는 도령은 그 쇳덩이 위에 엉거주춤 쭈그리고 앉는다.

대장장이는 그 다음에 벌어질 일이 우스워 못 견디겠는 것을 억지로 참으며 보고 있노라니까, 과연 도령은 천연스럽게 쇠붙이를 깔고 앉는다. 동시에 도령의 입에서는 비명에 가까운 소리가 났다.
"앗! 뜨……."
"도련님, 왜 그러시오?"
대장장이가 시침을 떼고 묻는 말에, 도령도 시침을 뚝 떼고 대답했다.
"아, 아…… 아무 것두 아니야."
그러나 도령은 몸을 이리저리로 비틀고 있다.
볼기짝에 불을 대어 놓았으니 기가 막히게 뜨거웠건만, 경망스럽게 호들갑을 떨면 지금까지 해온 일이 드러날까 봐 천천히 자리를 옮겨 앉으며, 얼굴은 일부러 웃어 보이려 하나 잘 되지가 않는지 오만상을 찡그린 울상이 되어 버렸다.
그 꼴이 하도 우스워 대장장이는 참다 못하여,
"하하하."
하고 너털웃음을 터뜨려 놓았다.
"끙."
하고 도령도 한번 안간힘을 쓰더니,
"하하하."
하고 따라 웃는다. 여간 고집이 아니다.
'네가 웃는데 내가 못 웃으랴.'

하는, 지기 싫어하는 성미가 엿보인다. 그러나 아무래도 못 참겠던지, 무릎을 짚고 간신히 일어나며,
"오늘은 비두 오시구 하니, 그만 놀고 가 봐야겠군."
하는 혼잣말을 남겨 놓고 횅하니 밖으로 달아나 버린다.
"하하하……, 앞으로는 쇠붙이를 안 잃게 되겠지."
대장장이는 만족했는지 모르나, 비 내리는 거리로 나선 도령으로서는 차마 견디기가 어려운 노릇이었다. 비로소 볼기짝을 쓸어보며,
"어, 고연 놈, 하마터면 그 자에게 단근질을 당할 뻔했군. 내 이 녀석을 단단히 한번 곯려 줘야……."
이렇게 속으로 벼르지만, 며칠은 덴 자리가 쓰라려서 꼼짝을 할 수가 없었다.

얼마가 지난 어느 날, 그는 두 손에 살구를 잔뜩 쥐고 맛난 듯이 어귀어귀 씹어 먹으며 대장간을 찾아갔다.

대장장이는 전날 일이 생각나서 웃음이 저절로 났으나 그런 눈치를 보일 수 없는 터라, 잠자코 있는데 도령은 눈을 지레 감고 맛있게 아작아작 씹어댄다.

그 소리에 대장장이는 구미가 스르르 당기며 입 안에 군침이 흥건하게 괴었다.

'요것이 전날 일을 생각하고 약을 올려 주러 온 것이 분명해……'

대장장이는 안 보려 하나, 자꾸만 저절로 그 쪽에 눈이 가는 것을 어찌 하랴.

"도련님."

"왜 그래?"

"그 살구, 맛이 있오?"

"맛 있기에 먹지, 맛 없는 걸 먹을까?"

"맛난 음식을 혼자서만 자시면 돼지가 된다우."

"이렇게 혼자서만 먹어두 돼지가 안 되는데."

"남에게두 좀 나누어 줘야 망정이지, 저승에 가서 돼지가 되거든요."

"달라지두 않는 걸 빌어가며 먹일까?"

"달라면 주겠소?"

"묻지 말구 달래나 보지."

"그럼…… 주시오."

"옛소."

한 손에 쥐고 있던 것을 아낌없이 던져 주는데, 대장장이는 넝큼 받아서 한 옆에 모아 놓고 그 중에서 가장 큰 놈 하나를 골라서 입에 넣고 꽉 깨물었다. 순간,

"에푸푸, 퉤퉤……."

하더니 입 안에 물었던 살구를 뱉어 놓는다.

"왜 그래?"

"원, 맛이 이렇게두 고약할 데가……."

대장장이는 귀 밑까지 찢어지게 입을 크게 벌리고 오장을 쏟아 놓을 듯이 연거푸 구역질을 한다.

"하하하."

"도, 도련님……."

대장장이는 무슨 말을 하려다가 입이 움직여지지를 않아 벙긋거리고만 있다. 쓰기가 곰의 쓸개같고 떫기는 벌레를 씹은 것만 같다. 그도 그럴 것이, 도령이 오른쪽 손에 쥐고 먹는 것은 씨까지 고소한 개암 살구이고, 왼쪽 손에 들고 있다가 대장장이에게 준 것은 쓰디쓴데다 설익은 개살구였던 것이다.

"도련님, 세상에 이럴 수도 있소?"

"뭘 그래?"

"살구 맛이 왜 이렇소?"

"그럴 수밖에, 하하하. 그건 양반 속이는 놈이나 먹는 똥살구야."

하며 도령은 뒤도 안 돌아보고 달아나 버리는 것이었다.

대장장이는 멀리서 외치는 도령의 음성을 들었다.

"개 입엔 개살구가 제격이지!"

그 뒤부터 도령은 대장간에는 얼씬도 하지 않았다. 쇠붙이도 이젠 그만하면 어지간히 모아 놓았다. 그런 바에야 대장장이가 보고 싶어서 다니던 것이 아닌 터에, 구태여 거기에 찾아갈 까닭이 없다. 아니, 있다면 있었다. 돈을 벌기만 하면 후딱 술을 마셔 버리고 한 푼의 저축도 남기지 않는 대장장이를 위해서, 저축은 작은 것에서부터 시작하여 이렇게 하는 것이라는 점을 알려 주고 싶었고, 그것이 안 된다면 대장장이를 대신하여 자기가 저축을 해 주기라도 하고 싶었던 것이다. 그래서 그는 자기 집 뒤꼍 꽃밭 옆에 항아리 하나를 묻어 놓고, 대장간에서 가져온 쇳덩이를 거기에 채워 두었던 것이다.

하루는, 대감이 손수 화단을 가꾸다가 이것을 발견하였다. 화분에 국화를 옮겨 심으려고 흙을 파내는데 무엇인가가 호미날에 데꺽 맞혀진다.

"음?"

이상한 생각이 들어서 자꾸 파헤쳐 보았더니, 항아리 한 개가 나왔다.

'이게 옛말에서 듣던 금 항아리가 아닌가?'

무지개같은 동심과 노인네다운 욕심이 더럭 난다. 대감은 끙끙거리며 둘레를 파내고 항아리를 흔들어 보았으나 꿈쩍도 아니 한다.

'오냐, 오늘 내가 크게 재수 있으려나보다.'

비로소 뚜껑에 손을 얹었다. 얼른 열어 보기가 겁이 난다. 금이 들어 있더라도 놀라지 않을 준비로 눈을 감고 가슴을 달래면서 확 열어 젖히고 안을 들여다보았다.

"어?"

대감은 금이 아닌 데에 놀랐다. 속에는 쇠붙이만이 가득히 차 있지 아니한가. 그제야 대감은 하인들을 불렀다.

"여봐라, 너희들 여기에 이런 것이 왜 있는지 모르겠느냐?"

달려온 하인들은 굽신하면서 모른다는 대답이다.

"이는 누가 나를 놀리려고 한 짓이 분명해. 하필이면 화단에 이런 짓을……."

"쇤네들은 모르는 일이옵니다."

"보아하니, 오래된 것도 아닌데 너희가 모른다는 게 말이 되냐?"

대감이 잠시나마 황금으로 속은 일이 분하여서 눈을 부릅뜨며 훑어보자, 하인들은 목을 움츠리었다.

"글방 아이들을 불러 오너라."

"예."

두 아들 운복, 송복이 당장 불려왔다.

"아버님, 불러 계시옵니까?"

"너희들이 꽃밭을 파고 이런 항아리를 묻어 두었느냐?"

"그런 일 없습니다."

"그러면……?"

'혹시나 셋째 놈이?'

하는 생각이 들었으나, 나이로 보아서 아직 이런 물건을 다룰 수 있을 것 같지가 않다. 그러나 제가 한 일이 아니더라도 알고는 있을는지 모를 일이 아닌가.

"너희들 동생은 어디 갔느냐?"

"밖에 나가서 놀고 있나봅니다."

"여봐라."

"예이."

"나가서 아기를 찾아오라."

"예이."

어디에서 무엇을 하며 놀았는지, 얼굴에 검정칠을 잔뜩 한 꼬마가 한참만에야 불리어 들어왔다.

"아버님, 부르시었습니까?"

하며 샛별같은 눈동자를 굴리다가 쇠를 담아 두었던 항아리가 드러나 있는 것을 보자,

"아, 이것, 이게 어째서……."

하며 적잖이 놀라는 얼굴빛이다.

"너, 이것을 아느냐?"
"알다 뿐이오리까. 소자가 여기다 묻어 둔 것이온데."
"네가 한 일이라고?"
"그렇습니다."
"무엇 때문에 이런 짓을 하였느냐?"
"쓸 데가 있어서 모아 둔 것입니다."
"이렇게 많은 쇠를 어디다가 쓴다는 말인고?"
"여기서는 여쭐 수가 없습니다."
"말할 수가 없다고? 어째서냐?"
"남들이 듣고 있는 자리에서는 말을 내기가 거북한 일이라 그렇습니다."

　대감은 어이가 없었다.
"이 자리에는 남이 없다. 네 형과 하인이 있을 뿐이다. 다

한 집안 식구끼린데 어째서 남들이라지?"
"이 일만은 누구에게도 알리고 싶지가 않습니다."
"아버지에게까지도?"
"아니옵니다. 아버님은 조정의 충신이시니까 나랏일을 같이 말씀하여도 좋을 것입니다."
당돌한 말이다. 대감은 껄껄 웃었다.
"허허허, 아버지만은 조정의 충신이라 나랏일을 같이 말하겠다고?"
"그러하옵니다."
"그럼 어디 말해 보라."
"지금은 안 된다지 않습니까?"
"그러면 언제나 들을 수 있느냐?"
"때가 되면 따로 말씀이 안 계셔도 아뢰겠사옵니다."
"남들만 없는 자리라면 말한다더니, 왜 딴청을 부리느냐?"
"처음은 내용이옵고, 나중은 시기를 아뢴 것이옵니다."
대감은 아들 녀석이 장난을 해 놓고 종아리를 맞을까봐 겁이 나서 하는 말이라고 생각하였다.
"잔꾀를 부리지 말고 어서 매를 가져오라."
"잘못한 게 무엇이오니까? 맞더라도 까닭이나 알고 맞아야 하지 않겠사옵니까?"
"까닭을 모르겠다고?"
"모르겠사옵니다."

"모르겠으면 일러 주마. 남의 눈에 안 띄도록 감춰 둔 것을 보면 반드시 남의 집에서 훔쳐 온 물건이 분명하니, 그것이 첫째 죄요, 다음은 그런 짓을 하고도 아버지를 속이려 하니, 둘째 허물이다. 그래도 모르겠다 하겠느냐?"

"아버님 말씀대로 쇠는 과연 남의 집에서 훔쳐 온 것이옵니다."

"그렇지?"

"그러하오나 사정이 어쩔 수 없어 한 일이라서……."

"도둑질을 어쩔 수 없는 사정에서 하였다?"

"그럴 수도 있지 않겠사옵니까?"

"당치 않은 소리 말아. 내 일찍부터 남의 물건은 지푸라기 티끌 하나라도 건드리지 말라고 가르치지 않았더냐."

대감은 진정으로 역정이 났는지 다시 말을 이어,

"하물며 좋은 집안의 아이로서 훔쳐 온 물건을 집 뜰에 묻어 두었다니, 말도 안 된다. 어서 매를!"

"아버님이 무어라 하신대도 매는 못 맞겠사옵니다."

"발칙한……."

"훔쳐 왔다고 하지만 쇠는 꼭 쓸 데가 있는데 비밀히 해야 할 일이라, 무식한 주인과 의논할 수도 없으므로 말 않고 가져왔을 뿐입니다."

"대관절 그것을 어디서 가져왔느냐?"

"이웃에 사는 대장장이 집에서 가져왔습니다."

악도리 31

"그것 보아라. 양반집 아이 녀석이 상사람 집 물건을 훔쳐 온 것이 잘한 일이냐? 역시 매를······."

대감은 매밖에 모른다. 이 기회에 도령의 못된 손버릇을 뿌리 뽑아 놓을 작정인가보다.

"쇠를 꼭 써야 할 데는 어디고, 비밀히 모아야 한다는 뜻은 무엇이냐?"

"아버님은 답답도 하시옵니다. 그 말을 여러 사람 앞에서 아뢰지 못하겠노라 여쭙지 않습니까?"

도령의 두 형은 일이 어떻게 되는가 손에 땀을 쥐고 흥미있게 주목하고 있다. 두 형 뿐 아니라, 하인들까지도 겉으로는 무거운 얼굴을 하고 있으나 속으로는 재미가 나서 아기자기한 기분들이다.

"좋다, 그러면 다들 물러가라."

두 형과 하인들이 아쉬움을 남기면서 흩어져 간 후, 도령은 대감의 귀에 입을 갖다대었다.

"아버님, 멀지 않아 왜나라가 우리 땅으로 쳐들어올 때가 있을 것이옵니다. 언제 그 일을 당하게 될지 모르니 미리 준비해 두지 않으면 아니 되옵니다. 그러하오매 대장간에서 귀한 쇠붙이로 괭이 호미 따위를 만들기보다는 차라리 한 조각의 쇠붙이일망정 따로 모아 두었다가 나중에 무기를 만드는 데 요긴히 쓰는 편이 좋을까 해서 그렇게 하였던 것입니다."

이 말에 대감은 깜짝 놀랐다. 철부지 어린이의 생각으로만 넘기기에는 무섭도록 이치에 맞는 말이다.

대감은 도령을 낳을 때, 봉사 박견이 아기의 장래를 점치면서 하던 말이 생각나, 아들의 앞이건만 저절로 머리가 수그러지는 것이었다.

조정에서도 눈 밝은 신하들은 입 밖에 내지만 않을 뿐이지, 언제건 반드시 왜구가 쳐들어올 것을 걱정하고 있는 터이다.

조선왕조 13대 임금이신 명종 10년, 그러니까 도령을 낳던 전해 5월에 왜구의 해적선 70여 척이 남쪽 바닷가를 어지럽히는 것을 싸워서 쫓아낸 일(을묘왜변)이 있었다. 그 때의 보복을 위해서라도 언젠가는 또 몰려올 왜구. 그 일을 내다본 아들에게 종아리를 때리겠다고 을러댄 자신이 부끄러워진 대감이다. 그러나 당장의 체면을 차리기 위해 나오는 웃음을 억지로 누르고,

"그렇지만 이봐라……."

그는 아들 앞에 위엄을 갖추었다.

"예."

"네 뜻은 훌륭하다마는 남의 물건에 손을 대는 것은 옳지 않다. 도둑을 막기 위하여라면 제 스스로가 도둑이 되어도 좋다는 말이냐? 무기를 만들어 적을 막는 것은 조정의 일이다. 나라에서 할 일과 네가 할 일은 따로 있는 법이야, 알았

느냐?"

"알 듯 모를 듯하옵니다."

"허허허, 어린 녀석이 고집도."

대감은 역정이 가라앉자 아들이 귀엽게만 보였다.

"넌 가서 그 대장장이를 불러오너라."

"그건 못 하겠사옵니다."

"어째서?"

"대장장이가 저 항아리를 보면 소자를 도둑이라 할 것이 아니니까?"

"그런 줄 알고 네가 부끄러워하니 되었다. 제 잘못을 깨달아 빨리 뉘우치는 사람이라야 장차 훌륭한 사람이 될 수 있는 법이다. 내게 다 생각이 있으니, 아무 근심 말고 빨리 가서 그 대장장이를 불러오기나 하여라."

"네."

할 수 없이 대답하고 그는 오래간만에 그 대장간을 향해 집을 나섰다. 어쩐지 다리가 떨리고 가슴이 두근거린다. 대장간 안으로 한 걸음씩 들어선 도령이다.

"어, 그 사이 안녕하고 무사한가?"

대장장이가 잠깐 일손을 멈추고 보니까, 참찬댁 더벅머리라, 전날 쇠붙이 잃었던 일이 생각나서 입을 다물고 있노라니까 도령이 또 한 번 인사를 받으라는 채근이다.

"사람이 인사를 하면 받을 줄 알아야지…… 안녕하고 무사한가?"

대장장이는 눈을 찡긋하면서,

"안녕하고 무사하지 못 하오."

하고 퉁명을 부린다. 그는 실상 요사이 살림 형편이 말이 아니었다. 가뜩이나 가난한 살림살이에 쇠붙이를 많이 잃었으니, 그 영향도 없지 않았다.

"내가 안녕하고 무사하도록 해 주지. 아버님께서 부르시니까 빨리 가세."

"예? 대감께서 소인을 부르셔요?"

"그렇다니까."

"무슨 분부신데요?"

"그건 나도 모르고…… 하여간 들어가 보세."

대장장이는 무슨 경을 치게 되는 것이 아닌가 하여 벌벌 떤다. 쇠 잃고 개살구 먹고, 게다가 경까지 치게 된다면 이런 억울할 데가 또 어디 있겠는가.

"도련님, 바로 말하오. 소인을 잡아들이는 것은 아니지요?"

"잡아들이는 것이라면 하인들이 오지 내가 올까? 잡아가는 것이 아니라 모셔가는 거야."

도무지 영문을 알 수가 없으나 안 들어간달 수가 없었다. 그는 옷을 갈아입고 나와 도령의 뒤를 따랐다. 참찬은 대장장이를 사랑방에서 만나보았다.

"다른 일이 아니라, 내가 그 사이 우리 집 아이를 시켜 그대의 대장간에서 쇠붙이를 많이 사들였거니와, 오늘은 그 셈을 치르려고 부른 걸세. 뒤꼍으로 돌아가 독 안에 든 쇠를 보고 값을 정해 주게."

"황송하옵니다."

대장장이는 하인들을 따라 뒤꼍으로 돌아갔다. 독 안에 든 쇠를 보자, 그는 깜짝 놀랐다. 도령이 몰래 가져간 쇠붙이가 이렇게까지 많은 줄은 몰랐기 때문이다. 대장장이는 사랑으로 되돌아 나와 대감을 만났다.

"보았는가?"

"예, 보았사옵니다."

"그것이 모두 얼마치나 될까?"

대장장이는 가만히 생각하였다. 눈대중으로 보아도 금 두 냥어치는 훨씬 넘건만, 그렇게 말했다가는 너무 비싸게 받는다고 불벼락을 맞기가 쉽다. 그렇다고 값을 조금만 부르면 큰 손해가 아니냐. 그래서 얼른

"금 한 냥어치는 될 듯합니다."

하고 여쭈었다.

"좋아. 여봐라, 저 대장장이에게 외상 쇳값 한 냥을 갚아 주어라."

하고 하인을 시켜 광에서 한 냥짜리 돈 꾸러미 하나를 내다 놓게 하였다.

"가지고 가거라."

"소인에게 이 돈을 주시나이까?"
"그렇다니까."
"원, 이런 고마우실 데가…… 그러면 소인 물러가옵니다."
하며 돌아가려는 대장장이를,
"잠깐."
하고 다시 불러 세웠다.
"예이."
"그 쇠를 한 냥 받고 다시 팔려면 쉬 팔릴까?"
"그야 뭐, 뉘 돈을 받을지 모르옵지요. 어쩌면 한 냥 반이나 두 냥은 받으오리다."
"그러면 그대가 만약 그 쇠를 한 냥에 사간다면 밑지지 않을까?"
"밑지는 것이 무엇이오니까? 그야 횡재이옵지요."
"그렇다면 내가 한 냥을 받고 그 쇠를 팔 터이니, 그대가 도로 사 가게."
"황감하오신 처분을…… 그러시면 이 돈은 도로 대감 전에 바치겠나이다."
"아닐쎄. 그 동안 나도 외상으로 샀던 물건이니, 그대에게도 날짜의 기약 없이 외상으로 팔겠네. 장사가 잘 되어 형편이 좋아지거든 아무 때라도 갚게나."
"말씀은 그러하오시지만 그렇게까지야 어떻게……."
"여러 말을 더 말고 어서 가지고 가렸다."

"예이."

대감은 꼬마가 하도 기특하므로 글 가르칠 생각이 나서 하루는 사랑으로 그를 불러들였다.
"아가야, 이리 온."
여섯 살짜리는 쪼르르 달려와 아버지 무릎 위에 올라 앉았다.
"오늘부터 네 이름자를 항복이라 정했다."
"사람에게 이름이 여럿 있어야 합니까? 소자에게는 아기라는 어엿한 이름이 있사온데."
아버지의 수염을 만지작거리면서 재롱스럽게 하는 말에 참찬은 너무도 귀여워서 견딜 수가 없었다.
"아기는 젖먹이 때 이름이고, 글 읽을 때 이름은 따로 있어야 한다. 네 형들도 어릴 때는 다 아기라고 했지마는 지금은 운복이 송복이라 하지 않느냐. 그러므로 너도 앞으로 항복이라 부르면 대답을 해야 한다."
"그러하오나 항복이라는 이름은 싫습니다."
"어째서 싫다는 말이냐?"
"싸움하다 지는 것을 항복한다고 하지 않습니까?"
"허허허, 그것과는 글자가 다르다. 차츰 글을 배우면 알 터인즉, 백수문(천자문)부터 읽기 시작해야겠다."
하며, 천자문 책 한 권을 내놓는다. 하늘 천, 따 지…… 글을 배우고 글씨 공부도 한다. 항복은 이 일이 따분하여 견딜 수가 없었다.

어느 날, 그가 아버지 앞에서 공부하는 흉내만을 내고 있을 때 곁눈질로 이상한 것을 보게 되었다.

사랑 뜰에 서 있는 한 그루 배 나무에 탐스러운 배가 주렁주렁 열려 있다. 밑줄기는 항복이네 집에 박혀 있건만 가지들은 담을 넘어 반 쯤이 옆집 뜰로 뻗어 있다. 그 가지에 달린 배를 그 집 주인 박 첨지라는 노인이 광우리를 들고 나와서 따고 있지 아니한가. 글 읽던 항복이가 이것을 본 것이다.

'괘씸스런 늙은이.'

한길에서 장난만 조금 쳐도 나이를 앞세워 지팡이를 끌고 나와서 욕설을 퍼붓곤 하는 이름난 호랑이 영감이다. 이 기회에 한 번 혼을 내 주고 싶다.

"도둑이야."

하고 고함을 질러서 창피를 톡톡히 보여 주고 싶었으나 아버지 앞이라 꼼짝을 못하고 글을 읽고는 있지마는, 정신은 벌써 배나무 근처에 가 있은 지 오래 되었다.

아버지가 하늘 천하면 따라서 하늘 천, 해야 하는데 항복은 따 지, 한다. 검을 현, 하면 누루 황, 하고……. 마치 아버지와 번갈아서 한 자씩을 읽어 내려가는 형국이다.

"항복아, 내가 읽는 글자를 받아서 읽어라. 어째서 다음

자를 읽느냐?"

"예."

"넓을 홍."

"거칠 황."

"넓을 홍!"

"거칠 황!"

"이 녀석아, 정신차려."

글자를 짚어 내려가던 채찍이 항복의 정수리를 딱하고 갈긴다. 항복은 그제서야 정신이 번쩍 났다.

"……공부할 때는 딴 생각을 말아야 한다."

"예."

대답은 해 놓고도 아직 머릿속에서는 속이 곱지 않은 박 첨지의 행티가 떠나지를 않는다. 이럭저럭 글 읽기를 마친 항복은 밖으로 나와 쪼르르 박 첨지네 집으로 달려갔다.

"이리 오너라…… 이리 오래두."

기세가 장히 불온하고 음성이 제법 우렁차다.

"누구시오?"

대문 안에서 하인이 묻는 말에,

"박 첨지 어른 계시냐?"

하고 대뜸 해라를 내붙이었다.

"출타하시고 안 계신데 왜 그러노?"

"안 계시단 말은 못 하리라. 조금 전에 배를 따고 있는 것을 내가 분명히 보았어."

"계시다면 어쩔래?"

"이 놈! 양반 앞에서 그런 말버릇이 어디 있노. 이 참찬 댁 항복 도련님이 와서 잠깐 뵙잔다구 여쭈지 못할까."

"주인 어른은 바쁘셔서 누가 와도 안 보신댔어."

"보기는 내가 보겠다는데 무슨 딴 소리. 문을 안 열면 밖에서 잠가 버리겠다."

하며 발을 구르는 것이었다.

하인이 생각해 보니, 그랬다가는 큰일이다. 항복이라면 나이는 어려도 소문난 장난꾸러기요, 이름 높은 골목대장이다. 그가 하려고 하면 무슨 짓이건 마다할 아이가 아니다. 하는 수없이 대문을 열어 주자, 항복은 팔자 걸음으로 활개짓을 하며 안사랑으로 들어왔다.

"박 첨지 어른 계시오?"

"누구냐?"

"옆집에 사는 이 항복이가 박 첨지 어른께 할 말이 있어서 찾아왔소."

너무나 당당한 기세에 박 첨지는 자기가 한 짓이 있는지라 가슴이 뜨끔하였지만, 상대가 어린아이라서 얕잡아 보고 방문을 홱 열었다.

"할 말이 무어야?"

"내 집 배를 찾으러 왔으니, 모조리 냉큼 여기다 내놓으시오."

"뭐라구? 너희 집 배를 내놓으라구? 그게 무슨 소리냐?"

"시치미를 똑 뗄 셈이시구려. 담 너머로 뻗은 배 나무 가지에서 손수 배를 따는 걸 내가 보았는데도 아니라 하겠소? 끝내 아니라 버티다가 공연한 욕을 보기 전에 의논성스러이 말할 때 내놓는 것이 좋을 거요."

말씨가 사뭇 공갈조다.

"저 녀석이 못하는 소리가 없구나. 난 내 집 배를 땄지 너희 집 배를 딴 일은 없다."

욕심 사나운 노인네는 성이 나서 불호령을 지르건만, 항복은 조금도 동하는 빛이 없다.

"댁에는 배 나무가 한 그루도 없는데 댁의 배를 땄다니, 그 무슨 말씀이오? 아까 내가 본 대로는 내 집 배 나무 가지에서 배를 따시던데."

하고 한 번 더 오금을 박았다.

"옳거니, 알았다. 배 나무 밑둥이 너희 집에 있다고 그 배가 너희 것이란 말이로구나. 하지만 내 말을 잘 듣거라. 나무는 너희 집 나무일는지 몰라도, 뿌리가 내 집 땅밑으로도 뻗어서 땅 기운을 받았고 볕과 바람, 그리고 이슬비도 반은 내 집 뜰의 것을 쐬고 맞았으니 열매 중의 반은 나의 차지다. 너는 그런 이치도 모르느냐? 허허허, 아직 어린애라 하는 수 없군."

박 첨지는 몸을 뒤로 젖히고 의기가 제법 장하다. 항복이가 들어 보니, 늙은이의 말도 그럴듯하다. 더 할 말이 없어져서 덤덤히 섰노라니까,

"……아까는 글 읽는 소리가 들리는 것 같더니, 무슨 녹두방정으로 남의 집에 와서 앙탈이냐? 썩 가서 글이나 읽어."

하고 도리어 박 첨지 편에서 꾸지람이다. 오히려 항복이 난처한 처지가 되었다. 항의하러 왔다가 야단맞고 가는 것이 분하였으나 어쩔 도리가 없다. 남에게 지기 싫어하는 성미라 분하고 억울하였지만, 달리 어떻게 할 수가 없어서 시무룩히 돌아서 나오는데, 아무래도 그냥 물러가기가 싫어 그 자리에 잠깐 서서 곰곰 궁리에 잠기었다.

이 때, 문득 좋은 꾀 하나가 떠올랐다. 눈이 반짝 빛나고 이빨을 악물었던 입이 조금씩 헤벌어진다. 그는 나오던 길을 되돌아 서서 박 첨지네 사랑 뜰로 들어서더니, 성큼 툇마루 위에 올라서자 주먹으로 창을 뚫으며 한 쪽 다리마저 창호지를 냅다 질러 방안에 넣고는, 주먹을 쥐락펴락 허공을 주무르면서 다리도 전후 좌우로 흔들어 보였다.

"앗! 이 녀석 항복이로구나."

박 첨지는 놀란 소리로 악을 쓴다.

"박 첨지 어른, 이 팔과 다리가 내 것이오, 댁의 것이오?"

"아따 그 녀석 별소리 다 들어 보겠다. 그 팔다리가 네 것이지 어째 내 것이겠느냐?"

"그것 보셔요."

"무얼 보란 말이냐?"

"이 주먹과 발가락은 누구의 것이오니까?"

"네 몸에 달린 건데 네 거 아니면 누구거냐?"

"그것 보셔요."

"나중에는 원 별짓을 다하는구나. 이 녀석아, 창을 뚫었으니 발라야겠다. 어서 네 집으로 가서 문에 바를 종이나 가져 오너라."

"창호지는 찢어졌지만 없어지지 않았으니까 갚을 턱이 없거니와, 배는 몇 개나 잡수셨는지 그 값을 물어내시오."

"배야 내 집 배를 먹었는데 왜 물어내?"

"이 주먹과 발가락이 아무리 노인장 방 안에 들어가 있더라도 내 몸에 달린 것이니까 내 것이듯이, 배도 암만 담을 넘어와 있는 것이지만 근본이 내 집에 있으니 내 집 물건이 아니겠소?"

"에이, 고놈 입심은 젠장."

"이미 잡수신 건 창호지 값으로 비기기로 하고 남은 것은 다 돌려 주시오. 포청 군사를 부르기 전에 주시오."

이번에는 형편이 바뀌어서 노인이 할 말이 없어졌다.

"어따, 가져 가거라. 그리고 다시는 내 집엘랑 얼씬도 말아라."

"오래두 안 오겠소."

항복은 배를 찾아 가지고 기세 당당하게 나오다가 배를 그 집 하인들에게 모두 나누어 주고 빈 몸만 집으로 돌아왔다.

이 세상에서 가장 싫은 노릇이 책 읽는 것과 글씨 쓰는 것이다. 공부한 사람만 사는 세상도 아닌데, 아버지는 왜 하필이면 싫다는 공부만 하라고 못 살게 볶아대는 것일까. 청명한 날씨에 책을 붙잡고 앉았노라면 팔 다리가 쿡쿡 쑤시고 온몸이 비비 틀린다.

오늘은 그 원수같은 공부 때문에 대님을 끄르고 퇴침 위에 올라서서 아버지에게 흠씬 종아리를 얻어 맞았다. 글씨 쓰라는 종이로 연을 만들어 날렸고, 천자문 책에 흙을 담아서 끌고 다녔다는 것 때문이다. 이 세상에 글자를 누가 만들어 놓았는지, 그 자를 지금 만난다면 가만두지 않겠다. 대체 아이들과 무슨 원수진 일이 그리 많아서 경을 치게 하고 괴롭혀 주려고 그런 쓰잘머리 없는 것을 만들어 냈느냐 말이다. 아버지는 너무나 아들의 속을 몰라주신다. 아버지도 어릴 적에 공부 때문에 욕을 많이 보셨으니까 그 보복을 내게 하느라고 그러시는 것일까? 당신 입에 쓴 것을 아들 입에 억지로 넣어주려는 그 마음을 알 수가 없다.

'야속하신 아버지.'

하긴 천자문 책이 모조리 결딴나서 실이 끊어지고 책장이 흩어졌을 뿐 아니라, 흙이 묻어 글자가 잘 보이지 않게 되었다. 아버지 말씀대로 이것이 나쁜 짓이라면 나쁜 짓일는지 모르지만, 대체 아들보다도 그까짓 책 한 권이 더 소중하단 말인가.

아주 없애 버린 것도 아니고, 책이 좀 찢어지고 더러워졌을 뿐인데, 그걸 가지고 새벽부터 그다지 야단스럽게 사람을 마구 때려 줄 것까지야 뭐가 있느냐 말이다. 다음에 내가 어른이 되어서 돈을 벌게 되면, 그까짓 천자문 책 쯤 열 권이건 백 권이건 한꺼번에 사다 드려도 좋다. 그런데 아버지는 아침에 출입하시면서 무어라고 하셨지? 책장마다 풀칠을 해서 배접(뒷장에 다른 종이로 붙여 튼튼하게 만드는 일)을 하고 실과 바늘로 책을 곱게 매어 놓으라 하셨던 것이다.

하라면 하지, 그까짓 걸 누가 못 할까봐…… 나두 이후에 장가 들어서 아들을 낳게 된다면 책이 아무리 귀하더라도 책 때문에 때리고 나서 이렇게 부려 먹지는 않으리라. 암, 않구말구.

불룩 나온 입술을 요리조리 오므리면서 항복은 큰 사랑에 갇힌 몸이 되어도 도배장이모양 책장마다 배접을 하여서는 따뜻한 아랫목에 펼쳐 놓아 그것들이 마르기를 기다리고 있었다.

아침 볕이 잘 드는 큰 사랑 세 칸짜리 온돌방…… 새로 도배를 하여서 네 벽이 분통같고 기름에 잘 겨른 각장 장판은 노릇하게 알른거려 마치 얼음판 밑처럼 번지르르하다.

'여기서 팽이를 한바탕 신나게 쳐 봤으면…….'

이런 생각을 하고 있는데, 널어 놓은 종이에서는 김이 모락모락 피어 오르더니, 금세 빳빳하게 바짝 말랐다. 주섬주섬 걷어서 차례대로 포개 놓고는 명주실과 송곳을 꺼내 들고 책을 매기 시작하였다. 그런데 책상 위에서 무엇이 톡 튀었다. 자세히 보니 벼룩이다.

'요놈이 어디 있다가 나왔노. 내 피를 빨아 먹은 고얀…….'

항복은 천자문 책을 밀어 놓고 송곳 잡은 손을 번쩍 들었다. 날카로운 시선과 뾰족한 송곳 끝이 한 가지로 벼룩을 노리며 겨냥을 댄다.

"요 놈!"

힘을 주어 콱 찍었으나 송곳 끝이 장판 위에 박히어 구멍이 났을 뿐이지 벼룩은 달아나 버렸다. 약이 오른 항복은 다시 뒤쫓아가 찍었지만, 이번에도 소용없이 벼룩은 또 도망쳤다.

"고놈 날쌔기도……."

수십 번, 아니 수백 번을 그와 같이 한 후에야 항복은 겨우 목적을 이루었다.

송곳 끝에 벼룩을 끼어 들고 땀을 씻으며 만족하여 돌아선 항복의 입술은 다음 순간, 바르르 떨리면서 움직일 줄을 모른다. 항복은 장판 전체에 걸쳐 빈틈없이 뚫린 구멍을 본 것이다.

"아, 원 이런."

종아리가 뜨끔거린다.

또 맞을 생각을 하니 기가 막히다. 때마침 밖에서 아버지의 기침 소리가 나지 않는가.

아침에 종아리를 때리고 나간 참찬은 하루 내내 마음이 개운치가 아니하였다. 찢어진 책을 배접하고 다시 매어 놓으라고 이른 뒤에, 큰 사랑에 가두어 둔 항복이가 애처로운 생각이 들어서 여러 볼 일을 제쳐놓고 일찌감치 집으로 돌아왔다.

"에헴."

기침을 하고 나서 사랑방 문을 잡아 열었다.

"어, 이게 웬 일이냐?"

방 안을 둘러본 참찬의 눈이 휘둥그레졌다.

'이럴 수도 있는가?'

장판 전면에 송곳질한 자국······. 구멍이 펑펑 뚫리어 먼지가 풀석거린다.

어린 아들을 보니, 그는 아랫목에 쪼그리고 앉아서 살금살금 눈치를 살피며 혀 끝으로 입술만 두루 핥고 있다.

"네가 이랬구나."

"······."

"책은 다 매었니?"

"여태 다 못 매었습니다."

"매라는 책은 안 매고 이게 무슨 몹쓸 장난이냐?"

"장난이 아니오라……."

"장난이 아니라고……? 이것이 장난이 아니면 공부라는 말이냐?"

"공부도 물론 아니옵고……."

"그럼 무어냐?"

참찬은 역정이 났다. 애처롭게 여겼던 어린 아들이 둘도 없이 얄밉게만 보였다. 눈꼬리가 치켜 올라가고 숨결이 거칠어졌다. 순간, 항복은 신변의 위험을 느끼었다. 종아리를 맞기는 이미 각오한 바이지만, 맞을 때의 아픔보다도 맞기 전에 몸이 죄어드는 것 같은 느낌이 더욱 싫다. 그러나 할 말은 하고 맞아야 한다. 변명할 것은 없더라도 일의 내력만은 밝혀 두는 것이 순서가 아니겠는가.

항복은 고개를 번쩍 들고 아버지 앞에 꿇어 앉았다.

"아버님……. 이것은 까닭이 있어 한 짓이 아니옵고, 다만 책을 매고 있노라니, 방자스러운 벼룩 한 마리가 뛰어 나오기로 손에 들었던 송곳으로 찍었으나 꿰이지 않고 톡톡 뛰므로……."

"뒤쫓아가서 송곳질을 했다는 말이로구나."

"그렇습니다."

참찬은 어이가 없는지 머리를 수그린 채 잠시 무슨 궁리에 잠겼다가,

"그럼 그 벼룩은 잡았느냐?"

하며 머리를 든다.

"예, 잡았나이다."

"잡았어?"

"예, 수백 번만에야 겨우 요렇게……."

하며 벼룩을 꿴 송곳을 아버지 앞에 내밀었다. 그것을 받아든 참찬의 표정은 한결 누그러졌다. 그는 벌써 장판이 결딴난 것이 아깝지가 아니하다. 어린 아들이 보여준 끈기의 결과가 가상하기만 하였다.

"항복아……."

"예, 채찍을 대령하리까?"

"아니다. 이리 가까이 좀 온."

항복은 무릎걸음으로 아버지 앞에 다가앉았다. 참찬은 그의 더벅머리를 쓰다듬으며 하는 말이,

"사람은 매사에 처음과 끝이 한결같아야 하느니라. 장판을 이 지경으로 만든 것은 좋지 않으나, 처음에 결심한 바를 굽히지 않고 끝까지 싸워서 벼룩을 잡은 것은 잘한 일이다. 처음이 있으면 끝이 있어야 하는 법, 이것만이 사나이가 마땅히 취할 길이니라."

너무나 뜻밖이었다. 단단히 경을 치나보다 했더니, 도리어 칭찬을 들었다. 송곳을 들고 방 안으로 들어가 한 번 더 벼룩을 잡아서 또 다시 칭찬을 받아 볼까 하는 생각도 있었

으나, 그러려면 몸이 지치겠으므로 이내 그만두기로 작정하였다.

어른들의 속은 알 수가 없다. 칭찬을 한다고 맘을 놓았다가는 뜻밖의 일을 당하게도 되고, 오늘처럼 큰 욕을 보게 되나 했던 노릇이 칭찬으로 바뀌기도 한다.

이튿날 아침, 항복은 아버지에게 불리어 큰 사랑으로 나왔다.

밤 사이에 마음이 바뀌어 어제 일로 종아리를 때리려는 것이나 아닌가 하는 걱정이 된다. 칭찬을 하여서 마음을 놓게 하고는 어제 맞아 부푼 종아리가 좀 가라앉기를 기다려 아침에 때리려는 것인지도 알 수 없다.

"불러 계시오니까?"

"응, 들어오너라."

아침 문안을 드리면서도 안심이 되지 않아서 아버지 눈치를 살피었으나, 조금도 때리려는 기색은 보이지 않는다.

"항복아."

"예."

"어제 일로 보아 네가 매우 끈기 있는 줄로 알았다. 그러한 좋은 점을 길러서 장차 훌륭한 인재가 될 바탕을 만들어 두어야 해."

"명심하겠나이다."

"그러므로 오늘 내가 너에게 시킬 일이 한 가지 있다."

"예, 무슨 일이라도······."

"다름이 아니라, 광에서 콩 한 섬을 내어다가 그것이 모두 몇 알이나 되는지 세었다가, 내가 돌아오거든 그 숫자를 일러라. 그렇게 하다보면 자연스레 참을성이 생기고 경망스러운 성품도 한결 가실 게다."

"······."

"알겠느냐?"

"예, 분부대로 거행하겠습니다."

"어기는 일이 있으면 그냥 두지 않을 테니 알아서 하렷다."

"그것도 알겠습니다."

"음, 알았거든 물러가라."

아들을 내보낸 참찬은 부인에게도 이 말을 일러서 항복이가 어찌 하는가를 지켜 보게 하고 출타하였다.

아버지가 나가시는 것을 보자, 항복은 이내 밖으로 뛰어나와 친구들을 불러 모아 가지고 제기차기와 씨름, 팽이치기, 연날리기······ 등등으로 시꺼멓게 되어 하루 내내 장난에 날뛰고 있다.

부인 최씨는 은근히 걱정이 되었다.

저렇게 놀기만 하다가 저녁에 또 종아리 맞을 일이 딱하기도 하려니와, 참찬께서 하신 말씀이 장난꾸러기를 집 안에 붙잡아 매어둘 뜻이 분명한데 저러고 놀기만 하니 야멸차기까지도 하다.

항복이도 아버지의 뜻을 모르는 바 아니었다.

'좀 놀면 어때서 남을 꼼짝 못하도록 집에 가두어만 두려는 것일까?'

'어제는 칭찬을 하시더니, 오늘은 이런 일을…….'

'어른들은 왜 그다지도 짓궂고 속이 곱지 못할까?'

이런 생각을 하면서 또 장난에 취하여 시간 가는 줄을 알지 못하였다. 정오가 훨씬 지나 점심밥을 찾아 먹으려고 들어온 아들에게 최씨 부인은,

"애야, 항복아, 아버지께서 아침에 하신 분부를 잊었느냐? 짧은 해가 저물기도 멀지 않았는데 어쩌자고 놀기만 하는 거냐. 콩 한 섬이 적으냐? 하루 내내 세어도 다 못 할 일이다."

하고 걱정 반 나무람 반으로 아들을 타일렀다.

그러나 항복은 조금도 근심하는 빛 없이 밥 한 그릇을 다 먹고는 씩 한 번 웃더니,

"어머니, 나 또 좀 놀다 들어올게."

"저 애가 정말 환장을 했나? 너희 형들을 보아라, 얼마나 얌전하게 공부를 하느냐. 하다못해 절반 만큼이라도 좀 본을 받아야 할 게 아니냐?"

"어머니, 난 글공부보다도 노는 게 더 좋아요."

이 말에 최씨 부인은 항복이가 얄미워졌다.

'저 녀석이 무릎마디가 부러지도록 매를 맞아야 정신이

들려나. 오늘은 단단히 맞게끔 내버려 두어야지.'

어머니나 하인들까지도 적이 염려를 하지만 당자인 항복이는 태평인 모양이다. 뒷집 지붕에 올라가서 연을 날리느라고 빽빽 고함지르는 소리가 들려온다.

"노마야, 테를 주었다가 얼레를 낚아채라. 저 가오리 연을 걸어서…… 조금만 더, 또 조금만 더. 저 방패연은 누구 거야……? 에이 바보같은 자식, 얼레를 이리 내라, 내가 할테니……. 자 보아라, 나아간다…… 나아간다, 히히히……."

최씨 부인은 아들이 한심스러웠다.

'저 녀석이 장난보다 공부를 더 열심히 해 줬으면 좋겠는데……. 그보다도 당장 눈앞에 닥친 일은 어찌 하려나?'

바깥 어른 돌아오실 시간도 얼마 남지 않았다. 하지만 항복이도 그것을 모르지는 않고 있었다. 날이 벌써 저물지 않았는가.

연 싸움에서 승리를 거둔 그는 이내 지붕에서 뛰어 내려와 어슬렁어슬렁 집으로 돌아왔다. 그는 하인을 불러서,

"뜰에 멍석을 깔아 놓고 콩 한 섬 내다놓아라."

한다. 최씨 부인은 보다 못하여,

"에그 이것아, 다 늦게 콩 한 섬을 내다놓으면 이제 그걸 어떻게 다 세려느냐?"

하고 이맛살을 찌푸렸다.

"어머니, 염려 마셔요. 소자에게 생각이 다 있으니까요."

항복이는 생글생글 웃고만 서 있다.

"이 녀석아, 생각이 무슨 생각이냐. 매를 맞아도 덜 아프게스리 종아리에 소금이나 문질러 두어라."

"안 맞으면 되지 않습니까?"

"그렇게 됐으면 오죽이나 좋겠냐만 안 맞기는 다 틀렸어."

"소자가 이걸 다 세어 놓을 터이니 보셔요."

하고는 다시 여종을 불러서 됫박 하나와 밀대를 가져 오라 한다.

이에 항복은 옷소매를 부르걷고 콩 한 되를 잘 되어서 그것이 몇 낱이나 되는지 알기 위하여 하나하나 세기 시작하였다. 이로써 한 되의 콩이 몇 알 되는지를 정확하게 알아내었다. 그리고는 콩 한섬을 멍석 위에다 쏟아 놓고 부지런히 됫박질을 하여 콩 한 섬이 몇 되인지를 알았다. 그는 눈을 감더니 암산을 하고 나서,

"콩을 섬에 도로 담아라."

하고는 글방으로 들어가 버린다.

최씨 부인은 그 영특한 꾀에 놀라는 한편, 기쁜 마음이 들었다. 아까까지는 참찬이 더디 돌아오기를 바라던 마음인데, 지금은 그렇지가 않다. 빨리 남편을 만나서 아들의 슬기를 자랑하며 같이 즐기고 싶다.

얼마 후, 돌아온 참찬도 부인에게서 이 말을 듣고는 진심으로 감탄해 마지 않는다.

"집안에 용이 났다니까. 분명히 한 몫 단단히 쓰일 놈이야."

끈기 있는 데다가 재치까지 더한 항복이다. 세상에 태어날 때는 약하였으나 이제는 장난으로 지새운 몸이 단단하기가 철골같다. 다만 미흡한 것은 글 공부를 원수처럼 여기는 것이다.

'글에도 재주가 있다면야 더 바랄 것이 없겠는데……. 오냐, 이런 때 불러서 장난의 뿌리를 톡톡히 뽑아 주리라.'

이렇게 작정한 참찬은 또 한 번 항복을 안으로 불러들였다.

"너, 오늘 콩 한 섬을 다 세었다지?"

"예, 분부대로 하였습니다."

"너 아비 만나기가 싫지 않느냐?"

"싫을 것도 좋을 것도 없습니다."

"좋을 것도 없다는 뜻은?"

"기리는 말씀보다는 꾸짖는 말씀을 더 듣게 되니, 자연 그렇습니다."

"꾸지람 듣는 것이 뉘 탓이지?"

"아버님 탓이옵니다."

"무어? 내 탓이라."

"그렇사옵니다. 소자가 아버님이라면 꾸짖지 않겠습니다."

"허허허, 그게 내 탓이 아니고 네가 글 공부를 게을리하는 탓이다."

"글 공부를 게을리한다지만 다 아는 것을 더 해서는 무엇 하리까?"

참찬은 또 한 번 어이가 없었으나 짐짓 웃음을 참고 정색하였다.

"다 안다니, 네가 고금 학문을 환히 꿰뚫고 있다는 말이냐?"

"지금은 그렇다고 아뢸 수는 없어도 죽기 전까지는 저절로 다 알게 될 듯하옵니다."

"천자문도 모르는 주제에 다 안다는 말은 어울리지 아니하다."

"천자문은 다 압니다."

"허허허, 맹랑한 소리를 하는구나."

아무리 참으려 해도 되지 않아서 참찬의 입에서는 웃음

이 새어 나왔다.

"시험해 보시옵소서."

"글도 지을 수 있느냐?"

"짐작은 하옵니다."

"그러면 지어 보라. 두운을 칼 검자 거문고 금자 둘을 가지고 대로 만들어 보아라."

항복이 묻는다.

"두운과 대가 무엇이옵니까?"

"두운은, 그 글자를 첫머리에 놓는 것이고, 대는 그 글자의 뜻을 각각 다르게 써서 한 글귀에 두 가지 뜻이 들게 하는 것이니라."

"하여 보겠나이다."

어린 것이 글을 지으리라는 기대를 가지고 한 말은 아니었다.

글을 짓는다는 것이 얼마나 어렵다는 것을 알려 주고 그것을 구실삼아 혼을 내어 주자고 시킨 것인데, 항복은 거침없이 하여 보겠노라고 한다.

"그러면 불러라."

"예이, 검유장부기(劍有丈夫氣)요, 금장천고음(琴藏千古音)이라…… 어떻습니까, 글 모양은 되었나이까?"

"음!"

재주가 장히 놀랍다. 참찬은 종이와 붓을 내어 그 글을 적었다.

劍有丈夫氣 琴藏千古音

'칼은 장부의 기상을 지녔고, 거문고는 천고의 소리를 감추었네.'

얼마나 웅장하고 심원하냐. 이 글로 미루어 보면 협기와 무술에 관한 재주도 없지 않은 성싶다. 항복이가 가끔 즐겨서 하는 말이 임꺽정 이야기다. 당시 양주골 백정의 아들 임꺽정이 여러 해 동안 나라 안을 어지럽게 하였다. 황해도 일대를 주름잡아 양민을 못 살게 굴고, 무리를 지어서 관가를 습격하는 등, 행패를 많이 부렸다. 조정에서까지 피해를 걱정하여 삼공 및 병형 양조가 의논하여 포도절목(도둑을 잡아 들이는 데 관련된 업무나 절차를 정한 조목)을 황해감사에게 보내어 이를 잡게 하였으나, 소용이 없었다. 그의 패거리는 황해도 뿐 아니라 강원도 경기도 경계 지역에도 출몰하여 대낮에 관문을 포위하고, 군민을 도륙내고 마을을 분탕했다.

이에 조정에서는 지방관을 무신들로 바꾸는 한편, 포도대장 남치근을 황해도 토포사, 이억근을 개성부 포도관으로 삼기까지에 이르렀지만 도둑떼는 위세를 널리 떨치게 되었다. 그러다가 항복이 여섯 살 되던 1562년 정월, 마침내 임꺽정은 관군의 화살에 맞아 죽었다.

아이들이 놀 때에도 꺽정이 놀이를 곧잘 한다. 항복은 늘

꺽정이 이야기를 즐겨 하는 것이다.

"내가 포도대장이라면 임꺽정이 따위가 여러 해 동안 행패를 부리도록 버려 두지는 않았겠지요."

"네가 꺽정이었다면 어찌 했겠니?"

"잡혀 죽지도 않았겠지요."

그는 이러한 큰 소리를 곧잘 쳤다. 꺽정이가 잡혀 죽었다는 기별이 장안에 전해진 것은, 항복이가 홍역으로 앓아 누운 정월이었다.

"어머니, 날 좀 일찍 낳아 주었거나 꺽정이가 좀 더 살아 있었더면 꼭 내 손으로 잡았을 텐데."

매사에 자신만만한 항복이었다.

"네가 어른이 되었더라도 무슨 수로 그 사나운 도둑을 잡는다는 말이냐?"

하는 최씨 부인 말에 항복은 이마에 얼음 물수건을 얹어 놓은, 열이 있는 몸을 억지로 일으키려 한다.

"왜 못 잡아요? 오래 두고 보지는 않았겠지요."

"너희들이 술래잡기 하는 거와는 다른 것이니라."

"다를 것 없지요. 잡으려는 군사들이나 안 잡히려는 도둑의 무리나 결국은 머리 싸움이 아니겠어요? 글 많이 읽고 공부 잘했다는 사람들로 꽉 들어찬 조정이 통틀어 머리를 모아 짜낸 지혜가 무식하고 미련한 임꺽정이 머리 하나를 당해내지 못해서 몇 해씩 속수무책이다가 겨우 잡아 죽였다고 잘난 척들 하니, 우스워서 못 견디겠어요. 나같으면 부끄러워 머리도 쳐들지 못할 것만 같군요. 이런 일들로 본다면 공부를 잘 해 본대도 뾰족한 수가 있을 것 같지 않습니다. 도둑놈 머리만도 못하니."

앓고 있는 터라, 무슨 말을 한대도 별로 우겨대는 사람이 없었으므로 항복의 만만한 자신은 엄청나게 나날이 자라만 갔다.

"그래도 글 안 읽다가 도둑놈이 되기보다는 공부를 잘 해서 높은 벼슬 자리로 나아가는 게 바람직하지."

말 끝마다 공부하기 싫다는 데로 끌고 들어가고야 마는 버릇이 야멸차 보여서 부인이 한 마디 쏠까슬렀더니,

"그럼 책 갖다주세요, 공부하게."

하며 또 일어나려 한다.

"앓을 때는 앓기만 하다가 나은 뒤에 열심히 공부해야 한다."

"하면 지금은 놀아도 좋다는 말입니까?"

"암, 다른 생각 없이 가만히 쉬어야지."

"처음 듣는 말입니다……공부하지 말란 말은……. 이럴 것이라면 평생을 앓아 누워 있고만 싶어요."

"호호호, 애두 원 철없는 소리가 다 많다."

이렇게 누워 있는 동안에 응석이 늘고 눈치만 맑아 갔다. 문을 열 적마다 힐끗 내다본 바깥에는 봄눈이 분분하다.

악도리

'빨리 나아서 뛰어 나가 놀았으면.'

몸은 방에 있건만 마음은 밖으로 내달린다. 이럭저럭 몇 달이 지나 그는 마침내 자리를 걷고 바깥 바람을 쐬게 되었다.

몸은 비록 병석에 있어서 여위었으나, 영롱한 총기는 한층 더 날카로워졌다. 아버지 참찬의 손목을 잡고 뜰을 거닐던 항복은 문전에 서 있는 버들에 새 물이 올라 움이 트려고 노릇노릇해진 것을 보자, 감회가 적이 가슴 속을 맴도는 모양이었다.

"아버님."

"오냐."

"소자가 앓고 있을 적에는 눈이 날리더니, 벌써 봄 기운이 완연하니, 세월은 장히 빠르옵니다."

"그렇구나, 네 말이 옳다. 너도 어서 공부 잘해서 어른이 되어야겠다."

"또 공부 말씀이오니까? 병이 나았으니까 또 공부를."

"암, 해야 하구말구."

"안 해도 글을 지을 수 있나이다."

"안 하고도 지을 수 있는 글이라면 공부를 하면 더 잘 짓게 될 것이 아니냐?"

"그건 그러하옵지만…… 아버님."

"오냐."

"글 한 수 지어 보리까?"
"그래라. 작년보다 재주가 늘었나 시험해 보자."
"동풍 암향 맥두최, 맥두 양류 황금색(東風暗向陌頭催 陌頭楊柳黃金色)."
'샛바람 가만히 불어와 거리에는 봄이 한창이니, 길가의 버드나무 황금빛을 띠는구나.'

참찬은 무릎을 탁 쳤다.
육십도 반이 된 늙은 대감의 눈언저리에는 주름잡힌 갈피마다 웃음이 깃들여 넘실거렸다.
다음해 가을이었다. 조정이 상국으로 받드는 명나라에서 장견이라는 사신이 서울로 나왔다. 나라 안이 술렁거린다. 장견의 비위를 잘 맞추어 주어야 하기 때문이다. 이 사신을 영접하는 중대한 일을 맡은 이가, 항복이의 아버지인 참찬 이몽량이었다. 이 참찬은 모든 절차에 실수가 없도록 하기 위하여 여러 날을 잠도 자지 아니하고 관원을 감독해서 모든 준비에 눈코 뜰 새 없이 바빴다. 예의범절에 잘못이 없어야 할 것은 물론이려니와 사신을 즐겁게 해 주려고 무진 애를 썼다. 상국 사신에게 잘 보이면 그만큼 나라에 이익이 되고, 잘못 보여서 창피를 겪는 날에는 나라의 손해가 이만저만이 아닐 뿐 아니라 자신의 처지도 딱하게 된다.
그는 영은문(지금 독립문 바로 앞에 돌기둥 두 개만이 남아 있음) 안 모화관에서 장견을 맞이하여 길고 긴 가을밤을 그와 함께 지내야만 했다.

장견은 사람됨이 탐욕스러운 데다가 술을 좋아하는지라 그 시중을 들자니, 아무리 참으려 해도 자연 짜증이 나는 것을 어쩔 수 없었다. 분하고 서러울 때도 한 두 번이 아니다. 나이 젊은데다 안하무인격으로 거드름을 피우는 그의 비위를 건드리지 않으려고 65세의 백발이 성성한 늙은 선비가 당하는 욕이 여간이 아니다. 힘없고 작은 나라의 늙은 중신은 상국의 젊은 관원 앞에 선 상노 청지기나 다를 바 없었다.

어찌 그 뿐이랴. 사람됨이 거만하고 속이 곱지 않은 장견은, 조선국 신하들을 마음껏 희롱하는 것을 낙으로 삼는 것도 같다. 운을 내어서 상소리의 글을 지으라 하고, 수수께끼도 풀라고 등쌀이다. 이 참찬은 성미를 꾹꾹 누르고 어거지를 잘 받아 넘기었다.

그런데 하루는, 장견이 술을 마시던 자리에서 무슨 취흥에 겨워서인지 품 속을 뒤져서 조그마한 새 한 마리를 끄집어 내더니,

"대감, 나하고 내기를 해 보시려오?"

하며 짓궂은 웃음을 빙글빙글 웃는 것이었다.

"무슨 내기요?"

또 상서롭지 않은 장난을 하려는 줄 짐작 못한 바는 아니

나, 안 한달 수가 없어서 이렇게 되물었다. 장견은 주먹 속에 그 새를 싸 쥐며 꼬리만을 보이도록 내놓고는,

"이 새가 나하고 함께 연경(명나라 서울)에서 귀국까지 동행을 하였는데, 먼 길에 오느라고 무진 고생을 하였소. 지금 꺼내 보니 꼼짝을 않는구려. 이 새가 과연 죽었겠소 살았겠소? 알아맞혀 보시오."

하며 장한 재주를 부린다는 듯이 좌중을 둘러본다. 이 참찬은 실로 처지가 난처하였다. 살아 있는 것은 분명하지마는 그렇게 대답하면 꼭 눌렀다 놓아서,

"이게 어디 살았느냐?"

할 터이고, 죽었다고 하면 그냥 놓아 주고는,

"이게 어디 죽었느냐?"

할 것이 분명하다. 어떻게 대답해야 좋을지 몰라 말없이 한참을 망설이고 있노라니까, 장견은 껄껄 웃으며,

"일찍이 귀국에는 슬기로운 이가 많다고 들었더니, 지금 와서 보니 그게 헛말이었구려. 이만한 것도 모르면서 무슨 나랏일을 살핀다는 거요. 가소롭기 짝이 없소, 하하하."

하더니만 자기네 수행원 일동을 둘러보며,

"귀관들은 이것을 알 수 있겠소?"

하고 가장 호기롭게 가슴을 내민다.

"그만한 것도 몰라서야 어쩌겠소이까?"

"이 몸이 알아맞혀 보리다."

"나야말로 알아낼 자신이 있소이다."
사신을 따라온 무리들이 저마다 한 마디씩 한다.
이에 이 참찬은 모욕감을 참지 못하여,
"잠깐만."
하고 말을 막으며 한 걸음 앞으로 나앉았다.
"공이 이것을 알아맞혀 보시려오?"
장견은 그냥 조롱하는 빛으로 중얼거렸다.
"예, 알아맞혀 보리다마는, 오늘 이 자리에서는 어렵고 하루만 말미를 주시면 내일은 반드시 대답을 하오리다."
이 참찬은 당장 분한 마음이 앞서서 이렇게 말하였다.
"그러면 그렇게 하시오."
장견은 콧등에 주름을 잡고 씽끗 웃어 보인다.
'네까짓게 하루 아니라 열흘을 걸리기로서니, 이 수수께끼를 어떻게 풀겠다는 말이냐?'
하고 얕잡아 보는 태도가 뚜렷하다. 우선 대답을 이렇게 해 놓고서는 이 참찬은 곧 자신의 경솔함을 뉘우쳤다.
그렇다고 이제 못 하겠노란 말은 할 수가 없는 처지가 아니냐.
'오냐, 집에 가서 궁리해 보자.'
이렇게 작정을 한 그는, 곧 영빈청을 물러나 집으로 돌아왔다. 집에 와서 여러 날 겪은 힘든 일에 지친 몸을 자리에 눕히고 곰곰 생각해 보나, 묘안이 떠오르지 않았다. 참찬은 식음을 전폐하고 사람도 만나지 않았다. 이러한 대감의 기색을 못 알아챌 리 없는 최씨 부인이었다. 까닭을 자꾸 캐물어도 잘 대답하지 않던 참찬은, 급기야 장견과 약속한 말과, 내일까지 말미를 얻어 온 이야기를 늘어놓았다. 다 듣고 난 최씨 부인은,

"그런 일 같으면 걱정하실 것 없소. 어서 진지나 좀 드시지요."

하는 말로 위로를 하는데, 참찬은 적이 마음이 놓여 권하는 대로 찹쌀 미음 몇 모금으로 우선 요기를 하였다. 슬기로운 최씨로서도 말을 이렇게 해놓고는 아무리 궁리를 해 보나 좋은 생각이 떠오르지 않았다. 이러한 주인 내외의 걱정은 장기 튀김으로 곧 집안에 퍼져서 마치 초상난 집인 양 무겁고 침침한 기운이 감돌고 있다. 이 때, 밖에서 장난에 골몰하던 항복이 얼굴에 검정칠을 잔뜩 해 가지고 저녁을 찾아 먹으러 집에 돌아왔다. 눈치 빠른 그도 맑지 않은 어머니의 기색을 곧 알아 보았다.

"어머니, 무슨 근심이라도 있으십니까?"

샛별같은 눈을 깜짝거리며 묻는 말에, 어머니 최씨 부인은 부드러운 말로,

"아이들은 알지 않아도 좋은 일이야. 어서 저녁이나 먹고 일찌감치 자거라."

하여 거추장스럽지 않도록 치워 두려고 한다. 그러나 항

복은 듣지 않았다.

"어머니, 소자는 이 집안 식구가 아닙니까?"

"그건 또 무슨 소리냐?"

"그러기에 말씀을 안 들려 주시지요. 한 집안의 근심이나 기쁨은 온 식구가 다 같이 나누어야 할 일이거늘, 소자만 따돌려 놓으려는 건 당치도 않아요. 무슨 일인지 들려주셔요."

"기쁜 일이라면 식구가 다 함께 기쁨을 나누어도 좋겠지만 궂은 일인 걸 다 알리면 공연히 걱정만 커질 것을, 알려서는 무얼 하겠니?"

"그렇지 않아요. 궂은 일일수록 다 알아서 머리를 모아 지혜를 짜내야 하지 않겠어요? 말씀해 보셔요."

최씨 부인은 이 어린 아들에게서 무슨 대책이 나오리라고 바라는 것은 아니었으나, 하도 귀찮게 조르므로 얼른 일러주어서 빨리 쫓아 보내려고, 오늘 영빈청에서 참찬이 당했다는 사연을 들은 대로 낱낱이 말해 주었다.

이야기를 다 듣고 난 항복은, 먼지 오른쪽 더벅머리를 이리 갸웃 저리 갸웃하며 궁리에 잠기는 듯하더니 고개를 번쩍 쳐드는데, 눈이 샛별처럼 영롱하게 빛을 내는 것이었다. 그러다가 이내 눈웃음을 웃으며 하얀 이를 드러내놓고,

"해해해……"

하고 소리 높여 웃는다.

"애두 원, 방정스럽게 그게 무슨 웃음이냐?"

최씨 부인은 못 마땅하다는 듯이 이맛살을 모았다.

"우스우니까 웃지요."

항복은 태연하다.

"우습기는, 집안에 근심이 있다는데 우스워?"

최씨 부인은 정색을 하였다.

"우습지 뭐여요? 그까짓 걸 가지구 걱정을 하시니 우습지 않아요? 제가 다 알아서 할테니 아무 염려들 마셔요."

"애가 무슨 잠꼬대같은 소릴…… 어서 저녁이나 먹으래두."

"어머니나 먼저 잡수셔요. 저는 아버님을 좀 뵈어야겠어요."

항복은 쪼르르 안방으로 들어가 자리에 누운 아버님 머리맡에 쪼그리고 앉았다.

"어머니께 들어서 알았사옵니다. 그 일은 소자가 맡아 처결하겠사오니 아버님은 부디 안심하시어 진지 잡수시고 오늘 밤은 편히 쉬시어요."

"알긴 무얼 알고, 처결은 어떻게 하겠다는 말이냐? 이 일은 중대한 나랏일이라, 너희들이 장난하는 것과는 달라."

참찬은 귀찮아서 수건으로 동여맨 머리를 절레절레 가로저었다.

"아무려나 소자에게 생각한 바가 있사오니 그 일일랑은 소자에게 맡겨 두시고 어서 근심을 푸시옵소서. 내일은 아버님 대신 이 몸이 영빈청으로 나가겠사옵니다."

하고는 아버지의 대답도 듣지 않고 항복은 아버지의 앞을 물러나왔다. 철부지의 이런 말로 안심이 될 일이 아니다. 기특은 하나 미덥지가 않다.

참찬은 끝내 한 잠도 못 이루고 뜬 눈으로 그 밤을 밝혔다.

한편 항복은, 아침 일찍이 일어나 몸소 소세(세수하고 머리 빗는 일)하고 새 옷을 달래서 손수 갈아 입었다.

소세와 옷 갈아 입기를 그렇게도 싫어하던 항복이가 새벽부터 이렇게 서두르는 것을 보자, 최씨 부인은 신기도 하고 또 걱정도 되어서,

"너 참말로 영빈청엘 가려느냐?"

하고 물었더니,

"가고 말고요. 곧 다녀오겠습니다."

하는 대답이다. 이 날만은 아침 문안도 드리지 않고 항복은 살그머니 집을 빠져 나와 참찬의 초헌(옛날 고관이 타던 외바퀴 수레)을 타고 영빈청으로 줄달음쳤다. 모화관 앞에 다다르자 항복은,

"여봐라, 상국 사신께서는 잠자리에서 일어나 계시냐?"

하고 수비 군사에게 소리를 쳤다.

"예이, 간 밤은 한 잠도 안 주무시고 밝히신 줄로 아뢰오."

군사는 공손히 몸을 굽혀 이같이 대답하였다. 어린 아이의 호령 소리가 무서워서가 아니라, 타고 온 초헌 바람에 기

가 눌린 것이었다.

"그러면 냉큼 들어가서 전갈하라. 조선국 접빈사 이몽량 대감께서 밤 사이에 갑작스레 병에 걸려 자리보전해 계시므로, 그 아들 이항복이가 대신 왔노라고."

"예이."

안으로 들어 갔던 수비 군사가 되돌아 나와 들어오란다고 전했다. 항복은 성큼성큼 걸어서 장견이 지내는 방으로 들어갔다.

"통사(통역을 하는 사람)는 없느냐?"

"예, 여기 있소."

이 때, 장견은 밤새도록 술을 마시며 필시 문안차 들어올 이 참찬의 대답을 흥미롭게 기다리고 있던 참이었다.

항복은 조그마한 두 손으로 방문을 활짝 열어 젖혔다. 그러고는 문턱에 걸치어, 한 발은 안에 놓고 나머지 한 발은 밖을 디딘 채,

"상국 사신께 물어보겠습니다. 이게 들어갈 다리이겠습니까? 나올 다리이겠습니까?"

통사가 그 말의 뜻을 통역하였더니, 장견은 웃으면서,

"그야 네 맘이지, 내가 어떻게 알겠느냐?"

하였다.

"하하하, 그럴 줄 알았습니다. 모르는 게 당연하지요. 손바닥에 쥔 새가 죽었는지 살았는지도 몰라서 조선국 선비에

악도리 71

게 물어보아야 할 사람이니까요. 장님이라도 손에 쥔 새의 생사 쯤은 알 만한 일이어늘."

 장견은 톡톡히 창피를 당하였다. 되도록 이 광경을 목격한 사람의 숫자가 적기를 바라는 마음이었다.

 이듬해 사월, 그러니까 항복의 나이 겨우 아홉 살 되던 때 우연히 병에 걸린 우참판 이몽량은 수개월을 자리보전한 채로 신음하다가, 마침내는 어떤 약이나 침으로도 효험을 보지 못하고서 예순여섯 살을 일기로 세상을 떠났다. 숨을 거두기 직전, 참판은 항복을 자리 옆에 불러 손을 잡고서,

 "네가 입신하는 걸 못 보고 죽는 것이 마음에 걸린다. 사람이 세상에 태어나 양반이 되려면 무엇보다도 학문을 닦아야 하느니라. 내가 세상을 뜬 뒤에라도 지성으로 공부해서 부디 훌륭한 사람이 되어 다오."

 하는 말을 유언으로 남기고 그만 운명을 하였다. 아버지를 여읜 항복의 슬픔은 너무나도 컸다. 생전에는 엄하여, 한편 무서우면서도 자기를 가장 잘 알아 주시던 아버님. 그 아버님이 이제는 세상에 안 계시다. 항복은 애통함을 금치 못하여 그 날부터 갑자기 다른 사람이 된 듯이 철이 나서 상복을 입고 비린 것을 입에 대지 아니하며, 두 형과 함께 아침 저녁으로 영전에 음식을 받들어 올리기를 지성으로 하였다. 졸지에 주인이 없어지니, 살림 모양새가 변하고 집안 형편도 무척 달라졌다.

절 공부

삼 년이 지났다. 항복은 몽상(부모가 돌아가서 상을 입는 것)을 벗게 되자 다시 옛날의 장난꾼 야살이로 되돌아와 있었다. 그 사이에 몸이 자라고 꾀도 무척 늘었다.

이제는 하는 짓이 옛날과 달라, 장난도 규모가 매우 커졌다. 집 뒤에 커다란 씨름판을 만들고 제기차는 터전도 넓다랗게 장만하여 밤낮으로 아이들을 모아 놓고는 못된 짓이란 짓은 골라가며 다 했다.

한 번은, 석전(돌팔매질 싸움)을 하느라고 호주머니에 돌을 잔뜩 넣고는 그것을 던지며 송현 네거리까지 나갔을 때, 한길에서 고모부 되는 승지(벼슬 이름) 박근원을 만났다. 하마터면 항복이가 팔매질하는 돌에 매찜을 당할 뻔한 박 승지가 항복을 크게 꾸짖었으나, 그까짓 소리는 마이동풍의 네 뚜리다.

박 승지는 항복을 붙든 채 양생방 집으로 끌고 가서 윤복 송복의 두 형을 호되게 나무랐다.

"항복이를 이 모양으로 버려 두었다가 나중에 뭐가 되랴고 너희들은 그렇듯 무심하냐. 무슨 대책이 있지 않고서는 안 되겠다."

안에서 이 말을 엿들은 최씨 부인은 한편으로는 부끄럽고, 다른 한편으로는 항복의 장래가 염려되어 무척 가엾기도 하였다. 아닌 게 아니라 무슨 대책이 있어야겠다고 그 일로만 며칠을 궁리에 잠겨 있을 적에, 마침 해월대사가 찾아왔다.

이 분은 의성 땅에 있는, 31본산의 하나인 고운사의 주지 스님으로, 대감이 살아 계실 때에도 가까이 지내어 가끔 와서는 며칠씩 묵어 가던 늙은 스님이다.

'옳지, 되었다.'

학문과 덕행이 높은 해월대사에게 항복을 맡겨서 절 공부를 시켜 보았으면, 하는 생각이 최씨 부인 머리에 떠오른 것이다. 그는 이내 큰 아들 운복을 불러 그 뜻을 대사에게 전하게 하였던 바, 대사도 쾌히 승낙하여 어른들끼리는 작정을 해 놓았으나, 당자가 와서 무어라 할지 염려스러워 송복을 시켜서 밖에 나가 막둥이를 데려오라 일렀다.

"어머니, 저를 부르셨어요?"

항복은 씨근거리며 헐레벌떡 뛰어 들어왔다.

"오냐, 거기 좀 앉아라."

어머니의 심상치 않은 기색을 보자, 경계하면서 조심스럽게 앉는다.

"또 장난 말라고 하시려는 게지. 그렇지요, 어머니?"
"그것두 있다마는…… 그보다는 너……."
차마 말이 잘 안 나온다.
"무얼 말씀이어요?"
최씨 부인은 안 떨어지는 입을 억지로 열었다.
"너, 해월 스님 알지?"
"알구말구요. 머리 벗겨진 늙은 거지."
"그게 무슨 말버릇이냐. 해월 스님은 덕이 높으신 훌륭한 스승이시다. 너, 그 분을 따라 절에 가서 글 공부를 해 보지 않으려느냐?"
하는 말에 항복이는 깜짝 놀랐다.
"뭐요? 저더러 중이 되라는 말씀이세요? 어머니, 다 알았어요. 그 거지 중이 저를 잡아 가겠다고 했지요? 그렇지요?

그 중녀석 지금 어디 있어요? 당장에 만나서 본때를 한 번 보여 주어야지."

하며 손바닥에 침을 퇴퇴 뱉는 것을 본 어머니 최씨 부인이

"항복아!"

하고 큰 소리로 불렀다.

찔끔하여 돌아다보는 항복의 눈에, 눈물이 핑 괸 어머니의 얼굴이 비치었다.

"?"

"너는 설마 아버님의 말씀을 잊지는 않았을 테지?"

"……."

자기를 위하여 눈물짓는 어머니를 보는 것도 처음이오, 선친의 유언 이야기를 어머니 입에서 들어보기도 오늘이 처음이다.

"그 동안에 아무리 일러도 나로서는 되지 않아 어쩔 수 없이 해월 스님께 너를 맡기기로 작정했으니, 군소리 말고 내일 스님을 따라 고운사로 길을 떠나거라."

항복이 눈에도 눈물이 핑 돌았다. 집을 떠나라는 말이 역겨워서가 아니었다. 절간으로 가는 것이 기가 차서도 아니었다. 그 동안 잊어버리고 있던 아버지 생각이 난 것이다.

임종하실 때, 일러 주시던 말씀과 광경이 머리 속에 되살아 떠올랐기 때문이다.

"잘 알았어요. 어머니, 더 말씀을 안 하셔도 잘 알겠어요."
 응석을 부리고 싶어도 곁을 주지 않는 어머니 앞에 항복은 정색하고 무릎을 꿇었다. 소리 없이 한참을 눈물 짓고 앉았던 항복이 벌떡 일어나 밖으로 나가더니 팽이 채, 얼레, 표창에 씨름 샅바 등을 꺾고 끊어서 아궁이에 쳐 넣고 도로 들어온다.
 "대사를 따라가 열심히 공부하고 오겠습니다. 오년이 걸리든, 십년이 걸리든 학문에 자신이 생기기까지는 돌아오지 않겠습니다."
 "……오냐 ……부디……."
 위로와 격려를 하고 싶었으나, 목이 메어 말이 나오지 않는다.
 이날 밤 최씨 부인은, 객지에서 지낼 아들을 위하여 날이 샐 때까지 손수 행장을 장만하였다.
 때는 동짓달 그믐께ㅡ. 밖에는 모진 바람이 불고 문 틈으로 새어 드는 냉기가 입술마저 싸늘할 지경이다. 몇 번이고 뉘우치게 되고 흐려지는 결심을 채찍질하느라 피가 터지도록 부인은 입술을 악물었다.
 이튿날 아침, 마지막 겸상으로 항복이와 마주앉아 아침을 드는 부인은, 억지로 웃음을 짓고 여러 말로 타일렀다.
 "어머니, 염려 마셔요. 잘 다녀오겠습니다."
 싱긋 웃으며 나서는 장난꾸러기 아들을 떠나보내기 위해

부인은 삼월이를 데리고 대문 밖 높은 언덕에 올라섰다. 새벽부터 내리기 시작한 눈이 솜뭉치처럼 굵어져 펑펑 쏟아진다. 하얀 눈을 헤치고 노승의 지팡이를 따라가는 어린 아들을 바라볼 때, 부인의 가슴은 차마 못 견딜 정도로 애처로움에 가리가리 찢어지는 듯하였다.

서울서 반 천리 길―. 처음 보는 풍물에 항복은 모든 것이 흥겹기만 했다. 멀리 신라 때 의상법사가 설법한 곳에 조통화상이 절을 이룩했다는 유서 깊은 이 곳에 다다르자, 먼 길을 지나오면서 쌓인 피로가 채 풀리기 전인데도 항복은 곧 책을 꺼내 들고 읽기에 열중하였다.

그는 공부에 무척 열심이었다.

그러나 장난하던 버릇을 하루 아침에 떨칠 수 없었던지, 하루가 지나고 이틀이 지나면서부터 결심은 조금씩 느슨해지기 시작하였다. 글 읽는 시늉만 하면서 아닌 체하고 절의 풍속과 여기 사는 사람들을 유심히 살피었다.

절에는 스님이 수 십명이나 있었다. 그들이 속인(일반 세상 사람)인 항복을 그리 달갑게 여기지 않을 것은 당연한 일이었다. 그 중에서도 도념이라는 상좌승은 도무지 곰살궂지가 않다.

사사건건 말썽을 부리고 기회 있는 대로 윽박지르는 것을 일로 삼는다. 마치 세상에 태어난 목적이 항복이를 등쌀대기 위해서라는 듯, 매사에 오금을 박는다.

'내 언제든 요 놈에게 단단히 되갚아 주어야……'

항복은 입을 오무리고 얌전한 시늉을 해 보이지만 마음속으로는 요런 앙큼스런 생각을 하고 있었다.

하루는 상좌가 글 읽고 있는 항복이 방으로 왔다. 반가운 체하지 않았다가는 또 무슨 사나운 꼴이라도 당하게 될지 몰라, 일부러라도 반가운 시늉을 해 보이지 않으면 안 될 것이다. 항복은 책을 주섬주섬 걷어 치우고 자리를 내주어 우선 앉게 하였다.

"대감 자제, 공부가 잘 되나?"

대뜸 꺼내는 말부터가 빈정거리는 수작이다. 항복은 속으로 아니꼬웠으나 쌩끗 웃어 보였다. 상좌는 이렇게 가끔 그의 방을 찾아온다. 집에서 가져온 건어물(고기나 생선을 말린 것)이나 강정 따위를 내놓곤 하였더니, 거기에 맛을 붙인 모양이다. 중이 고기 맛을 알면 절에 빈대가 안 남는다지만, 이 상좌도 육붙이에는 정신을 빼는 자다.

"살아 있는 것은 안 되지만 저며서 말린 포 따위야 상관없지."

어쩌고 하면서도 주지 스님에게는 그 말을 말라고 하는 걸 보면, 저며서 말린 것일지라도 불가에서 권장하는 음식은 아닌 성싶다.

'이 자를 오늘은 골탕을 한 번 먹여 주어야겠어.'

평소부터 벼르던 그는 준비해 둔 바를 실제 행동으로 옮졌다.

"상좌 스님, 약과 좀 자셔 보시려우?"

"약과? 약과야 참 좋은 음식이지. 있거든 좀 주게나."

상좌는 벌써 입맛을 다신다. 항복이 살강에서 찬합을 내리어 뚜껑을 열고 먹어 보라고 권한다.

"산사에서는 구하기 힘든 진귀한 물건이로군. 산승의 입이 복을 받는단 말이야, 허허허."

어쩌고 하면서 무서운 속도로 차례차례 먹어 들어간다. 누에가 뽕나무 잎을 씹듯, 눈을 감고 연신 후들거리던 상좌가 별안간 퉁방울 같은 눈알이 금세 쏟아져 나올 듯이 눈을 뜨고,

"푸푸!"

하며 화닥닥 일어났다.

"왜 그러서요?"

"에푸, 이게 뭐냐?"

상좌는 오만상을 찡그리더니 당장에 죽는 시늉이다.

"말씀을 해야 할 게 아니오? 무엇 말씀이오?"

"물…… 물을 가져와, 양치질을 해야겠어."

항복은 밖으로 나와 나무 그릇에 퀴퀴한 구정물을 담뿍 떠다주었다. 정신없이 그것으로 양치질을 하였으니 견디어 배길 장사가 없다.

상좌는 입안에 머금었던 물을 모두 내뱉었다.

"이건 또 무슨 물이야? 그리고 조금 전에 먹었던 약과는 무엇으로 만든 거야?"

사실 항복이가 그에게 먹어 보라고 권했던 약과 속에는 웅담(곰의 쓸개)이 들어 있었다.

곰의 쓸개가 들었으니 그 맛이 오죽이나 쓰겠는가?

"이건 뭐 쓰기가 곰의 쓸개같구먼."

진짜 곰의 쓸개를 넣었으니 곰의 쓸개처럼 맛이 쓸 것은 당연하다.

"아따 스님이 그걸 잡수셨군요."

"그게 무언데?"

"시생이 공부하다가 뜻을 이루지 못하거든 먹고 죽으려고 비상을 넣은 약과가 있었던 걸요."

"뭐? 비, 비상……?"

"그렇습니다. 이거 큰 일인걸."

상좌는 더 한층 펄펄 뛴다.

"뭐, 그다지 걱정하실 것 없습니다. 비상에는 사람의 똥이 딱 들어맞는 약이니까요."

"사람의 똥을…… 아, 아니 그 약을 좀 갖다 줘."

"잠깐만 기다리시오."

이리하여 항복은 상좌에게 곰의 쓸개를 먹여 놓고 구정물로 양치질을 시킨 후에, 다시 사람의 똥을 대접하였다. 그러고도 혼자서 종알대는 말,

"스님은 온갖 어려움을 참고 견디셨으니, 멀지 않아 도통을 하시리다."

 약과 몇 쪽을 먹으려다가 크게 혼이 난 상좌는, 어렴풋이나마 그것이 항복이의 장난인 줄을 짐작하였다. 어쨌든 얻어먹을 만한 것도 이제는 다 떨어졌으니, 그 때부터 본격적으로 오금을 박아 주기로 시작한 것이다. 항복은 상좌가 아직도 정신을 차리지 못했나 싶어서 이번에는 여럿이 있는 앞에서 창피를 톡톡히 당하게 해주어야겠다 생각하고 기회를 노리고 있었다. 이런 악도리가 있는 줄도 모르고 상좌는 연신 독이 올라서 항복에게 심술을 부린다.

 그러거나 말거나 항복은, 시치미를 뚝 떼고 얌전을 피우고 있다. 그러던 어느 날, 새벽 불공을 드리느라고 스님들이 법당에 늘어서서 염주 알을 굴리며,

"관세음보살……."

 을 외고 있을 때였다. 이 날은 항복이도 아침 일찍 법당에 나가 상좌승 등 뒤에 바짝 따라 섰다. 스님들이 죽 늘어선 끝에서 상좌는 목탁을 두드리며 관세음을 외운다. 이윽고 불공이 다 끝나고 상좌가 걸상에 걸터앉으려는 찰나, 속으로만,

"에잇!"

 하고 힘을 주며, 항복이 미끄러져서 넘어지는 척 하면서 걸상 다리를 걷어 찼다. 동시에,

"쿵!"

하는 육중한 소리가 났다. 상좌승이 목탁을 손에 잡은 채 뒤로 나둥그러진 것이다.

"아이쿠!"

한참은 꿈쩍도 못 한다. 그도 그럴 것이다. 걸상이 볼기짝 아래 있을 것을 믿고서 마음을 턱 놓고 주저앉았으니, 왜 안 그렇겠는가. 다른 스님들은 우스운 것을 억지로 참고 서로 쿡쿡 찌르며 킥킥거린다. 만일 소리 내어 웃었다가는, 가뜩이나 감때가 사나운 상좌에게 무슨 욕을 보게 될는지 알 수가 없어서다.

항복은 짐짓 넘어진 상좌에게 달려들며,

"스님, 어디 다치신 데나 없으시오?"

하고 쓰다듬어 줄 듯이 팔을 내어 저었다.

"요 녀석, 네가 한 장난이지?"

상좌는 눈을 부라리었다.

"원 스님도……. 나도 쓰러졌는데 장난이 무슨 장난이겠어요?"

"하마터면 허리가 부러질 뻔했다."

"하지만 천행이지요. 스님의 몸뚱이가 살과 뼈로 되었기에 망정이지, 사기나 오지 그릇이었더라면 완전히 박살이 날 뻔하지 않았겠어요?"

스님들은 일시에 와 하고 웃었다. 그 뒤부터 항복은 상좌만 제외한 다른 스님들에게는 매우 환영 받는 존재가 되었다. 상좌에 대한 보복은 이것으로 끝난 것이 아니다. 그는 다시금 정면 대결을 결심하는 것이었다.

상좌가 백일 기도를 한답시고 하루에 한 끼니씩만 먹으면서 법당에 늘어붙어 있기 시작하였다. 싸늘한 마룻바닥에 쭈그리고 앉아서 날마다 불경을 외우는 것까지는 상관이 없었으나, 항복을 볼 적마다 눈을 흘겨 주고 느닷없이 곁을 지나다가도 주먹으로 옆구리를 쥐어지르곤 하는 데는 참을 수가 없었다. 그렇다고 힘으로 맞설 수는 없고, 스님께 일러바치자니 비겁한 고자질같아서 하기가 싫다.

'좀 더 두고 볼 수밖에……'

항복은 또 다시 기회를 노리는 것이었다.

'까닭 없이 남을 미워하고 앙탈을 쓰는 주제가 저러고만 있으면 부처님이 곱다고 할까, 고얀 놈.'

정말로 고얀 놈이다.

그건 그렇고, 대체 추위를 어떻게 견딜까?

'몸이 꽁꽁 얼어 들어올 것인데……'

그리고 시장한 것은 어떻게 참을까?

'춥고 배고프고 게다가 졸리기도 할 것이다.'

저렇게까지 고생을 하면서 백일 기도를 드린다면 그럴 만한 재미가 있다거나 견디어 나갈 차비가 있어야 할 것이다.

'오냐, 내가 그것을 알아내리라.'

이렇게 마음 먹은 항복이는, 상좌가 잠시 법당을 비운 틈을 타서, 추울 테니까 속이불 하나를 말아 들고 불당 위 석가여래상 뒤로 기어들어가 몸을 숨긴 채 법당 안의 동정을 살피기로 하였다.

이윽고 상좌가 나타났다. 숨을 죽이고 앉아 있는 항복이의 눈이 어둠 속에서 구슬처럼 빛났다.

불전에 등명을 올리고 물러난 상좌는 웬 일인지 법당 안을 이리저리 휘휘 살핀다.

'옳거니, 글쎄 무슨 꿍꿍이속이 있다니까.'

항복은 초롱불처럼 눈을 크게 뜨고 가만히 내다보았다. 상좌는 부시럭거리며 품 속을 뒤지더니, 개잘량(개 가죽으로 만든 털 방석) 하나를 꺼내어 마루에 깔고 그 위에 올라앉는다.

'그러면 그렇지!'

속으로 중얼거리며 더 보고 있노라니까, 이번에는 장삼 소매에서 대추를 꺼내서 부지런히 입으로 가져간다. 염불을 하면서 먹어대는 판이라 냠냠 소리는 날 리가 없다. 어찌 그뿐이겠는가, 다시 가사를 들춰서 호로병을 꺼내고 마른 안주를 집어내어 연신 술을 마셔 가며 안주를 씹는다. 그리고 보니, 따뜻한 자리에 앉아서 술과 안주를 즐기는 판이다.

'원 저런 놈 봤나!'

항복은 소리가 나도록 이를 빠드득 갈았다.

"……나무아미타불……나무아미타불……"
'빌어먹을 놈이 저러고 앉아서 나무아미타불은 무슨 개떡 같은 나무아미타불이야.'
거룩한 지역을 더럽히는 악덕의 행위…….
'오냐, 내가 하늘을 대신하여 이 놈에게 천벌을 내리리라.'
이렇게 작정한 항복이는 석가세존의 불상 뒤에서 가만히 일어났다.
상좌는 여태도 눈을 감은 채 몸을 비비꼬며 앉아 있다.
항복은 먼저 땋은 머리를 풀어서 얼굴을 덮은 후에, 댕기로 이마를 질끈 동여매었다.
그러고는 흰 것이 겉으로 나오도록 이불을 뒤집어 쓰고서 불상 앞으로 성큼 나서며,
"천하에 용납 못 할 이 고얀 놈, 능지처참을 할 놈 같으니!"
하고 고함을 질렀다. 드넓고 텅 빈 법당 안에 소리가 메아리가 되어 쩡쩡 울린다. 이불 자락이 펄럭이면서 일으킨 바람에 촛불이 꺼졌다. 이제는 쌓인 눈에 되비치는 희미한 빛 속에 소리를 지른 괴물의 윤곽만이 몽롱하게 보일 뿐이다.
"으악!"
술 취한 몸이 소스라치게 놀랐으니, 정신을 잃을 것은 당연한 일이었다. 상좌가 까무라쳐서 마룻바닥에 그대로 뻗어 버린 것이다. 노여운 마음으로 봐서는 당장에 해월 스님을 모셔다가 이 꼬락서니를 보이고 내쫓게 하고도 싶었으나, 이

제는 정신이 나려니 싶어서 그냥 자기의 처소로 돌아온 항복이었다.

상좌가 언제 깨어났는지는 모른다. 이튿날부터 아무 일도 없었다는 듯 전이나 다름없이 천연스럽기는 하였으나, 정신은 별로 차린 것 같지는 않았다.

백일 기도는 몸이 아프다는 핑계로 그만두었다. 이것만으로도 항복은 성공을 한 셈이다. 그런 식으로 드리는 백일 기도라면 진작 그만두는 편이 부처님을 위해서도 좋을 일이다. 백일 기도는 이럭저럭 집어치웠으나, 항복에게 오금을 박아 주는 일은 계속한다.

'제 놈의 비밀을 내가 모르는 줄 알고……. 내 앞에서 머리를 못 들게 하려면?'

귀띔만이라도 해 주어야겠다. 그래서 하룻저녁은,

"상좌 스님."

하고 도넘이를 불렀다.

"왜 그래?"

"요사이 안색이 언짢으신데, 몸이라도 불편하시오?"

하고 수작을 붙이었다.

"너를 잡아먹지 못해서 불편하다."

"하하하, 잡아먹기 전에 귀신에게 잡혀가지나 마시오."

"귀신에게?"

"그렇소. 간 밤에 꿈을 꾸었더니, 머리를 풀어헤친 귀신이

절 공부 87

나타나 '상좌 스님을 잡아 가야겠다'고 말하더이다."

"귀신이 나를……?"

도념은 벌써 얼굴빛이 창백해졌다.

"예, 법당에서 올바르지 못한 짓을 했다고 하면서……."

"쉿, 누가 들을라."

"하하하, 들으면 대수요?"

이만했으면 알아들을 법도 하건만, 상좌는 낌새를 알아차리지 못하는 눈치다. 그도 그럴 것이, 섣달그믐날 밤이면 이 절에 귀신이 나타난다는 전설이 있는 탓으로 항복의 말을 괴이쩍게 여기지 않는 것이었다.

"그 말이 정녕이니?"

"여부가 있소? 그 귀신의 생김새를 말하리까?"

"아, 들을 것 없어."

생각만 하여도 몸이 오싹하는지, 상좌는 치를 부르르 떤다.

"추우시오?"

"음, 고뿔 기운이 있어서 오싹하구나."

'오냐, 이 놈을 한 번 단단히 춥게 하여 주리라.'

이런 생각을 하니, 웃음이 저절로 난다.

"후후훗."

"왜 웃노?"

"추워서 웃소."

"추우면 웃음이 나나?"

"난 추우면 웃음이 나는 이상한 버릇이 있소, 후훗."

"별놈의 버릇 다 보겠네."

상좌는 어서 자리를 피하고 싶은 듯, 항복이 방 앞을 지나쳐 버린다. 상좌가 물러간 뒤에도 항복이는 그린 듯이 앉아서 입술을 꼬옥 다물고만 있었다.

집에서 가져온 어물과 건포 따위도 다 떨어진데다, 고기나 생선이 없는 반찬으로 먹는 절밥에 입맛을 잃어서 이제는 육붙이 생각이 무럭무럭 난다. 이럴 즈음에 항복이가 사귄 것이, 산중으로 삼을 캐러 다니는 심마니와 의성 고을에서 토끼 사냥을 하러 올라오는 아이들이었다.

이들과 함께 눈 덮인 산 속을 헤매면서 눈을 헤치고 삼을 찾기도 하고, 산토끼를 만나면 잡아서 구워 먹기도 하였다.

소박한 시골 아이들이라, 서울에서 내려왔다는 꾀주머니 항복이와 며칠 사귀지 않은 사이에 벌써 십 년 친구나 되는 듯 흉허물이 없어졌다.

이러는 사이에 항복은 그들의 대장이 되었다. 그들에게는 이미 대장인 봇돌이라는 아이가 있었지만, 항복이가 싸워서 때려 눕힌 후부터 대장 노릇을 하게 된 것이다.

그래서 이제는 항복이 명령이라면 손발처럼 움직이는 그들이었다. 항복은 글 공부보다도 이 애들과 노는 일이 더욱 재미가 났다. 틈만 나면 절을 빠져 나가서 그 애들과 어울리어 산속을 돌아다녔다. 한 번은 눈 위에 발자국이 난 것을 보자, 항복은 문득 깨달은 바가 있었다.

"애들아, 밤낮 조무라기 토끼나 따라 다닐 게 아니라 호랑이를 잡기로 하자."

하고 엉뚱한 제안을 하였다.

"호랑이가 잡힌다나?"

"글쎄, 하라는 대로나 해. 저기다가 구덩이를 파고 토끼를 넣어두면 호랑이가 빠진다."

하며 산문 앞을 가리켰다.

"스님들이 자주 다니는 길인데 호랑이가 오나?"

"오든 안 오든 시키는 대로 하란 말이다."

"지금 당장 파나?"

"호랑이가 올 날을 내가 아니까, 미리 연장이나 갖다가 감추어 두어라."

이리하여 아이들이 집에서 연장을 가져다가 절 뒤 으슥한 골짜기에 감추어 두었다. 그러고는 때가 오기를 기다리는데, 그 때란 것이 다른 때가 아니라 상좌승 도념이가 탁발을 나가는 날짜였던 것이다. 마침내 그 날은 왔다.

항복은 원숭이같은 아이들을 감독하여, 얼어서 돌덩이 모양 딱딱한 땅을 쪼아내듯이 파서 구덩이를 만들었다. 깊어질수록 땅은 파기가 쉬웠다.

"됐어, 나뭇가지를 얹고 눈을 덮어 놓아라."

이제는 다 되었다. 훌륭한 허방다리가 된 것이다. 하라니까 마지못해 하기는 하였어도, 여기에 호랑이가 와서 빠지리라고는 아이들도 잘 믿지 않는 모양이었다.
"이래 놓으면 호랑이가 정말로 올까?"
"온다."
"안 올끼다."
말이 저마다 다 다르다.
"온다면 오는 줄이나 알어."
항복이가 역정스럽게 지르는 고함 소리에 모두들 입을 다물었다.
"어쩌문 말이다, 백 년 묵은 호랑이가 올는지도 모른다. 호랑이가 백 년을 묵으면 사람으루 변신을 한다니까, 사람처럼 생긴 호랑이가 올는지도 몰라. 하니까 뭐가 빠지거든 사람이건 짐승이건 상관할 것 없이 눈덩이로 때리고 작대기로 찔러라. 하지만 죽여서는 안 돼. 산 채로 잡아야 하니까…….자, 다들 숨어."
항복이는 먼 발치에서 상좌가 내려오는 것을 보았기 때문에 애들을 숨겨 놓고 비단 보자기에 나뭇가지를 싸서 녹용 모양으로 만들어, 눈보따리를 허방다리 위에 올려 놓고서 자신도 골짜기에 몸을 감추었다.
그런 줄을 모르는 상좌는 흥얼흥얼 콧노래를 부르며 산을 내려오다가 비단 보따리를 보자, 눈에서 빛을 내며 주위를

절 공부 91

두리번두리번 살피는 것이었다.
'저게 무엇이야?'
보자기가 훌륭한 것으로 보아 귀한 물건임을 알겠다.
'녹용? 산삼……?'
무엇이든 횡재를 하나보다, 여기고 와락 달려들어 덮치려 하였을 때,
"앗!"
땅이 꺼지며 허리가 휘청하더니, 세상이 빙그르르 한 바퀴 돌면서 몸이 허방다리 속으로 굴러 떨어졌다.
"쿵!"
"잡혔데이."
어디선가 아이들이 달려 나와 눈덩이로 치고 작대기를 휘두르는데, 눈코 뜰 겨를이 없다.
"이, 이 녀석들아, 이게 무슨 짓이냐!"
"듣기 싫데이, 니 호랑이제?"
"무어라구?"
"말은 해도 니 호랑일 끼다. 백 년 묵은 놈일 끼다."
항복이는 웃음을 참으며 이 광경을 지켜 보다가 상좌가 흠씬 얻어 맞은 때 쯤 달려 나갔다.
"이 자식들아, 이 어른은 호랑이가 아니라 절의 상좌 스님 이시다. 비켜라, 비켜."
하고는 한 놈씩 잡아서 눈구덩이에 처박는다. 아이들은

불평을 늘어놓는다.
"사람이라도 치락캐놓고선 와 이카노?"
하면서 뿔뿔이 달아난다.
"스님, 욕보셨소. 이리 나오시오."
"항복이로구나. 너 마침 잘 왔다. 하마터면……."
도념이는 항복이가 자기를 구해 준 일이 대견스럽기만 한 모양이다. 실컷 경을 치르게 해놓고는 외려 공치사를 받으니, 재채기가 날 것처럼 콧속이 근지럽다.
"아닌 게 아니라, 하마터면 큰 욕을 보실 뻔하였소."
"욕은 벌써 본 걸."
"그래두 그만하시기가 다행이지요."
하고는 허리띠를 끌러 상좌의 바랑 끈을 이어서 나무 등걸에 매어놓고 그것을 붙잡고 기어 나오게 하였다.

얼굴에 멍이 들고 이마에는 혹이 돋아 끙끙거리며 함정을 빠져 나온 상좌는, 나는 호랑이처럼 몸을 날리어 항복의 멱살을 끌어 잡았다.
"왜, 왜 이러시오?"
"왜 이러긴, 이게 다 네가 한 장난이지?"
"스님도 참, 빠진 걸 모처럼 꺼내 드렸는데 이런 배은망덕도 있소?"
"난 다 알아. 저 보자기가 네 것이지?"
"그건……."
"그건 어쨌다는 거야? 저 악도리들이 다 너하구 한 패지?"
"그건 말도 안 되오. 일껏 구해 드렸더니, 겨우 한다는 소리가……."
"닥쳐라, 내가 다 안대두."
하면서 데그럭 소리가 나도록 주먹을 뒤통수에 굴린다.
"아이쿠."
항복이가 가만 생각하니, 누구 들을 사람이 없고 말려 줄 이도 없는 곳이라, 손찌검하는 법이 사정을 두지 않을 것이 분명하다.
'제가 그런다면 나도 이러지.'
하고 온몸의 힘을 다 모아서 박치기를 한 번 해줄 생각이 들었으나, 띠를 끄른 바지 허리춤이 자꾸만 아래로 흘러 내려서 힘을 쓸 수가 없었다. 어쩌는 수 없이 상좌에게 붙잡혀서 함정이 있는 데까지 질질 끌리어 갔다.
"요 녀석, 너두 맛 좀 봐라, 에잇."
"앗!"
이번에는 항복이가 구덩이에 빠졌다.
"스님……스님."
"에이, 듣기 싫다니까. 난 이 연장을 가지고 먼저 올라간다."
항복이는 야단이 났다. 상좌는 벌써 절을 향하여 자리를 뜬 모양이다.
"야잇, 상좌야! 도념아! 이 자식아!"
대답이 없다.
"애들아……붓돌아……마당쇠야……."
목이 메도록 부르는 소리는 그대로 바람에 흩어질 뿐이다.
눈가루를 실은 바람이 구덩이 속을 윙 소리를 내며 돌아서 나갈 뿐, 아무리 불러도 외쳐도 대답이 없다. 부르다 지쳐서 이제는 목이 꽉 잠기었다. 이대로 이 속에 있다가는 얼어 죽을 것이다. 오도 가도 못 하게 되어 어찌할 바를 모르고 있을 적에, 문득 눈에 띈 것은 상좌를 구해 내리고 배낭 질빵 끈에 허리띠를 이어서 드리워 놓은 것이었다.
'그러면 그렇지, 사람이 죽으란 법은 없으렸다.'
항복은 빙긋 웃고 그 끈을 붙잡았다. 끈을 손바닥에 감아 쥐고 간신히 기어 올라오는 항복, 그러나 그 일도 결코 수월하지는 아니하였다. 흙이 부슬부슬 떨어지다가는 발이 미끌어져 떨어지곤 한다.

'원 이런 법이……'

서두를 수 없는 일이다.

'끈이 끊어지는 날엔?'

그야말로 끈 떨어진 망석중이가 될 것이다. 이은 자리가 풀리게 되더라도 결과는 마찬가지가 아니겠는가.

'아차 하면 살기는 다 틀린 일.'

항복은 조심조심 줄을 당기어 보았다. 목숨을 걸어 놓은 이 노끈, 이것 하나에 오로지 생사가 달려 있다.

조바심이 나는 것을 가슴을 쓸어내려 억지로 가라앉히고는 다시금 줄에 대롱대롱 매달렸다.

흘러내리는 허리춤을 한 손으로 부여잡고 나머지 한 손으로만 줄을 잡자니 힘이 모자라고, 그렇다고 두 손을 다 쓰면 바지가 뒤집혀 아랫도리가 드러날 지경이니, 정말 딱한 노릇이다. 궁리 끝에 대님을 끌러 두 동강을 이어서 띠 삼아 허리를 질끈 동여매었다.

'이제는 되었다.'

두 손으로 줄을 잡아 기운을 쓰고, 이를 악물고 몸을 솟구쳐서 고생고생 끝에 겨우 구덩이 밖으로 나왔다. 온몸이 땀으로 흥건히 젖어 있다. 젖은 몸에 찬 바람을 쐬니, 오싹 소름이 끼친다.

"어, 추워."

이마의 땀을 씻으며 그제야 보니, 저만큼에서 애들이 한 둘 이리로 오고 있다.

먼 발치에서 감돌던 아이들이 어찌 되었나 궁금하여 모이기 시작한 것이다.

"야, 이, 이리들 와."

아이들은 어슬렁어슬렁 모여 들었다.

"사람이 구덩이에 빠졌는데 너희만 살겠다고 달아나면 어떡하니?"

"그러니께 지금 오는 게 앙이가?"

"뭐가 어째? 이 자식."

대답한 아이를, 약이 오른 항복이는 주먹으로 쥐어 박았다.

"아이쿠, 와 때리노?"

"때릴 만하니까 때린다."

분풀이 삼아 항복이는 주먹을 쥐고 턱을 마구 때려 주었다.

"다 덤벼라."

하도 기운차게 덤비는 서슬에 아이들은 풀이 죽어서 대꾸하려고도 들지 않는다. 항복의 분이 어지간히 가라앉았을 무렵, 그 중의 한 아이가,

"호랑이가 연장을 가져갔으니 우애 찾노? 얄궂데이."
하며 연장 잃어버린 것을 걱정한다.
"이 자식아, 그건 호랑이가 아니라 절의 상좌래두. 사람이야, 중 놈이야, 느 아버지다."
"그게 무슨 소리고? 말이면 다 하나?"
또 한 번 옥신각신이 벌어지려 할 적에 마당쇠가,
"저게 뭐꼬?"
하였다.
"가 보자."
애들이 우, 밀려 갔다.
"바랑이데이. 호랑이가 놓고 간 보따리 앙이가?"
"열어 보자."
바랑 속에서는 밤, 대추, 강정 따위가 나왔다.
"먹자."
한창 시장하던 판이라, 애들은 그것을 정신없이 먹다가 한 녀석이 색시 그림을 그린 종이 한 장을 꺼내들었다.
"그림 잘 그렸데이."
"이거 뉘 집 각시가?"
"낯은 익은데 모르겠데이."
"어디서 많이 본 얼굴이다."
아이들은 그림을 들여다보며 저마다 한 마디씩 한다.
"알았다. 박 첨지 딸이데이."

나이배기 하나가 무릎을 치며 이렇게 말했다.
"박 첨지 딸이면 돌쇠 누이 아니가?"
"맞다 맞다. 돌쇠야, 이리 와서 자세히 보래이. 니 누이제?"
돌쇠가 보더니,
"꼭 닮았데이."
하고 보증을 하였다.
"너 누이 화상이 와 이 바랑 속에 있노?"
"모르겠다 앙카나?"
"조홧속이라."
그러나 말 없이 듣고만 섰는 항복이만은 그 까닭을 알 수가 있었다. 그는 눈을 뾰족하게 뜨고 입을 오므렸다. 앙갚음을 해야 한다, 상좌는 내가 얼어 죽으라고 버려둔 채 가지 않았느냐, 그 따위로 한다면 나도 한 번 욕을 보여 주어야겠다고 속다짐을 했다.
비로소 그는 오므렸던 입을 빠악 열었다.
"애들아, 이리 오너라."
항복은 애들에게 귓속말을 하였다.
"알았니?"
"알았데이."
아이들을 집으로 돌려 보내고 항복은 절로 돌아왔다. 상좌를 보았으나, 아무 일도 없었다는 듯 태연하게 대했다.
이튿날이다. 그는 넌지시 방 앞을 지나가는 상좌를 불

렀다.

"스님."

"왜 그래."

"할 말이 있소."

"네 말은 듣지 않을란다."

상좌는 도끼 눈을 부라리며 그냥 지나치려 하였다.

"안 듣겠거든 그만두구려. 박 첨지 딸에게 안 듣는다더라고 말할 테니, 그리 아우."

"뭐? 박 첨지 딸이라구……?"

앞으로 한걸음 내디디려던 상좌가 휙 몸을 돌이켰다.

"난 모르우."

"얘, 그러지 말아. 박 첨지 딸이 어쨌다는 거냐?"

상좌는 귓맛이 바싹 당기는 모양이었다.

"난 말하지 않을라오. 금세 내 말을 듣지 않겠노라구 하지 않았소?"

"그것두 말 나름이지, 박 첨지 딸 이야기라면 안 들을 수 없어. 귀지를 후벼 내고 들어야겠다. 어서 말해 다오."

'이 자가 차츰 걸려드는구나.'

속으로만 좋아라 하며 항복은 이내 발끈한 시늉으로 돌아 앉는다. 상좌는 연신 몸이 달아서,

"네가 박 첨지 딸을 어떻게 아니? 응, 말해 보아라."

당장에 태도가 싹싹해지면서 구슬리기 시작한다.

"알 도리가 다 있지요. 내 친구 돌쇠가 박 첨지 아들인 걸요."

"아, 그것 참 희한한 연분이다. 그래, 박 첨지 딸이 무어라던?"

"무어라긴 무어래요. 스님께 여쭐 말이 있으니, 오늘 유시(저녁 여섯 시 쯤)에 물레방앗간에서 기다려 달라고 하더랍니다."

"뭐? 히히히, 그게 누구 말이냐?"

"제 누나가 그러더라고 하면서 돌쇠가 내게 한 말이오."

"진작 좀 말하지 못하구서, 왜 이제야 이런 말을 하니? 후후훗."

유시라면 시간이 얼마 남지 않았다. 상좌는 몸을 씻고 새 옷으로 갈아 입는 등, 퍽 수고를 한다.

이윽고 그는 도둑고양이모양 눈알을 번득이면서 주위를 살피다가, 마침내 휑하니 절을 빠져 나간다. 그 뒤를 항복이가 살금살금 따라 나섰을 것은 물론이다.

물레방앗간은 산을 내려와서도 한참을 가야 하는 동네 어귀에 있다. 그러니까 일찍 떠나야 한다.

섣달도 대목이 가까운 무렵이니 방앗간이 바쁠 법도 하건만 개천물이 얼어 붙어서 겨울 한 철은 버려두고, 마을 사람들은 연자매만을 이용하므로 물레방앗간은 호젓하고 인기척이 없다.

'후후훗, 고것 참……. 겉으로는 쌀쌀한 체하면서도 속은 또 아주 딴 판이었다니까.'

'헤헤헤……고게 아주 맹랑하거든.'

상좌는 입속말로 중얼거리면서 걸음을 재촉하였다. 짧은 겨울해가 산마을에서는 한층 더 짧다. 벌써 주위가 어둑어둑하다. 방앗간에 이르자, 상좌는 기침을 한 번 하고 사방을 살펴보는 듯하다가 안으로 쑥 들어갔다.

그저께 항복이의 지시를 받은 아이들은 벌써부터 와서 주변에 숨어 있었다. 이제는 항복이도 그리로 와서 아이들과 합세하였다.

"시작할까?"

"좀 더 있다가."

그들이 숨을 죽이고 안의 기척을 엿들으려 하나, 아무 소리도 나지 않았다.

한편 상좌는, 이제나 저제나 하고 박 첨지 딸이 오기를 기다렸지만 아무런 소식도 없다. 엎친 데 덮친 격으로 땅의 찬 기운이 다리를 기어올라 아랫도리가 얼어 들어오고 배가 살살 아프다.

'혹시 항복이에게 속지 않았나?'

하는 생각도 들었으나, 되도록 그렇게 생각하고 싶지 않았다.

'좀 더 기다려 보자.'

그는 발을 동동 구르며 추위를 피해 보려 한다. 바로 이 때였다.

멀리서,

"미친 개다."

하는 소리가 났다.

"미친 개다, 미친 개!"

소리는 점점 다가온다. 그것은 물론 아이들의 목소리였지만 그것을 가려 들을 만한 마음의 여유가 상좌에게는 없다.

밖으로 나가 보고 싶기도 하였으나, 때 아닌 시각에 스님이 방앗간에서 나왔다면 남보기에도 상서롭지 않겠으므로, 소동이 어서 지나가 버리기를 고대하면서 아픈 배를 움켜잡은 채 쭈그리고 앉았다. 그러나 소리는 멀어지지 않았다. 멀어지는 게 다 무엇이냐. 도리어,

"이 놈의 개가 어딜 갔을까. 방앗간에 숨었을 끼라."

하는 소리가 난다.

이제는 정말로 움츠리고 뛸 수도 없게 되었다.

또 하나 걱정되는 것은, 미친 개가 이리로 들어오면 어쩌나 하는 일이었다. 체면 따지지 않고 나가고도 싶지만, 만일 그랬다가 미친 개가 뛰어 나와서 덥썩 물면 또한 큰 일이다. 그는 문을 안으로 꽉 잡아서 개건 사람이건 뛰어 들지 못하도록 하였다. 하나 실상은 그럴 필요도 없었다.

"방앗간에서 시방 무슨 소리가 났제?"

"음, 나도 들었다."

"분명 미친 개가 이 속으로 숨었나보다. 문을 잠가라. 작대기로 문을 버티어라."

"그게 좋겠어."

이리하여 문은 억척같이 잠기었다.

"몽둥이를 가지고 모두들 둘러서라. 문을 열 테니 뛰어 나오거든 단번에 때려 잡어."

"그러자."

이제는 모든 채비가 다 되었는지, 작대기를 비켜 놓고 문을 열려는 모양이다. 그러나 안으로도 잠긴 문이 열릴 리가 없다.

"문이 안 열리네."

"그럴 것 없이 좋은 수가 있다. 문을 도로 잠가라."

"좋은 수가 뭐꼬?"

"방앗간에다 불을 지르자. 방앗간은 다시 지으면 되지만 미친 개를 놓치면 큰 일이데이."

"그 말 맞다, 불을 지르자."

아이들은 미리 마련해 두었던 섶나무들을 방앗간 주변에 쌓아 놓고 모닥불을 피웠다.

어두운 밤하늘에 불빛이 치솟고 널름거리는 불길이 금세라도 방앗간을 집어삼킬 듯이 휘황하다. 이에 상좌는 더 참을 수가 없었다. 죽을 지경의 막다른 골목에서 체면이고 무어고 우선 살아나고 볼 판이 아니겠느냐.

'살아나려면 어떻게?'

소리를 질러야 한다.

'어떤 소리를?'

'여기에 사람이 있다, 이 문 열어라!' 하고.

'그래도 안 열어 준다면?'

그때는 하는 수 없이 살려달라고 애원하는 길밖에 없으리라. 하지만 그것은 멋이 없다.

사람이란 아무리 급한 지경에 빠졌을 때라도 멋이라는 것을 잊어서는 안 된다.

멋을…… 멋을…… 멋이 있어야 한다.

'무슨 멋을 부리나?'

옳지, 좋은 수가 있다.

상좌는 빙긋 웃고 목청을 가다듬었다.

"미친 개 잡았다. 이 문 열어라."

그래도 밖에서는 대답이 없다.

"……미친 개를 내가 때려 잡았다니까, 문을 열래두."

"야, 안에 누가 있나보다."

드디어 반응이 나타났다.

"앙이다. 사람이 와 있노?"

"미친 개일 끼라."

"개도 말하나?"

절 공부 105

상좌는 안에서 다급해졌다. 그래서,
"개도 있지만 사람도 있다."
"개도 있다고? 그게 미친 개제?"
"미친 개는 내가 때려 잡았어, 그러니까 빨리 문 열어 줘."
"그리 말하는 니는 누꼬?"
이렇게 되니, 본색을 말하지 않을 수 없어서,
"나는 고운사의 상좌승 도념이다. 빨리 문 열지 않으면 타 죽는다."
하고 울음 섞인 소리로 외쳤다.
"모를 소리데이. 상좌 스님이 이런 시각에 이런 곳에 와 있을 리가 있나. 니 귀신이제?"
"아, 아니야. 분명 도념이다. 여기를 지나다가 미친 개가 도망간다는 소리를 들었을 때, 그 개가 방앗간으로 들어가는 것을 보고는 따라 들어와서 때려 잡았다."
"때려 잡았다고?"
"그랬다니까."
"스님도 살생(생명이 있는 것을 죽이는 일)을 하나!"
상좌는 말문이 막혔다. 딴은 그렇다. 스님이 살생을 할 수는 없는 일이다.
"거짓부렁이다. 너 개 귀신이제?"
"중이래두. 개는 죽이지 않고 산 채로 잡았단 말이다."
"어디 좀 보제이."

누가 문 틈으로 안을 엿보려는 낌새에 상좌는 얼른 품 속에서 개잘량을 꺼내었다.

전날 법당에서 깔고 앉았다가 항복이에게 욕을 본 그 물건이다.

"야, 정말로 스님이다. 불을 꺼라, 불을 꺼. 물을 길어 오너라."

이 소리에 상좌는 이제는 살았나보다 싶었다.

"불을 끄더라도 먼저 이 문을 열어 줘."

"아니오, 먼저 불부터 꺼야지. 그 개를 놓치고 불을 끄지 못 하면 큰 일이오. 모든 일에 순서가 있는 법이니, 스님, 괴로우시더라도 잠깐만 참으시오. 어서 물을 가져와."

이것은 항복이의 목소리였지마는 다급해진 상좌는 알아채지를 못한다.

물은 따로 길어 올 것도 없었다. 이런 일이 있을 것을 미리 짐작한 항복이가, 아이들을 시켜서 벌써 떠다 놓은 물이 여러 동이나 있다. 그들은 항복이의 지시를 받아서 모닥불을 끄는 한편, 방앗간의 초가지붕을 벗기고 위로부터 물을 퍼부었다.

"으흐!"

폭포수처럼 쏟아지는 얼음물—맨송맨송한 머리에 그것을 맞았으니, 온몸이 칼을 맞은 것처럼 선뜻하다.

"어푸…… 어푸……."

무슨 말을 하려 하나 말이 되지 않아서 쩔쩔매는데, 물은 연거푸 쏟아진다. 급한 김에 얼른 개잘량을 들어서 머리 위에 얹었지만 소용이 없다.
"무, 무, 문 열어."
"불부터 꺼야겠소."
"사람 살려라."
드디어 실토가 나왔다.
"이크! 안에서 개를 놓쳤나부다."
"개는 안 놓쳤다. 사람만 살려라."
상좌는 물벼락을 맞으면서도 고함을 질렀다.
"그러면 문을 열어 드릴 터이니, 개부터 먼저 내보내시오."
"개가 어디 있어?"
"개가 없다구요?"
"아, 참 있지! 여기 있어. 그러니까 어서 문을……."
"알았소이다. ……자 이제는 문을 여세. 스님, 수고가 크시오."
하며 밖으로 문이 벌컥 열리었다. 상좌는 하도 지긋지긋하여서 성큼 방앗간 밖으로 뛰쳐 나왔다. 머리에 쓴 개잘량을 벗지 않은 채 한 걸음 발을 내디디자마자,
"미친 개다이."
하는 소리와 함께 어둠 속에서 작대기 하나가 불쑥 튀어나와 정수리를 딱 갈긴다.

"스님은 살생을 못하지만 우리야 상관 있나. 그 놈의 개 때려 죽여라."

벌써 정신이 얼얼한 상좌는 변명 한 마디 못 해 보고 흠씬 얻어맞고서 그 자리에 쓰러졌다.

얼마 뒤, 간신히 정신을 차려 상좌가 몸을 일으켰을 때는 벌써 항복이와 아이들은 그 자리를 떠나 집으로 돌아와 있을 무렵이었다.

"어, 추워."

그러나 웬 일인지 볼기짝과 잔등만은 후끈거린다. 알고 보니, 모닥불을 켜 놓은 자리에 자기가 누워 있었던 것이다.

'이런 변이……'

걸음을 옮겨 놓으려니까 온몸이 쿡쿡 쑤시고 결리지 않는 곳이 없다. 그보다 살을 에는 듯한 매서운 바람은 도저히 견딜 수가 없었다. 흠뻑 물에 젖은 장삼이 삽시간에 얼어서 뻣뻣해졌다. 그런 중에도 난데없는 미친 개가 원망스럽다.

"그 놈만 아니었던들 지금쯤은……."

박 첨지 딸과 만나고 있을 것이 아닌가. 그건 그렇고, 박 첨지 딸은 대체 어딜 갔을까.

나를 찾아오다가 미친 개 소동을 알고는 그만 달아나 버렸을 것이다. 아깝기 짝이 없다.

"어허, 참."

상좌는 자꾸만 기가 막혔다. 이로써 본다면 이 일이 처음부터 항복이가 꾸민 것인 줄을 모르는 모양이다.

어쨌든 언제까지나 이러고 있을 수는 없다. 좀 더 있다가는 동태모양 몸뚱아리마저 얼어 버릴 것이 아닌가.

끙끙 앓아누워 있는 상좌의 방에 하루는 항복이가 위문을 갔다.

"스님, 이게 웬 일이오?"

"말두 말아. 동네에 갔다가 미친 개를 만나서 혼쭐이 났다."

"큰 일날 뻔했구려."

"하마터면 개에게 물려서 내가 미칠 뻔했다."

"스님에게 물려서 개가 미칠 뻔한 게 아니구요?"

"요 녀석은 말버릇이 저 모양으루 곱지가 않다니까."

"타고난 버릇인 걸 어떡합니까. 그건 그렇고, 박 첨지 딸이 스님을 만나서 무슨 말을 하더이까?"

"만나보지 못했다. 방앗간으로 가는 길에 그런 일을 당했거든. 그런데 항복아, 너 내 심부름 하나 해 주련?"

"무어요?"

"돌쇠가 네 동무라지?"

"그렇소."

"돌쇠 누이에게 내가 한 번 더 만나잔다구 일러다우."

"그건 어렵지 않지요."

"그럼 시방 곧 다녀오너라."

"그럽시다."

항복은 온종일 놀아도 좋은 구실을 얻어 가지고 마을로 내려왔다. 실컷 놀다가 해질 무렵이 다 되어서야 절로 돌아온 그를 상좌는 몹시 기다린 눈치였다.

"왜 이렇게 늦었니?"

"길이 좀 멀다구요."

"그도 그렇지, 기다리다가 눈이 다 짓무를 뻔했다. 그래, 돌쇠 누이는 만나 보았니?"

"만나 보았지요."

"무어라 하든?"

"이제는 스님을 만나지 않겠노라고 합디다."

"어, 어째서? 그, 그게 무슨 소리냐?"

"날이 저물도록 기다리는데 와 주지 않는 그런 분하구는 말도 않겠다 하더이다."

"말이 되느냐? 기다리긴 어디서 기다렸다더냐?"

"그건 나도 모르오."

"분통이 터질 노릇이구나. 내가 방앗간에서 얼마를 기다렸다구."

"앗, 스님, 방앗간엘 가셨더랬소?"

"아, 아니야. 가다가 미친 개를 만나서……."

"그러했겠지요. 그래서 내가 돌쇠 누이더러 그렇게 말했더니, 미친 개 따위가 겁나서 언약을 어기는 그런 분은 소용이 없다고 하면서……."

"소용이 없다구?"

"예."

"정녕?"

"그렇다니까요."

"음……."

상좌는 괴로운 듯 사지를 뻗고 용트림을 하면서 앓는 소리를 지른다. 벌게진 얼굴이 보기 싫게 씰룩거린다.

"항복아."

"예."

"너 저녁 먹었니?"

"먹었어요, 돌쇠 누나가 밥 먹고 가래서 먹고 왔지요."

"너는 좋겠다."

"좋긴 뭐가 좋아요?"

"어……. 어……."

상좌는 또 한 번 야릇한 몸시늉을 하여 보인다.

"몸이 그렇게 괴로우시오?"

"몹시 괴롭다. 이러다간 밤중에 무슨 일이 생길는지도 알 수 없으니까, 어렵지만 너 오늘 밤부터는 내 방에서 같이 자면서 시중이나 좀 들어다우."

"그러리다."

그 밤을 항복은 상좌의 방에서 지냈다. 낯선 곳이어서 그런지, 잠을 잘 이룰 수가 없어서 몸을 이리저리 뒤척이며 서울 집 생각을 하고 있는 항복이었다.

—밤중이다. 무엇인가가 뱃가죽에 와 닿는 군실군실한 촉감에 배가 간지러워서 잠을 깨어 보니, 상좌 스님의 손이 배를 쓰다듬고 있었다.

"앗, 왜 이러시오?"

"하하하, 너 그런 줄 몰랐더니 배꼽장이로구나."

항복은 부끄러워졌다.

배 한가운데에 툭 불거져 나와 있는 배꼽—어릴 때부터 아무에게도 보이지 않느라고 애써 온 배꼽을 상좌승에게 들킨 것이다.

"배꼽이 큰 게 잘못이오?"

항복은 어둠 속에서 상좌승을 흘겨 주었다.

"잘못이랄 건 없어도 자랑거리는 못 되지."
"어째서요?"
"어릴 때 몹시 울었다는 증거니까 창피한 이야기지."
"울어요? 난 갓 태어났을 때도 하루 내내 울지 않아서 부모님이 죽었다고 걱정했을 정도였소."
"그렇다면 이상하다. 어째서 배꼽이 나왔을까?"
"박견이라고 하는 용한 점쟁이 어른이, 배꼽은 장차 대감이 될 징조로 이렇게 크다고 말씀 하시었소."
"그럼 그게 대감 배꼽이냐?"
"대감 배꼽이 아니라 배꼽 대감이오."
"흠!"

상좌승은 속는 모양이었으나, 항복은 기분이 썩 좋지가 않았다. 지금까지의 부끄러운 비밀을 남에게 들켰으니 말이다. 상좌승은 미덥지가 않다는 듯이,

"배꼽으로 점을 친다는 말은 처음 들어 본다."
"산에만 계셔서 모르지 장안에서는 배꼽 점이 크게 유행하오."
"내가 알기는 너같이 생긴 배꼽의 쓸모는 꼭 한 가지가 더 있는 줄만 알았는데."
"뭣에 쓰오?"
"떡 감을 때 말뚝 대신에 손수건 걸어 두기가 좋고……."
"뭐요?"

"노루 배꼽은 사향을 만드는 데 쓰이고, 여우 배꼽은 방자하는 데나 쓰이지만, 사람 배꼽은 말뚝 구실밖에 못 한다는 말이다."

항복은 분해서 입술을 악물었다.

"서울에서는 점 치는 데 쓴다지 않았소? 내 스님의 점 한번 쳐 드리리까?"

"쳐 주겠니? 자……."

상좌가 드러내 놓은 배를 슬슬 어루만지다가 항복은 염낭 끈에 달린 귀이개 끝으로 배꼽 한 가운데를 꼭 찔렀다.

"아이쿠, 이게 배꼽 점이냐?"

"하하하, 그건 배꼽 침이라는 거요."

섣달그믐, 이 날 고운사 절 안팎은 아침부터 술렁술렁 들끓었다. 짐을 꾸리는 스님, 스님이 지내던 방의 문에 못질을 하는 불목하니…… 마치 무슨 난리가 나서 피난을 가려는 것같다. 죽을 지경인 상좌승 도념까지도 지팡이를 끌고 나와 길을 떠날 채비를 하고 있다.

이상하게 여긴 항복이 불목하니 박 서방을 붙잡고 까닭을 물었다.

"웬 일이요? 절 형편이 예삿날과 다르니?"

"도련님도 오늘 하루만큼은 우리와 함께 마을에 내려가 계시다가 내일 돌아오셔야 하오."

"무엇 때문에 그래야 한다는 거요?"

절 공부 115

"오늘은 섣달 그믐날이니까요."

"섣달 그믐날은 그렇게 하는 법이요?"

"그렇지요……. 아마 주지 스님께서 무슨 말씀이 계시리다."

"모를 소리로군."

항복은 주지 스님이 부를 때까지 기다릴 수가 없어 몸소 해월 스님을 찾아갔다.

"스님, 섣달 그믐날은 절을 비워 놓고 마을에 내려가 하루를 지내야 한다니, 그것이 정녕이오니까?"

"오, 항복이 마침 잘 왔다. 그렇지 않아도 너를 부르려던 참인데……."

주지 스님의 안색도 보통이 아니었다.

"무슨 일이 있는데 이대도록 부산하게……."

"부산한 게 아니로다. 해마다 제석(섣달 그믐날 밤)에는 그렇게 하는 법이니라."

"까닭 없이 그러지는 않을 터이온데?"

"아무렴, 까닭이야 있지. 해마다 이 날이면 절에 요귀가 나타나 사람이 하나씩 죽기 때문에 이 날이 되면 절 안의 모든 사람이 마을로 내려가 하룻밤을 보내고 밝는 날에 올라오는 것이 몇 백년 동안 전해 내려온 관습이다. 그러므로 너도 행장을 수습하였다가 곧 절을 떠나도록 채비하여라."

항복은 정색을 하고 겁에 질린 얼굴로 말하는 해월 대사의 표정이 하도 우스워서 깔깔대고 웃었다.

"무슨 그런……. 거울같이 밝은 세상에 요귀가 무슨 요귀리까. 몇 백년 전에는 몰라도 오늘에는 반드시 그런 일이 없으리니, 스승님은 안심하소서."

"아니로다. 이치는 그렇지만 있는 것은 있는 법이여."

"설혹 있다 하더라도 세상에서 가장 귀한 사람을 귀신 따위가 해칠 수 있사오리까? 저는 안 가겠나이다."

"쓸데없는 고집을 버려라. 구태여 해롭다는 일을 할 것은 무어냐. 너는 나를 따라 마을로 내려가서 재앙을 면하도록 하여라."

"싫습니다. 그믐과 초하루의 좋은 날을, 귀신을 피하여 사람이 그 거처를 물러난다니, 도무지 말도 아니 됩니다. 여러분이 다 가시더라도 이 몸 혼자 남아서 요귀의 정체를 알아내고야 말겠나이다."

"그게 다 공연한 생각이래두. 도움이 되지 않은 짓을 무엇 때문에 하겠는가?"

"오랫 동안 전해 내려온 그같은 관습을 깡그리 없애는 것이 어째서 도움이 되지 않으리까. 어쨌든 이 몸은 이 절을 떠나지 않겠사오니, 여러분이나 내려가셔서 난을 피하시오."

철없는 고집에 주지 스님은 역정이 났으나 꾹꾹 참고 좋은 말로 달래 보았지만 막무가내로 요지부동이다.

이럴 바에는 더 권해 본들 소용이 없겠고, 또 짧은 겨울

절 공부 117

해가 저물기 전에 마을에 당도해야겠으므로 더 말을 않고 자리에서 일어섰다.

"다들 가세. 항복이가 귀신을 보겠다니, 그는 남겨두고."

대사는 약간 짜증이 난 모양이었다. 생전에 친분이 두텁던 이몽량 대감의 자제—글 공부를 위하여 데려다 둔 귀한 가문의 혈육을 요귀 앞에 내맡기고 혼자 떠나는 게 마음에 걸렸지만 쇠고집을 부리는 데야 달리 어떻게 할 수도 없었다. 그러나 항복은 어디까지나 태연하기만 하였다.

"스님도 망녕이시지, 저런 악도리 놈은 무엇허러 데려다 두고 애를 태우는지 몰라."

"누가 아니래. 조런 놈은 죽으라고 버려 두는 게 좋아."

"우리들이 안 죽는 것만도 다행이다."

평소에 호감을 가지고 있던 다른 스님들까지도 항복이의 고집을 얄밉게 여겨서 저마다 한 마디씩 좋지 않은 소리, 짜증 섞인 소리를 지껄이며 산을 내려갔다. 사람의 그림자가 없어진 호젓한 절간, 고즈넉한 법당에 촛불을 밝히고 항복은 혼자서 책을 펴 놓고 글을 읽었다. 다른 때 같으면 집에서 고운 옷 입고 좋은 음식 먹으며 명절을 즐길 오늘인데, 어쩌자고 이 깊고 깊은 산 속에 혼자 와서 헤진 옷을 몸에 걸치고 쓰디 쓴 산나물을 먹으면서 귀신을 지키어 싸늘한 마루 위에 홀로 앉았단 말인가…….

서울이 그립다. 어머니가 아쉽다. 두 형이 보고 싶다.

'삼월이는 무얼 하고 있을까……?'

언제나 내 몫이던 그 맛난 누룽지는 누가 먹을꼬……?

이런 대중 없는 생각을 되씹고 있을 적에, 밤이 깊어 자정이 가까웠다. 드넓은 법당 안 어둠 속을 희미한 불이 번지고 있을 뿐.

"날씨도 어지간히는……."

음산하다. 그래서 몸이 으스스하다. 항복은 한층 더 목을 외어 빼고 소리를 높여 글을 읽었다.

이 때, 법당 문이 소리없이 스르르 열리더니 음산한 바람이 법당 안을 휩쓸며 촛불이 금세 꺼질듯 벌렁거리기 시작하였다. 항복은 천천히 몸을 돌려 뒤쪽을 보았다.

'아! 이것이 웬 일!'

분명 고리를 잠갔던 문인데, 웬 일이냐. 저절로 열려 있지 아니한가. 그 뿐이 아니었다.

황금 갑옷을 입은, 몸이 구척이나 될 장대한 사나이가 손에 얼음 같은 칼을 든 채 부리부리한 눈으로 법당 안을 둘러보는 것이었다. 순간, 항복은 몸과 마음이 오싹하고 기분이 장히 좋지 않았으나 짐짓 기운을 내어 이 괴물을 꾸짖을 생각으로 벌떡 일어났다. 그러나 항복이가 말을 꺼내기도 전에 그 괴물이 먼저 보꾹이 찌렁찌렁 울릴 지경의 커다란 소리로 고함을 냅다 지른다.

"양상귀(대들보 위에 산다는 귀신)야, 말 좀 물어보자."

이 소리에 호응하는 듯, 들보 위에서 무엇이 꿈틀하는 기척이 나다가 그만 움찔한다.

"이 놈, 양상귀야, 왜 대답이 없느냐? 네가 거기에 없다는 말이냐?"

그제야 들보 위에서,

"예, 여기 있사옵니다."

하는 대답이 떨리면서 가느다랗게 들려왔다.

"지금 법당 안에서 글을 읽고 앉아 있는 저 동자가 어떠한 물건이냐?"

신장의 웅장한 음성이 방 안을 감돌아 불단 위에 놓인 향로 향합까지 절그럭거리게 한다.

"예이, 이 동자로 말하면 장차 오성부원군이 되어 나라를 구하실 이 정승 이 대감이십니다."

"음."

신장은 더 말을 않고 들어오려던 발걸음을 돌려서 그냥 나가 버리고 만다.

'음! 희한한 일이로군. 그리고 나더러 장차 부원군이 되어 나라를 구할 정승 대감이라 했겠다……?'

그럴는지도 모르지.

이런 생각을 하면서 도로 주저앉았을 때, 밖에서 또 한 번 무슨 기척이 들려왔다. 거무하게 아까 모양으로 문이 저절로 열리더니, 또 다시 바람이 일어난다.

항복은 다시금 몸을 천천히 돌이켰다.

이번에는 백금 갑옷에 백금 도끼를 든, 역시 헌걸차고 출중한 장부 하나가 안을 기웃거리더니, 아까와 마찬가지로 양상귀를 불러 문답을 하는데, 그 내용이 앞의 것과 다름이 없었다.

항복은 문득 호기심이 나서 저도 한 번 양상귀를 불러 볼 생각이었다. 그는 음성을 가다듬고 천장을 향하여 눈을 흘기면서 소리쳤다.

"양상귀야, 말 좀 물어보자."

"예."

들릴락말락한 가냘픈 소리였다.

"지금 다녀간 그것이 무슨 물건들이냐? 바로 일러라."

"예, 이들은 다른 것이 아니오라 지금으로부터 구백 여년 전 신라 문무왕 시절, 의상법사께옵서 이 절을 창건하실 적에 각처에서 시주 받은 금과 은이 쓰고도 남아, 그 남은 것 중에서 금 서 말은 법당 동쪽 기둥 아래에 묻고 은 서 말은 서쪽 기둥 밑에 묻었삽더니, 육칠백 년을 지내오면서 그것이 변하여 귀신이 되어 매양 오늘이면 사람 하나씩을 잡아 가는 일이 생기었나이다. 아까 그 황금갑옷 입은 장군은 금의 화신이요, 백금 갑옷차림의 장군은 은의 화신이나이다."

항복은 기이하게 여겨 다시 양상귀에게

"그러면 너는 무슨 귀신이기에 거기에 있으면서 그 귀신들의 지휘를 받고 있느냐?"

하고 물었으나 우물쭈물하면서 아무 대답이 없으므로 장대를 들어 들보를 치면서,

"이 놈 양상귀야, 어이 대답이 없는고! 썩 나와서 본색을 보이지 못할까."

하고 호령을 하였는데, 얼마 후에 들보 위에서 구렁이 같은 기다란 것이 철썩 소리를 내며 마루 위에 떨어지는 데 자세히 보니, 반 발이나 넘을 커다란 지네 한 마리였다.

"허허허, 그러면 그렇지. 어, 이제는 한 잠 자야겠군."

하면서 눈을 감으려 하다가 문득 깨달으니, 벌써 동녘이 밝아온다.

귀신들의 거동을 살피고 양상귀와 대화하는 동안에 어느덧 하룻밤을 지난 모양이었다.

그러고 보니, 갑자기 시장기가 들어 허기증이 난다.

'무엇을 좀 먹었으면 좋겠는데.'

이런 생각을 하며 뜰로 나섰을 때, 산 아래에서 스님들이 절을 향하여 올라오는 것이 눈에 띄었다. 앞선 이가 주지 스님인 해월 대사, 맨 나중에 뒤떨어져서 지팡이를 짚고도 부축을 받으며 올라오는 위인이 상좌승 도념이다.

'옳지! 저 사람들을 내 한 번 놀래주어야……'

하고는 법당 한복판에 사지를 뻗고 죽은 시늉으로 아무렇게나 드러누웠다.

이윽고 법당 문 밖에 사람들이 모여들어 두런두런 이야기를 주고받으며 웅성거린다.

"이상한데. 일이 있었으면 법당 문이 열렸을 터인데 그냥 닫혀 있는 게 수상하지 않은가?"

"귀신이 뭐 반드시 문으로만 드나드나? 바람처럼 들어갔다가 연기같이 사라졌는지도 알 수 없는 일이지."

"죽을래문 환장한다구……, 공연한 고집을 피워서 이 지경이 되었구나."

"죽으려구 그러는 걸 누가 말린다누."

이런 중에도 상좌승 도념이는 장히 기분이 좋은 모양이었다.

"고 녀석이 장난을 심하게 하더니, 벌을 받아서 이 모양이 된 거야."

어쩌고 하며 히죽거리기까지 한다. 주지 해월 스님만이 가슴이 아픈 듯 입을 다물고 말이 없다. 그는 사람 몇을 데리고 법당 안에 들어서다가 거기에 쓰러져 있는 항복이를 보자, 비록 짐작했던 일이기는 하여도 오장이 아스러지는 듯하여 걸음을 멈추고 합장 배례하고 염불을 왼 후에 주위를 둘러보며 일을 헤아려 살핀다.

"누구는 마을에 내려가서 염습(시체를 묶어 싸는 일) 잘 하는 장손 아범을 불러오고, 한편 걸음이 잰 박서방은 서울에 가서 본댁에 기별을 전하고 오도록 하게."

항복이 눈을 가늘게 뜨고 이 광경을 지켜보자니, 자꾸만 웃음이 나서 견딜 수가 없었다.

"하하하……."

항복은 소리 높이 웃으며 벌떡 일어났다. 해월 대사 이하 여러 스님들은 아까 항복의 시체(?)를 보았을 때보다 더 한층 놀라는 양, 흠칫 물러서며 영문을 알지 못 해 어리둥절한다.

'귀신?'

'혼백?'

저마다 가슴 속에 이런 생각이 감도는 모양이었다. 해월 스님만이,

"어, 어찌 된 일이냐?"

하며 성큼 나서서 와락 손목을 잡는다.

"스님, 설은 안녕히 잘 쇠셨습니까?"

항복은 넙죽 엎드리어 세배를 하였다.

"안녕히가 다 뭐냐? 네 일이 걱정되어 지난 밤에는 한 잠도 이루지 못하였다."

"염려를 끼쳐 드려 죄송합니다……."

하면서, 밤 사이에 보고 들은 일을, 덜지도 보태지도 않고 자세히 대사에게 사뢰었다. 말을 다 듣고 난 해월 스님은 고개를 끄덕이며,

"귀신들이 너를 가리켜 부원군 이 정승이 대감이라 하더

라고? 그럴 법도 한 말이지."

하고는 매우 만족해 한다.

"그리구 또……."

"또 무슨 일이……."

"예, 상좌승 도념 스님이 앞으로는 잡념을 버리고 불도에 정진하지 않으면, 다음 해 제석에는 반드시 잡아가겠노라 하더이다."

이것만은 거짓말이었다. 상좌는 얼굴을 붉히면서도 겁이 나는 듯 몸을 부르르 떤다.

"설마 무슨 그런 일이 있을라구……."

겉으로는 거센 체하건만 내심 기분은 썩 언짢은 모양이었다.

"내 말을 믿지 못 하겠거든 법당 동서쪽 기둥 밑을 파 보시오."

스님들은 호기심과 관심이 끌리는 일이라, 주지 스님의 지시를 따라 기둥 아래를 파헤쳐 보았던 바, 거기서는 과연 빛이 찬연한 금과 은이 각각 서 말씩이나 나왔다. 이로써 하루 아침에 절의 살림이 풍성해졌다. 이 날부터는 항복을 기특하게 여기는 이와 시기하여 미워하는 이, 둘로 갈리었는데 상좌는 전자에 속하였다. 그렇거나 말거나 이 때부터 그는 진심으로 공부에 열중하였다.

귀신에게 들은 말,

절 공부 125

"장차 부원군이 되어 나라를 구할 이 정승 이 대감."

이 암시가 되고 귓전에서 떠나지 않아, 그러려면 글 공부를 열심히 해야겠다는 생각이 들어 정성껏 공부에 파고 들었고, 이번만은 그 결심이 흔들리지 아니하였다.

'이제부터는 더 열심히……'

이런 생각을 하고 있을 때, 늦밖에도 서울 집에서 어머니 최씨 부인의 병환이 위급하다는 소식이 왔다.

해월은 항복을 불러,

"그 사이 네가 많이 공부한 덕분에 나로서는 더 가르칠 것이 없으니, 집에 돌아가 어머님 병 구완에 힘쓰다가 병환이 다 나으신 후라도, 돌아올 것 없이 서울에서 학문을 더 닦도록 하여라."

하고 일러서 서둘러 서울로 돌아갈 것을 재촉한다. 깊은 산속의 오래 된 절에 딸린 호젓한 승방일망정 삼 년 간을 정들인 산과 물이다.

항복은 떠나려 하니, 자못 감개가 무량하다. 그리도 사이가 좋지 않던 상좌승 도념이도 이제는 유순히 도를 닦는 데 몸과 마음을 오로지 하고 있다. 한 사람은 부처님의 가르침에, 다른 한 사람은 공자의 가르침에 뜻을 두어 서로 가는 길은 비록 다를망정 뜻은 조금도 다를 것이 없지 않겠는가.

옛날 일

　모처럼 차도를 보이던 최씨 부인의 병세는 장마 날씨 모양 믿을 수 없이 흐렸다 갰다 하더니, 별안간 더 나빠져서 사람의 힘으로는 도저히 걷잡을 수 없을 지경에까지 이르렀다. 혼수 상태에 빠진 지 이미 사흘째, 항복이 잠시도 어머니 곁을 떠나지 않고 지극정성으로 간호하였으나 소용이 없었다.
　때는 구월, 한창 좋은 시절인데 이 참판 댁 안방에서는 안주인 마님의 임종이 가까운 듯, 잘그렁잘그렁 가래 끓는 소리와 헉헉 숨을 모으는 소리가 처량하게 들려 나온다.
　이윽고,
　"어머니, 어머님……."
　하고 숨 가쁘게 외치는 항복의 소리와 함께 망극하는 곡소리가 졸지에 터졌다.
　"어, 운명하셨나보군."
　누군가가 이렇게 지껄이자, 남종 여비들도 흐느껴 울어 흐르는 눈물이 옷깃을 적신다. 항복은 유언 한 마디 못 들어

본 채 어머니를 여읜 것이 가슴이 메어지듯 아픈 일이었다.
 이제 나이 겨우 열여섯. 울어 새운 며칠 밤에 건강도 많이 상했건만 의연히 상주 노릇을 다하여 큰 일을 탈없이 치렀다. 절에서 돌아와 겨우 두 달, 철이 난 항복이가 어머니를 모신 것은 이 두 달 뿐이다. 그것도 건강한 어머니가 아니었다. 병석에서 신음하며 괴로움을 억지로 참아 가는 어머니였다.
 '불효 자식.'
 항복은 자신이 밉기만 하였다. 한편, 어머니가 야속한 생각도 든다.
 '유언 한 마디 안 남기고 가시다니……'
 그러나 이것은 자식된 도리에서 비롯된 애틋한 마음일 뿐, 듣지 않아도 어머니가 남기신 뜻이 무엇임을 모르는 그가 아니었다.
 '오냐, 이제부터는 더 열심히 공부를 하여서……'
 그렇다. 공부를 하여서 어머니의 은혜를 갚고 가문을 길이 빛내리라.
 이로부터 항복은 책과 씨름을 하다시피 하였다. 아니, 피투성이의 싸움을 하는 것이었다.
 그 해가 지나고 이듬해 정월, 소복을 입은 항복이 서재에 단정히 앉아 글을 읽고 있는데 가마 한 채가 대문 안에 들이닥치며,

"항복 도련님 모시러 왔소이다."

하는 가마꾼들의 소리가 들리었다.

"뉘 집에서 보낸 가마꾼이냐?"

책을 덮고 내다보는 항복이 앞에, 가마꾼 둘이 공손히 머리를 숙여 말하였다.

"송현 사는 채 참사 나으리의 자제, 익환 서방님의 분부로 모시러 왔나이다."

"익환이?……가만 있자……."

'익환이가 누구든가……?'

기억을 더듬어서 한참을 생각한 뒤에야 겨우 알아내었다. 사 년 전, 항복이가 고운사로 가기 전에 함께 돌팔매질 싸움을 하던 이름난 잠꾸러기다.

나이가 자기보다 삼 년이나 많았지만 싸움하기에는 가장

걸맞던 익환이.

'그는 지금 무엇이 되었을까?'

옛날 일을 생각하니, 그리운 정이 왈칵 치밀어 당장에 달려가 만나 보고 싶은 마음이었으나 복상(부모의 상을 입음) 중인 몸이라 삼가지 않을 수가 없어서,

"나는 지금 복상 중이어서 갈 수가 없거니와 무슨 일로 갑자기 나를 보잔다고 하더냐?"

하고 물었다.

"그러실 줄도 진작부터 알고 왔나이다."

"알고서 왔노라고……?"

"예이, 사람 목숨에 관계되는 일이오라 잠시도 시간을 미루기 어렵나이다."

"사람 목숨에 관계되는 일? 누구의 목숨 말인가?"

"우리 댁 서방님의 목숨이 경각에 달려 있나이다."

"서방님이라니, 익환이가 벌써 장가를 들었던가?"

송현 사는 채 참사 집은 달포 전부터 깊은 근심에 잠겨 있었다. 삼대 독자인 익환이가 장가를 든지 얼마 되지 않아, 이름 모를 병에 걸려 시름시름 앓기 시작하더니 급기야 헛소리를 지르며 의식마저 흐려진 것이다.

의원을 불러다가 좋다는 약은 빼놓지 않고 모조리 써 보았건만 아무런 효과도 거두지 못한 데다 병세는 나날이 나빠져 가기만 했다. 그렇듯 튼튼하던 아들이었기에 이름 모

를 병이 더 한층 겁이 난다.

'혹시 귀신의 장난이나 아닐는지……'

어머니 된 마음에 이런 의심이 생길 것은 당연한 일이다. 그러나 익환이 아버지 채 참사는 그런 것이란 있을 수 없다고 대수롭지 않게 여기는 눈치다.

참다 못하여 부인이,

"일찍이 들으니, 무악재 너머에 용한 점쟁이가 산다 하던데 그 사람을 한 번 불러 무꾸리(무당이나 판수가 길흉을 점치는 일)를 해 보는 것이 어떠하리까?"

하고 뜻을 물었더니 채 참사는 펄쩍 뛰며,

"병자에게야 의원 밖에 다른 것이 더 무슨 소용이겠소? 능란한 의술과 값 비싼 약으로 안 되는 일을 점쟁이 따위가 어찌 막을 수 있다는 거요. 앓는 애에게 공연히 번거롭게 굴지 말고…… 약효가 나타나기를 기다려 봅시다."

하는 말에 부인은 더 이상 말을 붙여 볼 도리가 없어 입을 다물어 버렸으나, 내심으론 영감의 고집이 서운했다.

이러구러 다시 여남은 날이 지났건만 먹고 마시는 것도 못 하는 것은 물론, 눈도 뜨지 않은 채 앙상하게 여위어 갔다. 숨결이 붙어 있으니까 살았달 뿐이지, 이미 죽은 것이나 다름이 없었다. 이렇게 되고 보니, 채 참사로서도 제 고집만을 부릴 수가 없게 되었다.

괜한 고집을 부리다가 자식을 앞세우는 일을 치르게 될

것 같으니 한이나 없게 해야겠고, 또 뒷날에 뉘우침을 남겨 놓지 않기 위해서라도 부인이 원하는 무꾸리를 끝내 반대할 수는 없는 처지였다. 그래서 부인의 소청을 허락하여 무악재 밖에 산다는 점쟁이를 불러 왔다.

점쟁이가 산통을 흔들어 패를 지어 보고는, 말은 않고 병자를 굽어보며 고개만 끄덕거린다.

"어찌 된 일이야? 말해 주오."

초조한 나머지, 채 참사가 몸소 이렇게 물었다. 점쟁이는 더욱 심각한 얼굴을 지으며 대답한다.

"병세를 보아하니, 이대로 가다가는 사흘을 넘기기가 어렵겠소이다."

점쟁이가 아니더라도 익환이의 목숨이 사나흘을 버티기 어려울 것은 누가 보아도 분명한 일이었다.

"아무리 그러한들…… 설마 그렇기야 할라구."

참사의 얼굴에 핏기가 빠지고 안색이 창백해졌다. 옆에서 듣고 있던 부인은 졸지에 얼굴이 핼쑥해지더니 기절하려는 듯 몸이 휘청거린다. 뺨에는 눈물이 줄지어 흘러내리고 있었다. 점쟁이로서도 차마 볼 수 없는 참혹한 모습이다.

"오늘로부터 사흘째 되는 날 자정에는, 반드시 알아 볼 것이오니 미리 채비나 차려 두심이 좋을 듯하오."

잔인하나 아니할 수 없는 말이었다. 점쟁이로서는 아무래도 그럴 수밖에는 없었다.

"그것을 아는 분이라면 막을 도리도 알고 계실 듯한데……?"

부인도 목멘 소리로 애걸하다시피 이렇게 호소하였다.

"그것을 알려 주오. 무슨 일이라도 내가 해볼 테요."

점쟁이는 다시 한참을 생각하다가 긴 한숨을 쉬며 탄식조로 말했다.

"도리가 없는 것은 아니나, 사나운 운수에서 벗어나기가 장히 어려울 것 같소이다."

이 말에 채 참사 내외는 점쟁이 앞으로 바싹 다가앉았다.

"재물을 송두리째 바치더라도 이 애만은 구하고 싶소."

점쟁이는 고개를 절레절레 가로저었다.

"재물로 될 일이라면 걱정을 않겠소. 이는 가장 어려운 일이니, 아드님의 목숨을 구하려면 대신 이 몸이 죽게 되오. 제가 죽으면서까지 남을 살릴 수는 없는 일이외다."

일이 매우 딱하다는 듯 침통한 표정을 짓자, 참사는 덥석 점쟁이의 손목을 잡고는 애원하였다.

"옛날부터 좋은 일 하는 자에게 해가 없다던데, 이 애를 구해주더라도 그대가 욕을 당할 까닭은 없을 거야. 그러매 그대는 무슨 짓을 해서라도 이 애를 구해 주소."

이 말에 점쟁이는 화를 벌컥 낸다.

"그만한 경우 쯤은 아실 만한 어른들이 왜 떼를 쓰시오? 죽을 줄을 뻔히 아는 몸더러 그 방법을 말하라는 거요? 그렇게는 못 하오. 죽어도 못 하오."

하며 잡힌 손을 뿌리치고 벌떡 일어난다. 그가 이만 돌아가려고 문고리를 잡았을 때, 문이 밖으로부터 스르르 열리는 순간, 시퍼런 식칼 한 자루가 불쑥 방 안으로 들어왔다.

"앗!"

점쟁이가 기겁을 하며 몇 걸음 뒤로 물러났을 적에 칼을 손에 든 젊디 젊은 여인이 방 안으로 사뿐 들어섰다. 검은 자위가 많은, 호수처럼 맑은 눈에 살기가 깃들어 있다.

"이 천하에 무도한 점쟁이야, 나는 환자의 아내이거니와 듣자 하니, 병자를 보고도 제 목숨을 아낀다는 구실로 생죽음을 시키려 하니, 세상이 용납 못 할 놈이다. 그러할진대 당초에 말을 내지 말 일이지, 말을 내놓고 이제 와서 그냥 가겠노라고? 당치도 아니하다. 일이 이렇게 된 바에는 너 죽이고 나도 죽으련다."

하며 바로 염통 쪽에 겨냥을 대고 암펌처럼 덤벼든다.

젊은 여인은 익환이의 새댁이었다. 밖에서 방 안의 대화를 엿듣다가 매몰스러운 점쟁이의 말을 듣고는 그만 독이 올라서, 엄한 집안에서 자라났음에도 앞뒤 헤아릴 경황없이 이같이 뛰어든 것이었다. 점쟁이는 어안이 벙벙하여 입을 열지 못하는데, 새댁이 다시금 낭랑한 음성으로 말을 계속하였다.

"빨리 대답하라. 내 낭군을 살려 낼 길이 무엇이냐?"

"이, 이 칼일랑은 거두시오."

점쟁이가 연신 뒷걸음질치며 두 팔을 허공에 휘저을 적에 새댁은 한 걸음 두 걸음 앞으로 다가선다.

"못 거둔다. 내 낭군으로 말하면 장차 나라와 백성 앞에 없어서는 아니될 쓸모 있는 인물, 너는 한낱 미천한 점쟁이로서 나이도 이미 늙었으며 살만큼 살았으니 이제 죽더라도 아깝지 않을 몸, 네 죽음으로써 내 낭군의 생명을 구할 수 있다면 백 번이라도 해야겠다. 둘 중에 하나가 반드시 죽어야 한다면 너를 죽여 낭군의 목숨을 대신하련다."

비록 거세거나 거칠지는 아니하여도 잔잔한 음성 속에 날카로운 비수가 번득이는 듯하였다. 난처한 처지에 놓인 점쟁이는 벌벌 떨며 털썩 주저앉았다.

"잠깐 참으시오. 말, 말하리다."

"그러면 좋아. 구차한 목숨이 오래 살기보다 훌륭한 인물을 대신하여 죽음이 떳떳하고 한도 없으리라."

하면서 칼잡은 손을 내리고 단정히 앉는다. 점쟁이는 아직도 겁이 덜 가라앉은 듯, 턱을 덜덜 떨며 자꾸만 손을 마주비빈다.

"여태도 주저하는 것이라면……."

새댁이 다시 일어나려는 태도를 보이자, 점쟁이는 허겁지겁 손을 저으며 목이 타는 듯 침을 한 번 꿀꺽 삼키었다.

"말하오리다……."

점쟁이는 병자 머리맡에 놓인 찬물 그릇을 끌어당기며 단숨에 한 대접을 다 들이켜고는 말하였다.
"자제의 벗 중에 이항복이라는 동자가 있소이까?"
하고 섬뻑거리며 퉁방울같은 눈알을 이리저리 굴린다.
"있지. 연전에 작고하신 이몽량 대감의 셋째 자제 말이로구먼."
하며 채 참사의 눈이 빛났다.
"예, 그 항복이를 데려다가 병자를 지키게 하기 전에는 목숨을 보존하기가 어려울 것이외다."
점쟁이는 이 말을 하고 천만 낙심하여 고개를 떨어뜨리며 눈물을 짓는다.
"갑자기 서러워함은 무슨 까닭인가?"
참사가 물었더니, 점쟁이는 더 한층 슬픔을 이기지 못 하는 듯하며,
"이제는 아드님을 대신하여 이 몸이 죽을 차례가 되었나이다."
하고는 흐느끼며 눈물을 떨어뜨린다. 아까는 낭군을 위해서 칼부림까지 하려던 새댁마저 민망하고 측은한 생각이 들어 여러 말로 위로하는 한편, 많은 돈을 주며 고마움의 뜻을 나타내고는 그 점쟁이를 돌려 보내었다.
채 참사는 곧 가마꾼을 양생방 이 참찬 댁으로 보내어 항복을 청해 오라 일렀다.

이리하여 항복은 얼마 지나지 않아서 가마를 타고 채 참사 집으로 온 것이다.

인사말도 오래 나누고 있을 겨를 없이 곧 병실로 들어온 그는, 앓아 누워 있는 익환이를 보자 울컥 애처로운 생각이 치밀었다. 눈을 멀뚱히 뜬 채로 괴로운 듯 숨을 헉헉 몰아쉬며 이따금 알아듣지 못할 헛소리를 지르는 그.

"앓은 지가 얼마나 되었습니까?"

"한 달포 전부터인데 약도 의원도 효험이 없구먼."

"그런데 저를 청한 것은 무슨 까닭입니까?"

"다름이 아니라……."

채 참사는 점쟁이에게서 들은 말을 주루루 털어놓았다. 이에 말을 다 듣고 난 항복은, 잠시 동안 고개를 갸웃거리다가,

"병문안을 온 것은 좋으나 전들 무슨 수로 병을 고치겠습니까?"

하고 난색을 보였다.

"이는 반드시 귀신의 장난인 듯하고, 점쟁이의 말이 사흘째 되는 자정까지가 정해진 때라 하니, 어렵겠지마는 그 날 그 시각까지만 내 집에 머물러 줄 수는 없을는지……?"

채 참사의 간청하는 말도 있으려니와, 어릴 적 친구가 병고에 시달리어 잠깐 동안에 생사를 달리할 수도 있다고 하니, 차마 뿌리치고 일어날 수가 없어서 그냥 주저앉아 괴로

움을 무릅쓰고 사흘을 기다리기로 하였다.

 연 사흘, 그러나 그 사이에는 아무 일도 없었다.

 드디어 마지막 날 술시(밤 아홉 시), 자정도 얼마 남지 않은 시각이다. 항복은 집안 사람들을 물리치고 병자와 단 둘이서만 휘황한 방에서 시간을 지키고 있었다. 둘이라고 하지마는 하나는 산 송장이나 다름없이 정신을 잃고 누워 있는 병자이고 보면, 혼자나 다름 없었다.

 집안 사람들은 항복이가 시킨대로 깊은 뒷방에 숨어서 불을 끄고 있는 터라, 더구나 호젓함은 이를 데가 없었다. 자정이 가까웠다. 병자를 보니, 눈을 크게 뜨면서 고정된 눈동자가 겁을 집어먹은 듯 번득거릴 뿐이다. 이것만으로도 귀신의 모양같지만, 그래도 항복은 조금도 겁내지 않고 때가 온 줄을 짐작하고 병자 곁으로 기어들어가 한 이불을 덮고 팔베개를 한 후에 번듯하게 옆으로 드러누웠다.

 이윽고 자정을 알리는 쇠북 소리가 멀리서 은은히 들렸다. 환자의 거친 숨소리만이 방 안에 퍼져나갈 적에 별안간 음산한 바람이 퍼지며 촛불이 일렁거렸다. 항복은 태연히 누운 채 환자의 요 밑으로 손을 가져갔다. 거기에는 미리 넣어 둔 긴 칼 한 자루가 있다.

 이윽고 흔들리는 촛불 그림자 뒤에, 아홉 자나 넘는 큰 키의 검은 모습이 나타났다. 손에 칼을 든 그 요물은 웬일인지 주춤거리고 서 있을 뿐이다. 항복은 누운 채 소리쳤다.

"네 어인 요물인데 남의 내실을 말 없이 들어오노. 썩 물러가지 못할까!"

그제야 요물도 각오를 정한 듯 옆으로 한 걸음을 뛰며 맞대꾸를 하였다.

"너야말로 누구기에, 요망한 놈이 지부(사람의 죽음을 다스리는 곳)에서 하는 일을 함부로 훼살하려 드느냐?"

"지부에서 하는 일이라고? 너가 하는 일은 무엇이며, 무슨 볼 일로 왔느냐?"

요물은 난처한 듯 잠깐 머뭇거리다가,

"나는 그 병자에게 원한이 있어, 오늘이 바로 보복할 때라서 왔거늘, 너는 어쩐 까닭으로 이 일을 방해하느냐? 순순히 말을 들어 병자를 내놓아라. 만일 끝까지 두둔하면 병자를 잡아갈 때 곁들여 너까지 데려갈 터이니, 그리 알렸다."

하는데, 허세가 제법 당당하였다. 그러나 항복은 익환이의 몸을 품속에 꼭 껴안으며 소리쳤다.

"잔말 말고 물러가라. 내가 죽더라도 이 병자는 내놓을 수 없다!"

"에이, 죽기를 원한다면 죽여 주마."

하며 그 요물은 칼을 들어 치려다가 이내 칼을 방바닥에 던지고 무릎을 꿇으면서 넙죽 엎드리었다.

"원컨대 대감께서는 사정을 살피시어 병자를 내어주소서."

하고 말씨조차 고쳐서, 이번에는 비대발괄이다.

항복은 호기롭게 한 번 껄껄 웃었다.

"나를 죽인다더니, 왜 죽이지 않고 구차스럽게 간청을 하느냐? 보기 싫다? 어서 마음대로 하여 다오."

"그것은 말이 안 되옵나이다. 대감께서는 장차 나라의 기둥이 되실 어른인데, 내 어찌 감히 해칠 수 있사오리까?"

"그러면 네 마땅히 물러가거라. 병자는 나의 어린 시절부터의 벗이라 내어줄 수는 없노라."

요물은 다시 기세 불온하게 벌떡 일어났다.

"알았소이다. 일이 맹랑하게 되었으니, 이냥 물러는 가거니와 이것은 필시 무악재 너머에 사는 점쟁이가 말을 누설하여 이 지경에 이르렀으니, 원수를 갚지 못하는 대신에 이 길로 그 놈을 찾아가 죽임으로써 억울함을 풀어 볼까 하오."

항복이더러 들으라고 하는 말인지, 뭔지 모를 수작을 지껄이며 던졌던 칼을 다시 집어 들고 밖으로 나가려 한다. 항복은 다시 한 번 긴장하였다. 저 귀신을 그냥 가게 하면 죄 없는 점쟁이가 억울한 죽음을 당할 것이 아닌가.

'오냐, 그냥 보낼 수는 없다.'

이런 생각이 들자,

"잠깐만."

하고 나가려는 요물을 불러세웠다. 요물이 획 뒤를 돌아다 보는 순간,

"에잇!"

하는 날카로운 소리와 함께 요 밑에 넣어 두었던 장검을 뽑아 눈에도 보이지 않을 빠른 솜씨로 요물의 한 허리를 베었다.

'아악' 비명 소리와 함께 촛불이 탁 꺼졌다. 다시 불을 켜고 보니, 방 안에는 보기좋게 두 동강으로 난 제웅(짚으로 만든 허수아비) 하나가 뒹굴고 있었다.

"앗! 이것이 요물의 정체?"

항복은 집안 사람들을 불러내었다.

식구들이 병실로 나왔을 무렵, 병자는 거짓말처럼 정신을 차리고 요 위에 일어나 앉아 있었다.

"이게 누구야?"

"소자이옵니다, 익환이."

"항복이 아니라구?"

익환이는 웃으면서, 시장하니 먹을 것을 달라고 한다. 긴 잠을 자고 일어난 사람모양, 금세 얼굴에는 화기가 돌며 도리어 의아한 듯, 집안 사람들의 얼굴을 둘러보는 것이었다.

귀신에게서 두 번씩이나 대감 소리를 듣자, 장차 나라에 보배로운 존재가 되리라는 보증을 받은 항복은, 그날부터 더 한층 글읽기에 열중하였다. 그런데 언제부턴가 그가 책상 머리에 앉아서 글을 읽고 있노라니, 나지막한 울타리 너머로 안을 기웃거리며 항복의 동정을 엿보는 젊은 낭자가 있었다. 괴이쩍은 마음이 없지도 않았으나, 대수롭게 여기지 않고 책만 들여다보면 여인은 자기에게 주의를 끌 양으로 흥얼흥얼 콧노래를 부르고 가만가만 기침을 해 보이기도 한다.

처음에는 며칠에 한 번 쯤 그러던 것이, 요즈음은 매일 나타나니 자연 그리로 관심이 쏠리고, 또 야릇하게 저녁마다 기다려지기도 한다. 따라서 저녁이면 공부보다 그 처녀의 일에 신경을 더 쓰게 된다. 간혹 하루 쯤 빠지는 날도 있었으나 그럴 적이면 시선은 자꾸만 울타리 밖으로 달리어 허둥거리는 마음으로 밤을 밝히게 된다.

'언제까지나 이러고만 있을 수는 없는 일인데……'

그렇다. 따져 보지 않을 수 없는 노릇이다.

'오늘 밤이야말로……'

이렇게 잔뜩 벼르고 있는데, 그 날은 초저녁부터 채찍같은 비가 줄기차게 쏟아지고 있었다. 여인의 그림자가 얼씬하기만 하면 달려 나가려고 신발을 미리 신고 앉아서 책과 울타리 쪽으로 눈을 번갈아 옮기고 있노라니까, 과연 밤이 이슥한 때 밖에서 인기척이 났다.

'오냐, 이제 왔구나.'

아닌 체하고 힐끗 곁눈질을 하였더니, 과연 문제의 여인은 무슨 말을 건넬 듯이 모양 고운 입술을 나불거리며 울타리 안을 살피고 있다. 항복은 벌떡 일어났다. 그리고 한달음에 뜰을 뛰어건너서 몸을 날리어 울타리를 훌쩍 넘었다.

놀란 여인이 달아나려고 흠칫하는 것을, 항복이 팔을 내밀어 옷깃을 덥썩 잡았다.

"너는 어이한 여인이건데 밤늦은 시각에 이렇듯 남의 집을 엿보느냐? 요사한 악귀이거든 본색을 나타내라."

하고 호령했다.

"그러할 리가……."

여인이 떨리는 음성으로 가느다랗게 변명한다. 물론 항복이도 그가 요귀 아닌 사람인 줄을 모르는 바는 아니었다. 비에 젖은 옷자락이 손바닥에 싸늘한 감촉이었으나, 한꺼풀 속에 있는 피부가 김이라도 피어 오를 듯이 따끈따끈한 것으로 본대도 알조가 아닌가.

살아 있는 사람, 게다가 젊은 여인이 무슨 정성으로 밤마다 남의 총각이 글 읽는 방을 엿본단 말인가.

항복의 나이도 열일곱, 철이 날 나이다. 그렇다고 하더라도 여인 편에서 먼저 총각의 처소를 엿본다는 것이 탐탁치 아니하다. 지체있는 집안에서 자란 규수가 아님이 분명하다.

"그럴 리가 없다고……? 그러면 누구냐? 그리고 무슨 까닭으로 밤마다 내 집 울타리 밖을 감도느냐 말이다."

"거기에는 까닭이 있사옵니다."

할딱할딱 숨을 쉬며 바르르 떨리는 입술을 열어 구슬같이 영롱한 말을 뱉는 여인의 입김이 향기롭고 그윽하다.

비에 젖은 이마 위로 두어 가닥 흘러내린 머리카락이 여인의 타고난 아름다움을 한결 더 돋보이게 하는 듯…….
 항복은 다시 물었다.
"네 그 행티와 모습을 보아하니, 남산에서 천년 묵은 불여우가 분명해. 빨리 본색을 드러내지 않으면 이 칼로 너의 목줄기를 끊으리라."
 하며 품 속에서 비수 한 자루를 끄집어 내었다.
"이 몸은 짐승이나 요귀가 아니오라……."
 총명해 보이는 여인의 눈이 반짝 빛났다.
"그러면……?"
"묵적골 사는 무당이옵니다."
"무엇이, 무당이라고? 정녕 그럴진대 행티가 더욱 헤아리기가 어렵다. 무당의 몸으로 왜 남의 집을 기웃거렸느냐?"
"그러니까 까닭이 있다는 것이옵니다."
"그 까닭을 물어보자, 빨리 일러라."
 여인은 잠시 주저하는 듯하더니 이내 결심을 한 모양이다.
"다름이 아니오라 신령이 몸에 접하였는데, 그 신령의 뜻이 한 번 도련님을 뵙고자 하는 것이므로, 그러할 기회를 얻을까 하여 이 몸이 대신해서 찾아 다니었나이다."
 하는 말로 청을 드리는 것이었다. 항복은 가만히 생각하였다. 일찍이 귀신을 보고 요귀도 보았건만 아직도 무당에게 접하였다는 신령을 본 일이 없었으니, 이 때 한 번 만나보고 그 세계의 사정을 통달하리라. 사나운 아귀도 두려워

하지 않고 물리쳤거늘, 이렇듯 은근한 정성으로 무당을 여러 차례 부리어 만나기를 청하는 귀신이라면 필시 적잖은 사연이 있음이 분명한 터……그러므로 어디 한 번 만나 줄 수밖에.

항복은 무당에게,

"좋아, 그 신령을 만날 터이니, 너는 곧 가서 데리고 오라."

하고 청하는 바를 허락하였다.

이에 무당이 좋아하며 하는 말이,

"밤늦은 시각이 아니고는 모습을 나타낼 수 없는 것이 저승의 습속이라, 지금은 안 되옵고 자정이 넘어서 모시고 오겠나이다."

하므로,

"그렇게 하라. 내가 기다리마."

하며 잡았던 옷자락을 놓아주어 돌려 보내었다.

무당이 돌아간 뒤에도 항복은 정신이 헛갈리어 공부가 되지 않아서 부질없은 궁리를 되풀이하고 있노라니, 비가 그치고 날이 개어 구름 사이에 둥근 달이 젖은 듯한 얼굴을 불쑥 내밀었다.

희미한 달빛 속에 시간이 흘러 자정이 막 넘을락 말락 할 때였다. 머리를 고쳐 빗고 새 옷으로 갈아입은 아까 그 무당이 오더니 아뢴다.

"신령의 행차가 이르렀나이다."

항복이 발돋움하여 바라보니, 동자 하나가 천천한 걸음으로 다가오는데 그 용모가 옥같이 맑고 몸매는 그림처럼 아름다웠다. 아름다울 뿐 아니라, 어딘가 모르게 가까이 다가가기 어려운 위엄을 지니고 있어 얼른 보아도 예사로운 귀신이 아님을 알겠다. 항복이도 의관을 차리고 귀공자를 마중할 채비를 갖추었다.

그 동자는 항복의 집 앞에 다다랐다. 뜰을 내려가 가까이서 보니, 전신에서 향기라도 날 듯한 모습이 잠시 상상했던 것보다 훨씬 앞선다. 소년은 공손히 반색을 하며,

"밤 깊은데 찾아온 무례를 용서하오."

하고 초면 첫인사부터가 반말이다. 평소 성미가 억척스럽고 굳세어 좀처럼 굽히지 않는 항복의 성격으로 볼 때 예사 사람같으면 벌써 시비를 내대었을 것이지마는, 그 위엄에 눌

리어 은근히 답례할 뿐이었다.

"오랜 동안을 두고 동자가 이 몸을 긴히 찾으시는 까닭은 무엇이오?"

소년은 잠깐 외면하며 고개를 수그리는데, 안색은 창백하나 거기에는 움직이는 표정이 있었다. 그는 깊이 탄식을 하면서,

"내가 일찍부터 사람을 대하여 알아보고자 만나서 말을 하려 하면, 마음이 약한 탓인지 기절하여 나를 아무렇지도 않게 대할 수 있는 자가 없구려. 그러나 공은 장차 큰 일을 할 그릇이오, 마음이 굳은 줄을 알므로 이렇게 찾아온 것이라오. 또 사실을 감추지 않을 줄도 믿는 터이매, 공은 나를 위하여 잠시 겨를을 내어 주오."

하는 것이었다.

"동자는 대체 누구시오?"

항복이 묻는 말에,

"나는 왕자 복성군이오."

"복성군……?"

하마터면 항복은 까무러칠 뻔하였다. 지금부터 사십 년 전에 죽은 왕자 복성군의 혼백이 오늘날 항복이 앞에 나타날 줄이야…….

복성군은 억울한 죽음을 당한 사람이다. 지금 임금의 할아버님 되시는 중종의 구남 십일녀 중, 세 번째 왕자로 태어

나신 복성군. 누가 동궁이 되느냐는 싸움에 희생이 되어 억울한 누명을 쓰고 세상을 떠난 불운의 왕자다.

당시 동궁에는 왕세자 호가 있었다. 동궁은 장경왕후 윤씨의 아드님이다. 왕비가 세상을 떠나시자 그 다음 왕비로 들어앉은 문정왕후도 두 번째 왕자 경원대군을 낳으셨는데, 세 번째 왕자인 복성군은 경빈 박씨의 아드님이다.

동궁이 몸이 허약하여 밤낮 병석에 있었으므로 만일의 경우가 생길 적에 동궁의 주인이 경원대군이 되느냐 복성군이 되느냐 하는 것은, 감히 입 밖에 내지는 못할망정 누구나 한 번씩은 생각해 보는 숙제였다.

가령 세자가 왕통을 계승한다고 하더라도 그가 왕위를 지킬 날이 며칠이나 되랴. 게다가 세자에게는 뒤를 이을 아들(세손)이 없으니 왕위 계승을 둘러싼 싸움은 반드시 다시 일어나고야 말 것이다.

이에 문정왕후는 동궁이 빨리 죽기를 은근히 기다렸다. 동시에 거추장스러운 복성군마저 없었으면 싶었다. 복성군만 없다면 다음 차례는 당신의 아드님이신 경원대군 밖에 없을 것이다. 그러면 싫어도 옥좌는 저절로 굴러 들어올 것이 아니냐. 사삿집안의 말투를 빈다면, 동궁이 왕후에게는 전처의 자식이요, 왕후는 동궁의 의붓어머니로서 사삿집안에서도 가뜩이나 사이가 좋지 않을 관계인데, 왕관이라는 엄청나게 큰 경품이 따르는 왕실의 경우에는 두말할 나위도 없다.

'동궁이 어서 죽었으면……'

인정상 그럴 수도 있는 일이다. 복성군으로 말하면 시앗의 몸에서 태어난 첩의 자식, 잘 하면 제 아들 차례에 올 수 있을 옥좌를 동궁이나 복성군에게 돌아가라고 버려 두고 싶지는 않다. 이것은 왕후의 마음뿐이 아니라 왕비에게 줄이 닿는 조정의 무리들도 장래의 세도를 위하여 은근히 생각하고 있는 일이었다.

김안로는 그러한 무리 중의 한 사람이었다. 그의 아들 희가 효혜공주의 남편이 되어 연성위라는 봉작을 받았으므로 그 세도가 당당했건만, 현재의 왕비 문정왕후에게 잘 보일 양으로 갖은 추파를 던져 온다. 며느리 효혜공주는 장경왕후의 소생이라, 동궁과는 친 남매 사이지만 건강이 신신치 않은 동궁만 믿고 있을 수가 없어서 간사스런 양수걸이를 하고 있는 참이었다. 더구나 장경왕후의 오라버니 윤임의 세도 아래에 숨어서, 현 왕비 문정왕후의 두 오라비 윤원로와 윤원형을 원수처럼 알아 갖은 모략과 중상을 일삼아 온 그다. 하나 이제는 대세가 달라졌다.

사람됨이 표독하고 간사한 꾀가 넘쳐 흐르는 문정왕후를 중심으로, 나라 안의 세력은 차츰 윤원형 일파에게로 돌아갈 기세가 보인다.

동궁은 이러한 형편을 알아보지 못할 만큼 미련한 인물이 아니었다. 그는 효성이 극진한 사람이라, 알면서도 모른 체하고 있을 뿐이었다. 누님 효혜공주를 낳고 당신을 낳은지 이렛만에 세상을 떠나신 어머님. 그 뒤 동궁은 계모 문정왕후의 손에서 자랐다. 문정왕후의 천대 속에 자라면서도 모자의 정이 그런 것인 줄만 아는 동궁은 문정왕후에 대한 효성이 지극하기만 하였다. 동궁의 나이 열 살 때 세자빈을 맞이하였는데, 그 뒤에도 동궁은 아침 저녁으로 문정왕후에게 문안을 올리는 일을 조금도 게을리하지 않았다.

이럴 무렵, 동궁에 변괴가 일어났다.

세자빈을 맞이한지 겨우 삼 년, 그러니까 동궁의 나이 열세 살이 되던 음력 정월이었다. 세자궁을 순시하던 별감 한 사람이 빈청 마루 밑에서 제웅 하나를 발견하였던 것이다. 제웅이었기로니 놀랄 것이 없으련만, 문제는 거기에 동궁의 이름인 '호'라는 글자가 씌어져 있는 점에 있었다. 뿐만 아니라 제웅의 위·아래·앞·뒤·옆구리 할 것 없이 굵은 바늘이 꽂혀 있었다. 누가 한 짓인지는 몰라도 동궁이 죽으라고 비는 방자임이 분명하다.

눈이 휘둥그레진 별감이 제웅을 집어 든 손을 덜덜 떨면서 한참 동안은 말을 못하고 입만 벙긋거리다가,

"우, 우, 우……."

하는 비명을 질렀다. 이 소리를 들은 동궁이 방문을 열고,

"왜 그러느냐?"

하고 물었을 때, 별감은 손에 쥔 것을 번쩍 들고 허공에 휘저을 뿐,
"음······음!"
하더니,
"이, 이것······"
하고는 털썩 주저앉는다.
"그게 뭐냐?"
동궁이 자리에서 일어나 뜰로 내려왔다.
"음?"
별감이 잡고 있는 것이 무엇인 줄을 알고는 동궁의 눈은 놀라움에 번쩍 빛났다.
"너, 이 말을 입 밖에 내지 말거라."
"네?"
"이런 일이 있었다는 걸 아무에게도 말하지 말란 말이다."
"······."
동궁은 그 험상스러운 제웅을 손수 아궁이 속에 던져 넣고 안으로 들어왔다.
"무슨 일이 있나이까?"
세자빈이 이렇게 물었다. 동궁은 짐짓 침착한 낯빛으로,
"아무 일도 아니었소."
잠시 동안 말을 끊었던 동궁빈이 다시 입을 열었다.
"저하, 이 몸은 다 알고 있나이다."

"쉿…… 보았구려?"

"보았사와요. 이 일을 윤 대감께 알림이 좋지 않사오리까?"

"외숙이 아시면 공연한 풍파가 일어날 것, 차라리 그만 덮어둠만 같지 못할까 하오."

"공연한 풍파라 하시지만 하도 무시무시한 일이오매, 마음이 장히 불안하여이다."

동궁도 이것이 누가 시킨 것인 줄을 어렴풋이나마 짐작하였다. 윤원형이 신당을 베풀고 방자하는 기도를 올린단 말을 일찍이 들은 바 있다. 그러나 동궁은 그것을 믿지 않으려 했는데, 눈 앞에 너무나 영절스러운 증거가 나타나지 않았는가. 세자빈은 이 일을 윤임에게 알리고자 한다.

윤임은 생모 편의 외숙이요, 윤원형은 계모 편의 외숙이다. 가뜩이나 옹치인 두 분인데다, 무과 출신의 윤임이 알면 반드시 피를 보고야 말 일이다.

'나 혼자 참고 덮어 두면 될 일을……'

동궁은 참기로 작정을 하였던 것이다.

'어머님을 믿자. 어머님을 잠시라도 의심하는 것부터가 불효한 생각인 것을…….'

문정왕후가 아직 경원대군을 낳기 전이라, 자기를 해칠 까닭이 없다고 생각하는 동궁이었다.

'어머님의 아들은 나밖에 없다.'

외숙 윤원형도 때가 오면 깨달을 일, 주위 사람들에게 미움을 받는 것은 나의 부덕한 탓. 동궁은 더욱 효도할 것을 마음 먹었다.

이 일은 이것으로 끝이 났다. 그러나 그 해 삼월, 동궁전에서는 또 한 번 입에 담지 못할 괴상한 일이 벌어졌다.

꽃샘 바람이 사납게 불던 어느 날 밤, 동궁전에 원인 모를 화재가 일어났다. 바람이 센 탓도 있었지만 불이 한 군데에서만 일어난 것이 아니라, 마치 도깨비불처럼 이 구석 저 구석에서 타오르는 데는 걷잡을 도리가 없었다.

"불이야……."

하는 소리에 동궁은 잠을 깨었다. 눈을 뜨고 보니, 벌써 불바다 속에 있는 것처럼 앞이 훤하고 이마가 뜨거워지는 것 같았다.

'이것이 웬 일?'

놀라움보다 앞서는 것이 의아한 마음이다.

'불이 날 까닭이 없을 터이고, 설사 났더라도 진작 끌 수도 있었을 것인데…….'

아니라면 누가 불을 일부러 지르고, 또 불을 일부러 끄지 않았다는 결론밖에 없다.

'그렇다면 누가?'

있다면 단 하나가 있을 것이다.

'그렇지만…….'

얼른 생각난 것이, 두 달 전, 해괴한 제웅이 마루 아래 있었던 사실…… 그것과 이 일 사이에 무슨 관련이라도? 하나 그렇게는 생각하고 싶지 않은 동궁이었다.
"저하, 사세가 급하온데 무엇하고 계시오니까? 빨리 자리를 피하시와……."
자리옷 바람의 동궁빈이 목멘 소리로 이렇게 외치는 것을, 동궁은 덤덤히 바라보기만 하였다.
"급하와요. 어서 일어나셔야……."
그제야 정신이 난 듯 벌떡 일어나 문고리를 잡았을 제,
'이것은 또 어찌 된 셈……?'
문이 열리지 않는다. 다시 다른 문을 밀어 보았다. 역시 마찬가지다.
'의심할 여지가 없는 일……누가 나를 해치려고 이런 짓을.'
동궁은 천천히 돌아섰다. 그는 이미 각오한 바가 있었던 것이다. 바짝 마른 파란 입술을 열어서 동궁빈에게 말했다.
"전날 나를 방자한 흔적이 있음을 알고도 짐짓 말을 내지 않은 것은, 혹시 욕이 부모님 앞으로 돌아갈세라 그랬던 일이거니와, 오늘 이 일은 내가 자리를 피하여 살아난다면 누구에게 죄를 캐물어야 할 것인지도 아는 터인데다 나 또한 아는 바를 숨길 수 없는 일이니 차라리 이 불구덩이 속에서 타죽는 편이 뒷날을 위하여 좋을 것같구려. 내가 빨리 죽기를 원하는 사람이 하나가 아니고 여럿인 바에는 언

제라도 반드시 당하고야 말 일. 그러니…… 오늘은…… 오늘은…… 빈궁만이 이 위태로운 처지를 피하오."

"그게 어인 말씀이오니까. 부부는 예로부터 한 몸이라 하옵는데 마마가 세상을 떠나신 후, 이 몸만이 살아남은들 무슨 즐거움이 있사오리까. 마마께서 정하신 바가 이미 그러하시다면 이 몸도…… 이 몸도 동궁마마를 뒤좇기로 하겠나이다."

"안 됐구려. 불운한 나의 빈이 된 탓으로 그대까지도 몹쓸 일을……."

동궁의 눈에 이슬이 맺히어 구슬처럼 반짝 빛난다. 이 때, 밖으로 방문이 활짝 열리었다.

"저, 저하, 무엇하고 계시오니까. 빨리 피하시옵소서."

거기에 꿇어 엎드린 것은 나이 든 별감이었다.

"아니야, 나를 이대로 버려두어 줘."

"당치 않은 말씀을……."

별감은 더 듣지 않고도 동궁의 심정을 짐작할 수가 있었던 것이다.

"……마마의 몸은 마마 한 분의 것이 아니오이다. 나랏일로 어려움이 많고 힘든 이때, 옥체부터 보중하셔야 많은 백성들의 앞날이 편하오리다. 그것을 통촉하시와 한시 바삐……."

그래도 동궁은 대답이 없다. 눈물에 젖은 얼굴이 조용히 웃음을 머금을 뿐이다.
"어서……."
머리를 가로젓는 동궁은 요지부동이었다. 불은 벌써 침소를 에워쌌나보다.
"우지직."
불에 탄 서까래가 무너지는 소리와 함께 동궁은 눈썹이 타 들어오는 것 같은 뜨거움을 느꼈다.
"우지끈 와그르르……."
앞채의 대들보가 부러져 지붕이 무너졌다. 별감은 더 있을 수가 없었다. 그렇다고 동궁의 몸에 손을 댈 수도 없는 형편이 아닌가.
자기의 힘으로는 움직일 수 없음을 알자, 그는 벌떡 일어나 상감의 침전이 있는 쪽으로 달려갔다. 딱딱한 땅 위에 꿇어 앉아서,
"아뢰오, 아뢰오, ……어전에 아뢰오."
목을 외어 빼고 피가 쏟아져라 외쳤건만, 지밀(임금님이 주무시는 내전) 안에서는 아무런 기척도 없다. 왕은 왕후에게,
"중전, 이게 무슨 소리오?"
자다가 깬 귀에 서투른 아우성을 듣자, 겁이 더럭 난 모양이었다.
"친위 군사들이 주고받는 말인가 하옵나이다. 진념을 거두시고 침수에 드시옵소서."

"아뢰오, 아뢰오……."

하는 소리가 또 들려왔다.

"음? 저것 보라구. 분명 누가 와서……."

"아니래도 그러시옵나이다. 밤 소리 멀리 들린다고, 저희들끼리 하는 소리옵나이다. 밤도 늦었는데 누가 감히 지밀 가까이에 접근하오리까?"

그도 그럴 것이다. 하지만 지밀을 지키던 군사들도 벌써 불을 끄려고 동궁 쪽으로 달려간지 오래다.

"그러나 상궁을 불러서 알아보게 함이 좋을 듯한데……."

"무슨 꿈을 꾸고 계신가 하옵니다."

"꿈은 아닌가 본데……."

"진념을 거두시옵소서."

이 때,

"불이야……."

바람에 실려 오는 이 소리.

"무어?"

왕은 귀가 번쩍 뜨이었다. 전신에 찬 물을 끼얹힌 듯 오싹 소름이 끼친다.

자리에서 벌떡 일어난 왕. 왕비도 하는 수 없이 따라 일어났다.

"불, 불이라고 하지 않았소?"

"아닌 밤중에 불은 무슨 불이오리까?"

"아니야, 분명 불이야라고……. 글쎄, 내 어쩐지……."

달도 없는 밤인데 아까부터 창문 밖이 환한 게 마음 쓰이던 왕이다. 불그레한 불빛이 비친 창문. 이제는 더 의심할 여지가 없다.

"상궁, 상궁은 게 없느냐?"

"예, 전하."

"촛불을 대령하라. 불을……."

"예, 전하."

이 기척에 밖에서 고개를 숙이고 있던 별감이 소리를 높였다.

"동궁에 불이 났사옵니다. 저하께서는 납시지 않으시고……."

"무어?"

왕은 체면도 따질 겨를이 없이 옷을 아무렇게나 몸에 걸친 채 허둥지둥 밖으로 나가려 한다. 이 때, 왕의 손에 매달린 것이 왕후였다.

"무슨 일인지 알지 못하옵고 이대로 납시오면 옥체에 무슨 변괴라도……."

되도록 왕을 붙잡아 두고 싶은 왕비였다. 그것이 뜻대로 되지 않는다면 잠시라도 행차가 더디도록 하고 싶다. 그러나 왕은 왕후의 손을 뿌리치시었다.

"에이 놓아, 놓으래두."

문을 발길로 차듯이 하며 뛰어나간 왕.

"누구 없느냐?"

"예이, 소인이 행차를 모시오리다."

미심쩍은 눈으로 왕은 별감을 굽어 보시었다.

"너는 누구냐?"

"동궁별감이오이다."

"오냐, 가자."

왕은 동궁으로 급하게 옥보를 옮기시었다.

"동궁은 무사하냐?"

"모르겠사옵니다."

왕은 헐떡헐떡 숨을 몰아쉬며 달음질을 쳤다. 행차가 동궁에 당도하였을 때, 불길은 벌써 동궁의 침소를 집어삼키려고 널름거리고 있었다.

"동궁…… 동궁…… 아비가 왔다. 빨리 나오너라."

그래도 안에서는 대답이 없다.

"백돌아……백돌아……."

임금은 소리를 높여 세자의 아명(어렸을 때 이름)을 외치시었다.

안에서는 무표정하게 앉아서 눈을 감은 채 조용히 때가 이르기를 기다리던 동궁이 통곡하듯 자기를 부르는 아버지의 목소리를 듣자, 감았던 눈을 번쩍 떴다.

'부왕께옵서 친히 여기까지 납시어 계시단 말인가?'

옛날 일 159

효성이 지극한 동궁은 더이상 불효를 저지를 수가 없을 것 같은 생각이 들었다.

"빈궁."

동궁은 동궁빈을 불렀다.

"예, 저하."

어디까지나 잔잔한 표정의 동궁빈이었다.

"나가오."

"이 몸만이……?"

"아니오, 나도 나가리다."

동궁은 동궁빈을 옆에 끼고 이불을 뒤집어 썼다.

"하나, 둘, 셋!"

두 사람은 불 속을 헤치고 밖으로 나와 이불을 벗어 던졌다.

"아바마마……."

"오! 백돌아……."

얼싸안은 상감과 동궁.

이제는 대궐 전부가 불에 탄들 어떠리. 눈물이 하염없이 흘러 내리고 있다.

밝은 날, 아침부터 궁중은 발끈 뒤집히었다.

'불이 왜 났을까?'

이것을 알아내기 위한 조사가 시작된 것이다. 동궁의 구실아치들이 모조리 금부에 붙잡히어 감옥에 갇히었다.

알 수 없는 일, 불이 날 곳이 없다. 그런데 한 가지 이상한 것은, 불탄 잿더미 속에서 타다 남은 쥐가 여러 마리 발견된 것이었다.

―고궁에 숨어 살던 쥐가 저절로 타 죽은 것일까?

그렇게 판단하기에는 엄청나게 많은 숫자다. 게다가 또 하나 이상한 것은, 불을 피하여 달아나다가 죽은 쥐는 모조리 꼬리와 볼기짝만이 타서 죽은 점이다. 그 중의 한두 마리는 꼬리 끝만 타다가 물벼락을 맞고 죽은 놈이다. 이런 쥐꼬리 끝에는 솜 방망이가 달려 있고, 솜에는 불이 잘 붙는 기름이 적셔져 있다.

'이것은 무엇을 뜻하는 것일까?'

방화―그렇다. 누구의 짓인지는 알 수 없어도 일부러 불을 지른 것임에 틀림이 없다. 방화라도 교묘한 방화다. 바람 부는 날을 골라 기름칠한 솜방망이를 쥐꼬리에 달고, 거기에 불을 달아서 동궁에 놓아준 것이 분명하다.

의심은 차츰 소윤(윤원형·윤원로 중심의 외척 세력) 쪽으로 돌아가게 되었다.

이럴 즈음, 난데없이 자기의 소행이라고 자백하는 자가 나타났다. 그는 경빈 박씨 궁에서 복성군을 모시는 궁액(궁중에서 일하는 하인)이었다.

"누가 시켜서 한 짓이냐?"

문초에 못 이기는 체하고 대답하는 말.

옛날 일 161

"경빈 마마와 복성군의 분부를 받자와 거행하였나이다."

이제 경빈과 복성군이 무사할 리 만무하였다. 경빈 모자는 곧 잡히었다. 조정 공론에 부친 결과, 그들 모자는 폐서인(비빈과 왕자의 신분적 특권을 빼앗아 보통 사람으로 만드는 것) 되어 대궐에서 쫓겨 났다. 이 일을 자기가 했노라고 나섰던 궁인을 문정왕후가 극력 두둔하였을 것은 물론이다.

"경빈과 왕자 복성군이 시킨 일을 궁인의 몸으로 어찌 거역하오리까? 죄는 경빈 모자에게 있사오니, 그들에게 극형을 줄지언정, 궁인을 목을 베어 죽이는 것은 가혹한 줄로 아옵니다."

이런 말로 왕께 여쭈어 궁인은 죽음을 면하였다. 그러나 복성군 모자도 죽지는 않았다. 으레 사약을 내려 죄인들의 목숨을 거두어 들일 만한 일이로되, 임금의 사랑이 두터운지라 간신히 목숨만은 건사할 수 있었던 것이다.

이러구러 육 년이란 세월이 흘러 동궁이 열아홉 살 되던 해 오월에, 동궁에서는 또 한 번 야릇한 일이 벌어졌다. 사람의 머리를 그리고, '참'이라고 쓴 나무 패쪽이 빈청(대신이 모여 회의하는 곳)에 매달린 일이다. 이 일은 김안로가 이조판서로 있을 때 일어났다. 그를 중심으로 한 조정의 공론이,

"이는 분명 폐서인된 박씨와 복성군이 대궐 안에 손을 뻗치어 동궁 저하를 저주하고자 하는 소행인 줄로 아뢰오."

하는 것이어서, 왕도 하는 수 없이 그들 모자에게 사약을

내리시었다.

  금부도사가 왕의 전교와 함께 약 사발을 받쳐든 소반을 가지고 폐서인된 모자의 거처에 나타났을 때, 복성군은 조금도 서두르지 않았다.

  "어마마마, 올 것이 마침내 오고야 말았나이다."

  "애야……."

  모자는 긴 말을 하지 않고 이내 공손히 꿇어앉아 약사발을 받아 들었다.

  잠시 후, 싸늘한 주검이 된 복성군, 그는 이미 성례(혼례를 치름)하여 슬하에 나이 어린 딸 하나가 있다. 이것이 그가 이 세상에 남기고 간 유일한 흔적일 뿐이었다.

  이 날, 동궁은 진종일 울었다. 억울한 누명을 쓰고 죽어간

동생. 그는 말 한 마디 못하고 억울하게 죽는 동생을 지켜보아야만 했다. 그러나 왕비는 속으로 웃었다. 더구나 이 해에 태기가 있어 이듬해 오월 스무이튿날, 왕자를 낳은 것이다.

이 분이 뒷날의 명종이시거니와 이 분을 둘째 왕자라 하고 복성군을 셋째에 놓는 뜻은, 인종의 뒤를 이어 등극하신 이가 이 분, 곧 경원대군이고, 또 복성군이 정비(본처로서의 왕비) 소생이 아니기 때문이었으나 춘추(나이)는 복성군이 훨씬 위였다.

동궁의 나이가 스물일곱이 되던 해, 그는 아버지인 임금에게 소를 올려 아뢰었다. '복성군의 외딸과 두 누이가 서인이 되어 있는데, 자식에게야 무슨 죄가 있으리까. 복성군도 간악한 신하의 흉악한 계략에 걸려 억울한 죽임을 당한 것이므로 불쌍히 여기셔서 신원(억울함을 풀어줌)시켜 주시기를 바라나이다.'

이는 동궁에게 딴 뜻이 있는 것이 아니고, 다만 자기 때문에 여러 사람이 죽었음을 생각하고 갈수록 마음이 아파서 이같이 한 것이다.

그러나 문정왕후는 이 일을 자신에 대한 정면 도전으로 여겨서, 동궁을 더욱 못마땅하게 생각하게 되었다. 하지만 동궁은 그런 줄을 아는지 모르는지, 모후에 대한 효성이 이루 다 말할 수 없도록 깍듯하였다. 그리고 삼 년이 다시 지나 임금이 승하하시고 동궁이 등극하여 왕위에 앉으셨다.

이제는 대비가 된 문정왕후는 고약스러운 성질을 버리기는커녕 외려 패악을 부렸다. 임금이 문안을 드리러 대비의 처소에 들를 때면, 대비는 자신이 낳은 아들을 앞에 앉혀 놓고서 표독스러운 말로 임금을 괴롭히곤 하였다.

"우리 모자를 전하께서는 언제 죽이시려오? 아마도 그 날이 멀지는 않았습지요?"

이럴 적마다 왕은 기가 막히어 문 앞에 엎드려서 대죄(처벌을 기다림)를 하였고, 혹은 효성이 모자라서 저러시나 하고 생각하여 남몰래 우시기도 여러 번 하였다.

임금으로 등극하신지 일곱 달째 되는 유월 어느 날이다. 이날도 왕은 대비께 문안을 드렸다. 이 때, 대비는 전례없이 상냥스럽게 웃는 낯빛을 띠고 임금 앞에 옥합을 내어 놓았다.

"그것이 무엇이오니까?"

"떡이오. 전하도 하나 잣수어 보시오."

난생 처음으로 어머님의 사랑을 느껴 보는 왕은, 너무 기뻐서 권하는 대로 그 떡을 달게 잣수시었다.

하나 문제는 이 떡에 있었던 모양이다. 그 날 잣수신 떡에 관격이 되어 왕이 앓아 누우시게 된 것이다.

병이 차츰 더 나빠져서 되살아날 가망이 없을 지경에 이르렀다. 왕은 신하들을 모아 놓고, 당신께 후사(뒤를 이을 사람)가 없으니, 동생 경원대군에게 전위(임금의 자리를 물려 줌)

하신다는 뜻을 발표하시었다.

'아, 이로써 어머님이 비로소 안심을 하실 터이지.'

임금은 만족하신 모양이었다. 그러나 신하들은 옥체가 편안하지 않으신 상감께서 대비를 가까이 하지 못하도록 무진 애를 썼다. 약을 달일 때에도 신하들이 탕관 곁을 떠나지 않고 지키었다.

그래도 임금께서는 대비를 믿었다. 무슨 악연(나쁜 인연)인지는 알 수 없지만, 전해 오는 말에는 상감께 후사가 없음도 어머님의 뜻하시는 바를 알기 때문에 일부러 생산을 막았다고도 한다.

이 해 칠월 초하루, 임금은 마침내 세상을 하직하시었다.

명종께서 등극하실 때, 춘추가 겨우 열세 살이었다. 따라서 문정왕후는 수렴청정을 하게 되어, 하고자 하는 대로 안 되는 것이 없었다.

따라서 실질적인 임금은 대왕대비 윤씨였으며, 자기가 원하는 일을 한글로 적어서 내시를 시켜 임금에게 전하곤 하였다.

이러한 명령을 받은 임금은 크게 그릇된 일만 아니면 어머니의 뜻을 받들어 힘써 행하였으나, 정 안될 일은 어머님을 몸소 찾아가 이치를 아뢰고 할 수 없노라 거절하는 도리밖에는 없었다. 이럴 때, 대비는 몹시 역정을 내어 임금을 나무라고 마구 꾸짖었다.

"네게 오늘날이 있음은 오로지 나의 공이라 하겠거늘, 네가 내 말을 거역하다니."

그러고는 지존의 몸에 매질까지도 하였다. 이래서 임금은 언제나 용안에 매맞은 흔적과 눈물 자국이 있었다.

공으로는 임금이요, 사사롭게는 친아들임에도 이렇게 극성스럽고 사납게 대하는데, 하물며 복성군 따위에게는 어떠했겠는가. 어머니와 친척들, 자신과 가까웠던 조정 신하들까지 모두 사납고 독살스러운 왕후에게 죽임을 당하는 것을 지켜볼 수밖에 없었던 복성군—그 또한 왕후의 검은손에서 자유로울 수 없었다. 그의 혼백이 진혼(영혼을 가라앉힘)이 안 되어 떠돌다가 이제 묵적골 무당을 앞세워 글 읽는 항복 앞에 나타난 것이다.

"……왕자마마의 행차가 이 누추한 곳을 몸소 찾아 주시니 황공하여이다."

하며 항복은 왕족을 뵈옵는 예로 그 자리에 엎드리어 절을 하였다.

차례로 보더라도 마땅히 저위(세자의 자리)를 차지하였겠고, 그렇다면 구중궁궐에서 보위(임금의 자리)에 앉으사 만기(정치적으로 모든 중요한 일)를 몸소 보살피게 되었을는지도 알 수 없는 고귀한 어른. 그런 분이 궁중에서 억울하게 쫓겨나 오명의 죽임을 당한 혼백이 사십 년을 지나서 이제 자기를 찾아왔다. 조정의 모든 벼슬아치들을 거느리어야 할 어른이 무당 하나를 앞세우고 걸어서 온 초라한 모습.

항복은 흐르는 눈물을 멈출 수가 없었다.

"왕자마마, 안으로 드사이다."

비에 젖은 맨땅에 엎드리어 절을 하였는지라, 옷이 젖고 더러워졌건만 상관할 것 없이 항복은 복성군의 혼백을 자기 처소로 맞아들였다. 자리를 잡은 후, 항복이 먼저 입을 열어 혼백에게 물었다.

"소신에게 묻고자 하는 바가 무엇이온지?"

복성군은 잠시 주저하는 듯하다가, 마침내 말을 시작하였다.

"내가 억울하게 참변을 만나 구천을 떠도는 신세가 되었는데, 세상의 공론, 그 소문을 듣고자 하는 거요. 우리 모자의 억울함을 세상이 알고 있는지, 퍽 궁금한 일이구려."

하고 쓸쓸히 웃는다.

"아, 그 일이라면 왕자마마는 부디 안심하소서. 그 일로 왕자마마께서 세상을 떠나신지 팔 년째 되던 해에, 동궁 저하께서 친히 소를 올리시어 왕자마마와 경빈마마께서는 신원되시었나이다."

복성군은 다시 한숨을 쉬더니 말하였다.

"그것은 나도 알고 있소. 그러나 내가 알고자 하는 것은, 세상의 공론이니 들은 대로 말해 주오."

항복은 다시 태도를 고치어 정색하고,

"세상의 공론이 왕자마마 모자의 일을 원통한 일이라 하오니 상심할 일은 아닌가 하나이다."

하는 말을 듣고 복성군은 만족한 듯이 얼굴에 웃음을 띠면서 홀연히 자취를 감추었다.

귀신에게서 세 번이나 자기의 장래 일을 들은 항복. 깨끗하고 바르게 살며, 나라와 겨레 앞에 몸과 마음을 바칠 결심을 되풀이하는 그였다.

이제 항복의 나이도 어언 열아홉, 몸은 청년답게 떡 벌어지고 마음도 한결 어른스럽게 되었다. 남자 나이 15세면 대장부라고 하지 않는가. 그 대장부를 넘기고도 4년이 더 지났다. 장가를 가고도 남을 만한 나이인 그가 아직 장가를 안 든 데에는 까닭이 있다. 어머니의 삼년상을 치르느라고 세월을 보낸 탓도 있거니와, 일찍이 부모님을 여의고 형수들과 같이 살기 때문에 그것이 흉이 되어 대갓집에서는 딸 시집보내기를 꺼린다. 그렇거나 말거나 항복은 별로 관심 없이 지내 왔는데, 이제는 그렇지가 않았다. 어릴 때 같이 놀던 동무들은 거의 다 장가를 들어서 아들 딸 낳아서 제법 아버지 구실을 하고 있다. 그러나 이것도 그다지 부러운 일은 아니다. 다만 한가지 마음에 켕기는 것은, 장가만 들면 머리에 상투를 틀겠는데, 아직 총각이라 처녀 애들 모양 머리를 땋아 댕기를 드려서는 꼬랑지를 치렁치렁 늘어뜨리고 다녀야 하는 일이다. 집안이 찢어지게 가난하거나 팔푼이가 아니고서는 장가를 가지 못 한다는 것은 생각조차 할 수 없었던 때에, 혼례를 치러야 할 나이를 훨씬 지났음에도 혼자였기에 그런 생각이 들었던 것이다.

신접살이

　선조 칠년 구월. 재상 권철의 집에는 경사가 잇달아 있었다. 하나는 권 대감이 영의정 벼슬을 받은 것이요, 다른 하나는 대감의 손녀, 즉 둘째 아들 율의 딸이 약혼을 한 것이다. 약혼을 하였어도 그 사위가 이만저만한 사람이 아니라, 수재로 이름난 이항복이 바로 그 상대였기에 기쁨은 한결 더 컸다. 사람됨이 똑똑함은 일찍부터 아는 터이고, 또 항복의 자형인 민선이 중신을 선 혼처라서 안심할 수가 있다. 민선은 일찍부터 율곡 선생과 교분이 두터워 유림의 중진인 사람이다.
　그러나 항복은 마땅치가 않다. 비록 출가는 하였어도, 어머니 못지않게 뒤를 거두어 주고 보살펴준 큰 누님이 승낙한 바요, 또 어른들끼리 정한 일이라 내놓고 불평은 할 수 없지만, 자기네들과 같이 살 색시도 아닌 터에 한번쯤은 의향을 묻고 처녀의 얼굴이라도 보여 주었으면 좋으련만……. 하나, 당시로는 그렇게 할 수가 없었다. 이래서 항복은 하루 틈을 내어 자형 민선의 집으로 누님을 찾아갔다.

"누님, 나 장가 안 들라우."

불쑥 내놓은 첫마디가 이것이었다. 이 말에 이씨 부인은 깜짝 놀랐다.

"그게 무슨 소리냐. 이미 정한 일을 가지고……."

"아무리 정한 일이라도 내가 싫으면 그만이지 뭐요?"

"싫긴 왜 싫어? 언제나 철이 나려느냐? 네 나이 열 아홉이라, 복상중이 아니었더라면 벌써 혼례를 치렀을 것이다. 안 그래도 늦었는가 싶은데 무슨 그런 소릴……."

"그렇게 가고 싶거든 누님이나 가시구려."

"애개개, 별 망칙스러운 소리를 다 하는구나. 그럼 너는 평생 총각으로 늙을 셈이냐?"

"누가 총각으로 늙는다우? 마땅한 혼처만 나서면 막는들 어련히 안 가리까……."

농담처럼 내대는 응석조의 말이건만, 이씨 부인은 정색을 하지 않을 수가 없다.

"그래, 그 혼처가 네 소견으론 마땅치가 않다는 말이니? 문벌로 말하면 안동 권씨요, 지체로 이를지라도 영상댁 규수인데 어디가 마음에 차지 않는다는 거냐. 너같은 신랑감으론 견주어 보기도 어려운 훌륭한 배필이야. 다시는 그런 말 아예 입 밖에 내지도 말아라. 복에 겨운 수작을 너무 지껄이면 입이 부르트는 법이다."

"복에 겹다구요? 아따, 그래 사팔뜨기 처녀를 아내로 맞는 것이 다복한 일이겠소?"

"무어? 이젠 못하는 소리가 없구나. 선볼 때 나도 자세히 보았지만 눈알이 너무나 구슬처럼 영롱하더라."

이씨는 차츰 항복의 꾀에 끌려 들어오고 있었다.

"그야 눈을 내리깔고 얌전히 앉아 있으면 그렇게도 보일 터이지요. 내가 알아본 바로는 영락없는 사팔눈이랍디다. 누님은 도대체 무슨 마음으로 동생인 나에게 그런 병신 처녀를 중신 들려는 거요?"

이씨는 말문이 막히었다. 그러고 보면 그런 것 같기도 하다. 아무리 자세히 보았다지만 눈맵시까지 그다지 유심히 들여다보지는 못했기 때문이다.

"사람의 눈이란 예로부터 놀라거나 성이 났을 때가 아니고는 알아보기 어렵다더군요."

이치에 맞는 말이다. 그럴는지도 알 수 없는 일이 아닌가. 아니라고 부득부득 우겼다가 평생 원망을 듣게 된다면 좋을 것이 없겠고, 또 실상이 그러하다면 아닌 게 아니라 정말 큰일이다.

"누구한테서 그런 말을 들었니?"

하며 한 걸음 나앉는 이씨의 눈이야말로 사팔뜨기가 다 되어 있었다.

"믿을 만한 사람에게서 들었소."

"그게 누구냐 말이다?"

"그건 말하지 않을라우. 모처럼 내게 일러준 사람이 욕을 보게 되면 큰 일이니까요."

"얘, 이 일을 어쩌면 좋으냐?"

"어쩌긴요, 내 눈으로 한 번 똑똑히 보면 될 일이외다."

"그건 장히 어렵다. 아무리 약혼한 사이라 하더라도 식을 올리기 전에는 재상댁 규수를 총각의 몸으로 어떻게 본다는 말이냐?"

옳은 말이었다. 그렇잖아도 항복은 벌써 여러 차례 영의정 댁 담장 울타리 밖을 돌고 돌아보았다. 행여나 눈에 띌까 하고……. 하나 매양 실패로 돌아갔다.

담장을 뛰어 넘을까 하여도 보았으나, 안뜰에는 사나운 개가 있을 뿐 아니라, 하인에게 붙잡히는 날에는 다리가 부러지기 쉽다.

이래서 단념하고 집에 돌아와 책이나 읽으려고 억지로 마음을 다잡아 보았건만 잘 되지 않았다. 글 줄은 아물거리다가 글자마다 춤을 추고, 허옇게 번진 종이 위에는 권 처녀의 얼굴만이 오락가락한다.

'이렇게 생긴 사람일까, 저렇게 생긴 아가씬가?'

그는 머릿속에 떠오른 모습들을 붓으로 그려 보기도 하였다. 그러나 시원치가 않다.

'한 번 꼭 보았으면 좋겠는데, 무슨 좋은 도리가 없을까?'

바로 그때 야릇한 꾀 하나가 머릿속을 스치고 지나갔다.

'그렇게라도 해 보아야…….'

항복은 빙그레 웃으면서 일어났다. 이리하여 찾아온 것이, 맏누님 이씨 부인이었던 것이다.

"그 일은 내게 계교가 있으니 맡겨 두오."

"무슨 그런 계교가……."

"있지요. 누님, 나 치마저고리 한 벌만 빌려 주오."

"치마저고리는 왜?"

"재상댁 규수를 가까이 보려면 아무래도 여자 행세를 하지 않고는 어려울 테니까요."

"그래서 치마저고리를 네가 입겠다는 거냐?"

"그렇지요…… 누님, 이리 좀 가까이 오오."

항복은 입을 이씨 부인 귀에 대고 한참이나 귓속말을 하였다. 말을 들으면서 이씨의 얼굴은 웃기도 하고 놀라기도 한다.

"어떻소, 계책이……?"

"생각대로 될까? 들키는 날에는 골병 들지도 모르는데."

"들키면 치마를 벗어 던지고 달아나 나오지요."

"할 테면 해 보거라. 하지만 네 눈으로 똑똑히 보고 나서는 사팔뜨기네 어쩌네 그런 소릴 내 앞에서 하면 안 된다."

"염려 마시오. 어서 치마저고리나 내어 주오."

이씨 부인은 장롱을 열어 옷을 이것 저것 꺼내 주었으나 항복이 몸에 맞는 것이 하나도 없다.

신접살이 175

"모두 작고 감이 너무 좋소."
"잠깐 기다려라."
하고 부인이 계집종들을 불러 모아, 몸집이 가장 큰 계집종에게 옷을 가져오라고 해서 그것을 입히고 댕기도 붉은 것으로 갈아 들였다.
"이제는 되었소. 어울리지요?"
"호호호, 썩 잘 어울린다."
"그럼 버선을 주오."
그러나 버선만은 항복이 발에 맞는 것이 없어서 제 버선을 그냥 신고 짚신을 끌기로 하였다.
"내가 걸음걸이 연습을 하는 동안, 누님은 채비를 차려 주오."
이씨는 웃으며 밖으로 나갔고, 항복은 가장 맵시 있는 걸음을 익히느라고 대청과 안방을 오르락내리락 한다.
"다 되었다. 갈테면 빨리 다녀 오너라."
"분단장을 해 주시오."
"호호호, 차릴 건 다 차리려는구나."
이씨는 웃으면서도 항복이가 하겠다는 대로 해 주었다. 눈이 크고 입이 작은 얼굴이라, 단장을 시켜 놓으니까 제법 모양이 아름다워 보인다.
"이제 되었소, 어서 내어 주오."
"오냐."

항복은 누님이 내어 주는 음식을 차려 얹은 붉은 나무판 위에 노란 식지를 덮어서 머리에 이었다.

그리고 일어서 보니 걸음이 잘 걸어지지 않는다. 항복은 한 두 번 더 연습을 하고 나서 문 밖으로 나와 휑하니 영의정 댁으로 발걸음을 옮겼다.

그는 미리부터 알아두었던 영의정 댁이라 거침없이 안중문으로 썩 들어섰다.

"붓골 박 참판 댁에서 간 밤에 제사 잡수시고 반기를 가져왔습니다."

하고 일부러 지은 가냘픈 목소리로 외쳤다. 이것을 본 검둥개가 마루 아래서 쏜살같이 뛰어나오더니, 별 수상한 놈 다 보겠다는 듯이 껑충껑충 뛰어오르며 마구 짖어댄다. 개를 쫓자니 나무판을 잔뜩 붙잡고 있는 손을 쓸 수가 없어서,

"이 놈의 개, 이 놈의 개."

하며 왔다 갔다 하였다. 그 서슬에 뒤로 움치면 나무판이 앞으로 수그러지고, 앞으로 나서면 뒤쳐져서 비틀거리면서 전후좌우로 기우뚱대는 품이 마치 술주정꾼이 봉산 탈춤을 추는 꼴이다.

"이거 빨리 받아 주어요."

나무판을 안 떨어뜨리려는 데만 정신을 모은지라, 목소리를 가다듬는 데는 마음을 쓸 경황이 없어서 타고난 사나이

음성이 불쑥 튀어 나왔다. 안방 미닫이가 드륵 열리었다.
"아가씨."
하며 항복이가 한걸음 다가섰다. 하나 그것은 아가씨가 아니라 이남박처럼 생긴 얼굴에 주름이 진 이 댁 노마님이었다.
"얘들아, 저것 받아 주어라."
그제사 노비들이 나와서 나무판을 받아 내렸다.
"어디서 왔다구 했지?"
마님의 물음이다.
"자핫골 최 승상 댁에서."
"무어? 아까는 붓골 박 참판 댁에서 왔다더니?"
"참, 그랬던가요? 그러면 그렇다고 해 두지요."
"원 수다스러운 년 다 보겠구나······. 그런데 붓골 박 참판이 누구시더라? 원, 사랑에 다니시는 어른들을 내가 다 알 수가 있어야지."
하면서 노마님이 항복을 유심히 쳐다본다. 항복이도 처녀가 어디 있나 하고 두리번거리며 열심히 안뜰을 둘러보았다.
"너 뭘 그리 살펴 보느냐?"
"집이 하도 훌륭하여서······, 호호호."
항복은 손으로 입을 가리며 괴상한 음성으로 소리내어 웃었다.

"익살맞고 재미있는 년이로군. 너 올해 몇 살이냐?"

그릇을 비우는 동안, 노마님도 심심했던지 자꾸 말을 시킨다.

"열다섯 살이어요."

"에그, 열다섯 살치고는 몸집이 엔간히 크구나. 어깨가 떡 벌어지구 가슴판이 넓적하구."

"모두 크다구 그러셔요."

"기운도 꽤 있겠다. 그 손을 보니……, 마치 사내 녀석같구나."

"모두 그렇다구들 하셔요."

"수염 터가 꺼멓게 잡힌 걸 보면 사내가 되려다 계집이 되었나보다."

"호호호, 부끄러워요, 마님."

앵돌아지는 시늉을 해 보일 때, 치마 허리가 뜯어지면서 떨어졌다. 이 때, 만일 안잠자기가 찹쌀이 든 광우리를 들고 나와 절구가 있는 쪽으로 가지 않았던들, 항복이의 본색이 드러나고야 말았을 것이다.

안팎이 부산한 것을 보니 잔치 준비를 하고 있는 것이 분명하다. 그런데도 딸아기는 뜰을 내다보지도 않는다. 이윽고 그릇을 비운 나무판이 나왔다. 이제는 더 있고 싶어도 있을 수가 없게 되었다.

"수고했다. 이거 너 가져라."

하며 노마님이 엽전 두 푼을 내어 준다.
"뭐 이런 걸 다 주시나요."
한 번 마다하는 빛을 보이다간 손을 불쑥 내밀었다.
"볼수록 우람직스럽구나. 너 무슨 재주를 가졌니?"
"재주랄 건 없어도 씨름을 하라면 곧잘 하지요."
"무어? 씨름을 한다고?"
"호호호, 기운을 한 번 구경하시겠나요?"
하면서 쌀방아 찧는 데로 달려가 절굿공이를 번쩍 빼앗아 들었다.
"쾅!"
한번 내려 찧자, 쌀이 튀어 나와 사방으로 흩어진다.
"얘, 그만두어라."
항복은 무료한 김에 절굿공이를 내려놓고는 손잡이도 없는 돌 절구를 훌떡 들고 두어 걸음 앞으로 나갔다.
"힘이 장살세."
"뭘 요까짓 걸요."
되도록 시간을 끌고 싶어서도 그랬거니와, 이렇게 하다보면 처녀가 구경을 나와 줄까 싶어 지랄같은 힘자랑을 시험해 보았건만 처녀는 끝내 나오지 않았다. 더는 어떻게 해볼 수가 없어 안잠자기가 이어 주는 나무판을 머리에 얹고 일어서는데, 검둥개가 또 한 번 뛰어나와 멍멍 짖어댄다. 짖을 뿐만아니라 무슨 눈치를 채었던지, 치마 꼬리를 물고는 끈

질기게 잡아 당긴다. 항복은 발길을 들어 개 옆구리를 걷어 찼다.

"깨갱!"

동시에 머리 위에 인 나무판을 동댕이치며 폭 꼬꾸라졌다. 되도록 오래 머뭇거리기 위해서는 그럴만한 사건을 저질러야겠기 때문이다.

와그르르 쨍그렁 퉁탕.

"아이구 허리야, 발목이야……."

이 소리에 건넌방 문이 열리더니, 스무 살 안팎으로 보이는 처녀가 온몸을 내어놓고,

"검둥아, 왜 그러니?"

하며, 금방 뛰어나와 안아 들여가기라도 할 듯이 검둥개를 본다. 노란 치마를 입은 날씬한 키에 복숭아 꽃잎 같은

얼굴, 홍실을 담뿍 문 입술이 또렷하다.
'옳지, 이 색시로구나.'
속으로 중얼거리며 입으로는,
"아이구구……."
되도록 처녀의 관심을 자기에게로 모아 볼 생각에서 엄살을 피웠다.
그러나 처녀는 아주 부드러운 음성으로 검둥개를 불렀다.
"검둥아, 이리 와. 어디 다친 데는 없니?"
아무런들 개 때문에 사람이 넘어져서 죽는다고 비명을 지르는데, 거기에는 아랑곳없이 개만 가지고 저러다니…….
야속하다는 생각도 들었으나 할 말이 없다. 검둥개가 쭈루루 달려간다. 처녀는 개의 목덜미를 팔로 끼고 주둥이에 입을 갖다 대었다.
'아, 저런!'
개 주인이 개를 사랑해서 입을 맞추는 것을 따질 수도 없었지만 그보다는 여자로 변장한 자기 자신이 겸연쩍었던 항복이가
"허허허."
한 번 웃었더니, 그제야 처녀의 시선이 항복에게로 향했다.
"엄마……."
들릴락 말락한 이런 소리가 꽃잎같은 처녀의 입술 사이로

흘러나왔다. 그러고는 이내 안으로 뛰어 들어간다. 항복은 흩어진 그릇들을 주섬주섬 담아들고 달아나듯이 밖으로 나왔다.

달포가 지나 혼삿날이 닥쳐왔다. 얼마나 기다리던 한 달이고, 얼마나 마음 조리던 오늘이냐.

부모님이 안 계시어 서운한 마음이 적지 않으나 운복, 송복 두 형과 큰 누님 민선 부인의 주선으로 초례를 행하는데, 시중 드는 여인의 부축을 받아 연지 곤지에 화장을 하고서 조용히 서 있는 신부를 보자, 항복은 가슴이 뭉클하도록 만족하였다.

달포 전 영상댁 안뜰에서 검둥개를 부르던 아름다운 그 모양이 눈에 삼삼하여 잠을 이룰 수가 없었고, 그 때문에 몸에 병이 다 날 지경이었거니와, 이제 몸치장을 정성껏 한 신부를 보니, 이 사람이 정말 자기 마누라가 되려는 사람인가 의심이 날만큼 흐뭇하고 만족스럽다. 이렇게 되니, 짓거리가 아니 날 수 없다. 게다가 전날 그 처녀를 한 번 보려고 여자의 복색으로 찾아가 갖은 욕을 다 당한 일을 생각하면, 예사로 치를 것이 아니라 신부를 한 번 단단히 곯려주어야겠다는 생각이 들었다.

"후……흠흠."

그는 벌써 마음속으로 작정한 계책이 있었다. 혼례 절차에 따라 신부가 항복이 앞에 진중하게 절을 한다. 마땅히 예법에 따라 답례를 하여야 옳을 일이로되 항복은, 아니 신랑은 무엇이 못마땅한지 뻣뻣이 선 채로 외면하고 있다. 이쯤 되니 사람들이 당혹스러워 한다.

"이게 웬 일이야?"

"글쎄, 모르겠어."

수군수군, 쑥덕쑥덕, 이 구석 저 구석에서 공론이 일어났다. 이럴 때 한몫 보는 것이, 수모(전통 혼례에서 신부의 단장과 그 밖의 일을 곁에서 도와 주는 여자)의 변덕이다.

그는 수다를 떨며,

"새색시 절을 받고 가만 계신 법이 어디 있어요? 나 같으면 받은 절, 갑절은 갚겠네."

하고 답례하기를 재촉한다. 그래도 신랑은 덤덤히 섰을 뿐이다.

"......아따 새 서방님이 허리 못 구부리는 병신이던가, 어서 절을 하셔요."

그제야 항복은 입맛을 쩍쩍 다시더니,

"나더러 허리 병신이라구……? 뒤로는 안 구부러져도 앞으로라면 백 번이라도 굽힐 수 있지. 하지만 벙어리 색시에겐 절 않기로 작정을 했다네."

하며 아주 돌아서 버릴 듯이 외면을 한다. 일이 이쯤 되고 보니 당황하지 않을 수 없다.

"무엇이라고요? 앵무새처럼 말만 잘하는 색시에게 그 무슨 당치도 않은 말씀을……, 어서 절이나 받으셔요."

"어, 못 믿겠어, 말하는 걸 내 귀로 들어 보기 전엔 안 되겠는걸."

"에그머니나, 이거 무슨 모략이 들어갔나보군. 초례청에서 새색시가 말하는 법이 어디 있나?"

"글쎄 싫다니까, 벙어리하구는……."

신랑이 등을 돌려 아주 돌아서 버렸다.

수모는 벌컥 화를 내었다. 그래도 소용이 없으므로 이번에는 하는 수 없이 신부 귀에 입을 갖다 대고 무슨 말이든 한 마디 하라고 조르기 시작하였다. 신부가 가만히 생각하니, 전날 자기가 말하는 것을 들은 신랑인데 이렇듯 고집을 피우는 걸 보면 필경 그날 겪었던 욕된 일에 대해 앙갚음하려는 배짱임이 분명하고, 또 여기에 끝내 잠자코 있을 양이면 정말 벙어리 색시란 소문이 밖에 퍼지겠으니 하는 수 없이 들릴락말락한 조그만 음성으로 가만히 종알거렸다.

"소녀가 벙어리 아닌 줄을 아시기에 말을 하라는 게 아니시오니까?"

"후훗."

항복은 웃었다. 수모가 물색없이 하는 말.

"오늘 웃으면 첫딸 낳는데요."

신혼의 단꿈이 식어 갈 무렵, 겨울로 접어든 날씨도 어지간히 차가워 코끝이 싸늘하다. 그 사이 항복은 서실(공부방)

에 있는 시간보다 신방에 있는 시간이 더 많았고, 책을 마주하고 있는 때보다 신부와 마주앉아 있는 때가 더 많았다.

아무리 보아도 싫지 않은 얼굴, 얼마든 대해도 좋기만 한 사람, 인간의 진진한 재미란 실로 여기에 전부가 있는 것만 같다.

부부간은 서로 손님처럼 대해야 한다고 들어 온 그였기에 서로 신경을 써야하는 점도 없지 않아서, 이전에는 마음 놓고 방귀도 뀔 수가 없었으나 요즈음은 아무런 흉허물도 없게 되었다. 아닌 게 아니라 마누라는 소중하고 종요로운 것이란 생각이 든다. 잔등이 가려워도 옛날에는 꼬챙이를 찾아다가 그것으로 몸소 긁어야 했는데 지금은 다르다.

"여보, 나 등 좀 긁어주우."

말 한 마디 떨어지기가 무섭게 아내는 섬섬옥수로 갉작갉작 긁어 주는데, 시원스럽기가 다시 이를 데 없다.

"나, 허리 밟아 주오."

젊은 아내는 외씨같은 버선발로 잔허리를 잘근잘근 밟아 준다.

그런 재미에도 이제는 지쳤다. 그래서 찾아오는 친구를 사랑방에서 만나 같이 놀기도 하고, 서실에 들어 책도 가끔 읽게 되었다. 그래도 신부를 골탕먹이는 장난은 그치지 않고 계속한다. 그날도 신부는 사랑방에서 남편이 들어오기를 기다리며 밤 늦도록 바느질을 하고 있었다. 따뜻한 방 안에 앉아 있는데도 골무를 낀 손가락만 빼놓고는 바늘잡은 손끝이 모조리 싸늘해지도록 날씨가 차갑다.

"어, 추위도……."

달도 하늘에 얼어 붙었는지, 휘영청 둥근 달이 꼼짝을 않는 듯한데 바람만이 윙윙 소리를 지르며 앙상한 나뭇가지 끝에 몸부림을 치고 간다.

밖에서 인기척이 났다.

"에헴."

부인은 바느질하던 일감을 밀어 놓고 방긋이 웃으면서 일어섰다. 기침 소리가 남편의 것인 줄을 알았기 때문이다.

"추우셨지요? 아랫목에 앉아서 몸을 녹이시어요."

"음, 추위가 어지간해야 말이지……."

"이리루 오셔요."

"뭘, 사랑에서 들어왔는걸. 그보다두 고단해 못 견디겠소. 어서 잠이나 잡시다."

훌훌 옷을 벗어 아무렇게나 던져 놓고 항복은 이불 속으로 들어갔다. 부인이 그 옷을 차곡차곡 챙겨 놓으려니까,

"빨리 와요, 그까짓건 버려두……."

하면서 자라목 감추듯이 이불 속으로 감추어 버린다. 이윽고 조심스럽게 자락 속으로 들어와 항복이 옆에 눕는 아내를,

"어, 추워."

신접살이 187

하며 가까이 갔다.

"내 몸 좀 녹여 주우."

항복은 벌떡 돌아누우며 부인 몸에 제 볼기를 돌려대었다.

"어!"

부인은 하마터면 소리를 지를 뻔하였다. 남편의 볼기가 어찌나 찬지 마치 얼음장 같았기 때문이다.

'어디서 이렇게 얼음장이 되어 왔을까?'

온몸에 소름이 오싹 끼친다. 선뜻한 몸을 피하여 부인이 흠칫하니까, 남편은 짓궂게도 바짝바짝 더 들이댄다. 하는 수 없이 그 밤은 그대로 몸을 녹여 주었다.

그러나 이런 일은 그 날 뿐만 아니라 이튿날도, 그리고 또 다음날도 계속되었다.

"어, 추워, 몸을 녹여 줘."

매일 이같이 소리치며 밤늦게 들어오는데, 아무리 날씨가 춥기로서니 사랑방에서 들어오는 이의 몸이 이토록 차가울 리야 있나.

하루 이틀 그러는 것이 아니니, 남편 들어오는 것이 을씨년스러울밖에. 생각다 못하여 부인은 하인을 시켜서 사랑방에 군불을 세게 지피라고 하였다.

그랬는데도 남편이 들어오는 것을 보면 볼기가 전날과 다름없는 얼음장이다.

"애야, 사랑방에 불이 잘 안 드느냐?"

부인은 하녀에게 이렇게 물어보았다.

"왜요, 불이 아주 잘 들어서 방 안이 쩔쩔 끓습니다."

"이상한 일인데."

"뭐가요?"

"아니다. 네가 알 일이 아니고……, 그런데 방 안은 고루고루 따뜻하냐?"

"예, 번철처럼 빈 곳 없이 뜨거워요."

"음!"

부인은 고개를 끄덕이며 입술을 꼬옥 깨물었다.

번철처럼 고루고루 뜨겁다는 방 안에 앉았다가 금세 들어오는 남편의 몸이 그처럼 차갑다는 것은 아무래도 무슨 조홧속이다. 무슨 곡절이 있지 않고야 그럴 리가 있나.

'내 그 까닭을 반드시 알아내고야 말리라.'

이렇게 결심하는 권씨 부인이었다.

이 날 밤, 남편이 들어올 무렵에 색시는 중문 안에 몸을 숨기고 가만히 사랑방의 동정을 엿보았다. 사랑방에서는 남편의 친구들이 와서 떠들썩하며 장기와 바둑을 두는 모양이더니, 이제는 시간이 늦어서 다들 돌아가는 눈치다.

배웅을 하고 들어오는 남편은, 뭐가 우스운지 쿡쿡, 웃으면서 중문 앞에 우뚝 선다. 여기까지는 아무 별다른 일도 없었다. 부인은 재채기가 나는 것을 억지로 깨물어 삼키며 유심히 남편의 행동을 살피었다.

그는 중문 고리를 잡아 치켜올리듯이 하여 조용히 문을 열더니, 살그머니 안으로 들어선다. 그 행티가 마치 도둑놈 비슷하다. 그러고는 새를 잡으러 가는 사람모양, 발자국 소리를 죽이고 휘청거리며 걷는데, 향하는 곳이 방이 아니라 헛간 쪽이다. 거동이 장히 수상쩍다.

대체 무엇을 하려나 싶어서 눈을 크게 뜨고 엿보는데, 허리띠를 끌러 고의춤을 끌어내려서 엉덩이를 내놓는다. 그러더니 까놓은 볼기짝을 뒤로 빼고 조심스럽게 뒷걸음질을 치는데, 그 꼴이 마치 뒤를 보려고 뒷간을 찾아가는 모양이다.

'음, 수상쩍은 짓을……, 아니야, 좀 더 두고 보자…….'

그런데 볼기를 가져가는 곳이 뒷간이 아니라 바로 헛간 앞에 놓아 둔 돌절구 앞이다.

'애개개, 저런 일두 있나? 곡식을 찧어 내는 절구 속에다 뒤를 보려나보지.'

이런 생각을 하고 있는데, 남편은 돌절구 앞에 멈칫 서더니, 무슨 중대한 결심이라도 하려는 사람 모양 심각한 얼굴을 짓더니 뒷걸음질로 와락 덤벼들어 돌절구에 볼기를 갖다 댄다. 어두워서 잘 보이지는 않지만 아마도 오만상을 찡그리고 있는 눈치다.

이를 악물고 기운을 쓴다. 창자 속까지 얼어 들어오는 찬 기운을 참느라고 그러는 것이 뻔하다.

'옳지, 저렇게 해서 매일같이 볼기짝을 얼리는구나.'

웃음이 나기도 하였지만, 한편 놀랍지 않을 수 없다.

'방 안에 앉아 있어도 고뿔 걸리기 쉬운 날씨인데, 눈이 내리는 데다 차갑고 매서운 바람 속에 하반신을 드러내 놓기만으로도 추울 것을, 돌에 대고 한참을 있으면서 재채기 한 번도 안 한다…….'

웬만한 사람같으면 구토와 설사에 정신을 못 차릴 판인데 남편이 저렇듯 건강한 것이 대견하기도 하였으나, 한편으로는 괘씸하기 짝이 없다.

'나를 곯려 주려고 따뜻한 몸뚱아리를 일부러 얼린다.'

마음 같아서는 당장 후닥닥 뛰어나가며 꺅 하고 소리쳐서 놀래 주고 싶었지만, 어디 끝까지 보리라 작정하고 그냥 지키고 있으려니,

"이만하면 됐겠지."

나지막한 소리로 혼잣말을 중얼거리면서 바지를 추어올려 입고 중문께로 와서 문소리를 한 번 요란하게 내고는 방 안으로 뛰어 들어간다.

"에이 추워……흐흐 추워."

어쩌고 하는 소리가 새어 나온다.

'모진 수고도 하시는군.'

"어, 이 사람 어딜 갔어?……여보, 여보."

"예."

권씨 부인은 뒷간에 다녀오는 시늉으로 방 안으로 들어갔다.
'하마터면 들킬 뻔했군.'
항복은 속으로 이렇게 중얼거렸다.
"어, 참 날씨도 몹시 차군. 여보, 빨리 몸을 좀 녹여 주우."
항복은 모처럼 얼려 놓은 볼기가 도로 따뜻해지기 전에 아내를 곯려주려고 서둘렀다.
"추우시면 따뜻한 아랫목에 앉아서 몸을 녹이셔요."
"아니야, 추위가 어디 이만저만해야 말이지. 살을 아주 에어내는 것 같구먼."
그도 그럴 것이다. 맨살을 돌절구에 한참 대고 있었는데 어째서 살을 에어내는 것 같지 아니하겠는가.
"어서…… 빨리빨리."
항복은 먼저 자리 속에 뛰어들며 빨리 녹여 달라고 성화같이 재촉한다.
"그러니까 장판에 먼저 몸을 녹이시라니까요."
"장판에 녹일 바에는 수고한 보람이……."
"예?"
"아, 아니야."
"지금 무어라고 하셨지요? 수고한 보람이 어떻다고요?"
"헤헤헤, 아니래두. 어서 들어와서 내 몸을 좀 녹여 주우."
그러나 오늘만은 권씨 부인도 고분고분 말을 듣지 않았다.

"저도 나갔다 왔기 때문에 몸이 얼었어요. 제 몸부터 먼저 녹인 다음에 서방님을 녹여 드릴께요."

"허, 참 낭패로군."

모처럼 애를 써서 일부러 얼린 몸을 그냥 녹이는 것이 항복은 못내 안타까웠다.

"예? 뭐가 낭패이시오니까?"

"추우니까 낭패지."

퉁명을 부리면서 이불을 뒤집어 쓰고 돌아누운 항복은 이렇게 결심하였다.

'오냐, 오늘은 할 수 없다 하더라도 내일만은…… 내일 밤에는 아주 얼음장 모양 얼려 들어와서 단단히 혼을 내주리라.'

한편, 부인은 부인대로 생각이 따로 있었다. 무슨 방법을 써서든 아주 뿌리를 뽑아 놓아야지, 저대로 계속 하도록 내버려두면 장차 어떤 욕을 보게 되는지 알 수 없지 않은가.

이래서 곰곰 궁리하는 것이었다.

'중문을 잠가 두었다가 흔들면 열어 줄까?'

하지만 이것은 예방은 될지언정 보복은 되지 않는다.

'보복이 되게 하려면…… 옳다, 좋은 수가 있다.'

머리를 풀어 산발을 하고 치마를 뒤집어써서 귀신 모습을 하고, 절구 뒤에 숨어 있다가 허리춤을 내렸을 적에 천천히 나가서 두 손을 들며,

"이히히히……."

하여야지.

그러나 다시 생각해 보니, 이것도 안 될 일이다. 남편은 오늘날까지 진짜 귀신을 벌써 세 번이나 만났다고 하지 않던가. 나이 어린시절부터 귀신하고는 단골이 튼 사람. 그런 분이 가짜 귀신 쯤을 본다 해도 놀랄 리가 만무하다. 그랬다가 만일 동서네나 하인들에게 들키기라도 한다면 그것도 좀 쑥스러울 것같기도 하고…….

'무슨 좋은 도리가 없을까?'

자리 속에 들어서도 그는 이 궁리를 골똘히 생각했다.

"여보, 왜 잠을 못 자우?"

"아니어요, 이제 곧 잠이 들 것이어요."

이런 이야기를 주고받으면서도 생각은 딴 곳에 있었다. 마침내 권씨 부인은 이불 속에서 무릎을 탁 쳤다.

"옳지!"

"무어라구?"

"아니래두요."

"지금 옳지, 하지 않았소?"

"그건 잠꼬대였어요."

다음날 저녁이었다. 해가 져서 중문 안에 사람 출입이 뜸해지자, 권씨 부인은 캄캄해지기를 기다려서, 어제 저녁에 잠을 설치면서 궁리한 일을 실천에 옮기었다.

그것은 다름이 아니라, 돌절구를 뜨끈하도록 달구어 놓자는 것이었다. 그는 먼저 손수 아궁이에 장작을 많이 넣어서 뜬 숯불이 될 때를 기다렸다가 부삽에 듬뿍듬뿍 담아선 절구의 확 속에 갖다 넣었다. 불이 꺼지려 하면 또 다른 숯덩이로 갈아 넣었다. 마치 다리미에 불을 담는 요령이다.

이것을 몇 차례 되풀이하였더니, 절구는 도가니처럼 뜨거워졌고 절구의 확 속은 마치 한증막의 돌기둥 모양으로 시뻘겋게 달았다.

'이쯤 해 두면 서방님 들어오실 무렵에는 알맞게 식을 테지.'

하는 생각으로 불덩이를 걷어 내고 절구를 말끔히 치워 놓았다.

안에서 이런 일이 있은 줄을 까맣게 모르고 있는 항복은, 오늘이야말로 어제 당한 보복을 단단히 되갚아 줄 생각에서 늘 하던 방법대로 중문 안에 살짝 들어서더니, 주위를 한 번 살피고 나서 대님 묶은 데까지 바지를 훌렁 끌어내렸다.

볼기짝 뿐 아니라, 오늘은 아예 허벅다리까지 얼려 가지고 들어갈 작정인 것이다.

'어, 추워.'

소름이 오싹 끼친다.

'그래도 참아야 하느니……'

어제처럼 어기적어기적 뒷걸음을 치다가 절구에서 서너 발 떨어진 곳에 흠칫 섰다.

여기서 그는 씨익 한 번 웃고 나서 속으로,

"하나……둘……셋."

하고 외치면서 껑충껑충 뛰어서 볼기로 떡을 치듯 돌절구에 철썩 갖다 붙이었다.

"으앗, 뜨거!"

하다가 고집이 나서 계속 하는 말,

"뜨겁지 않아."

무심결에 소리가 크게 나왔다. 권씨 부인은 이 소리를 방 안에서 듣고 짐짓 못 들은 체하고 있었다.

항복이는, 뜨겁지 않다면서 고집을 부려 보았지만 뜨겁기는 소리지르기 전이나 마찬가지였다. 얼른 물러나려고 하였으나 잘 되지 않는다. 몸의 중심을 잃었는데다가 마음놓고 끌어내린 바짓가랑이가 발목에 걸려서 버둥거리기만 할 뿐, 몸을 뜻대로 움직일 수가 없었다.

한참만에야 간신히 몸을 일으켜 보았더니, 볼기짝은 슬쩍 반쯤 익어 있었다. 덴 살에 찬바람을 쏘이니까, 쓰리고 아리며 저리고 쑤신다.

"어허, 그것 참, 맹랑한 일이로군."

생각해 보니, 이 무슨 꼴인가. 볼기짝이 어떤 재앙과 재난을 입을 운수를 타고났기에 벌써 두 번째나 같은 자리에 이렇듯 화상을 입나? 어릴 때 데설궂은 대장장이 놈에게 쇠붙이로 불찜을 당하더니, 이제 와서 또 무슨 인연으로 그 자리를 돌멩이에 데어야 한다는 말인가. 내가 돌과 쇠에게 죄지은 일이 있던가.

'그건 그렇고, 대체 이것이 누구의 짓……?'

말할 것도 없이 마누라가 한 짓이 분명하다.

이 때 신방 문이 열리며,

"거 누구요?"

하는 소리가 났다.

새댁의 목소리였다. 이렇게 되니 다른 궁리는 다 달아나고 어서 바지를 입어야 한다는 생각만이 남게 되었다. 어둠을 이용하여 가까스로 바지를 추켜올리고는,

"나요."

겨우 개미 소리로 대답을 하였다.

"에그머니나, 아닌 밤중에 나라니, 나가 대체 누구요?"

"나라니까, 당신 남편이오."

"망측한 소리도, 서방님이 기척도 않고 들어오실 리는 없고……밤늦은 시각에 외간 남자가 기척없이 남의 내정에 뛰어드는 건 도둑이 분명해. 여봐라, 게 아무도 없느냐! 돌쇠야, 마당쇠야…… 여기에 도둑이……."

"쉿!"

그러나 하인들은 들어오지 않았다. 부인이 짐작해서 바깥

신접살이 197

까지는 들리지 않게 소리를 쳤기 때문이다. 항복은 더욱 어이가 없었다.

하나밖에 없는 소중한 볼기짝에 단근질을 해서 덴둥이를 만들어 놓고도 무엇이 부족하여 다시 도둑 누명까지 씌우려는 것인가.

하는 수 없어 그는 얼른 방 안으로 엉금엉금 기어 늘어갔다. 웃지도 울지도 못 하는 표정이 퍽 야릇하다. 그것을 보면서 부인이 입을 열었다.

"서방님이시었구려."

'서방님이시었구려는 다 무엇이냐. 천하에 앙큼한 것이.'

이런 생각을 하며 앉아 보자니, 몸이 어지간히 거북하다.

"추우실 터인데 이리로 내려오셔서 몸을 녹이셔요."

하며 아랫목을 내어준다.

"오늘은 별로 춥지 않소."

"그럴 리가 있겠어요. 날씨가 이렇게 찬데, 몸을 녹여 드릴 터이니 옷을 벗으셔요."

"아니, 정말로 오늘은 괜찮아."

"마다하실 일이 따로 있으시지…… 어서요."

"그것 참……."

항복은 앉기는 앉았으나 아래가 뼈근하여 비스듬히 앉았다.

"몸이 불편하시어요?"

"그렇소, 매우 불편하우."
"뒤에 종기라도 나셨는가 봐요?"
"에끼, 여보."
"왜 그러셔요?"
"당신에게 하나 물을 것이 있소. 절구를 한자로는 무슨 자를 쓰지?"
"그걸 모르셔서 물으시나요?"
"글쎄, 대답을 해보우."
"절구 구(臼) 자를 쓰지 않아요?"
"그건 다른 집에서 그렇게 쓰구, 아마 당신 친정에서는 뜸구(灸) 자를 쓸걸."
"호호호……."
"웃기는……. 그래 어쩌자고 남의 볼기짝을 구워 먹으려

했소?"

"그건 무슨 말씀이어요?"

부인은 새침해서 정색을 한다.

"절구를 불에 달군 것이 당신이지?"

"그래요. 제가 불을 담아 놓았더랬어요."

"그런 법이 어디 있어?"

"왜 그러시나요? 까닭을 말씀드리면, 요사이 절구에서 구린내가 자꾸 나기로 나쁜 냄새와 독기를 없애려고 오늘 절구를 구웠습지요. 아마도 누가 뒷간엘 다녀와서는 몸을 거기에 대고 비비나봐요. 그리고 또……."

"그리고 또……?"

"서방님께서 사랑에서 들어오실 적이면 반드시 절구에 기대시어 한참씩 명상에 잠기시는 모양이라, 그러시다가 행여 치질같은 고약한 병환이라도 걸리시면 큰 일이라 생각하고 따뜻하게 해 드리려고……."

"따뜻한 정도가 아니라 아주 익었는걸."

"그렇게 되면 불에 구운 돌을 이용한 찜질 대신이구요……그리고 또……."

"또 있소?"

"예, 이 몸도 서방님의 언 몸을 녹여 드리는 고생을 면할까 하고서요."

"그것이 사실일 테지."

"호호호……"

이 때가 항복의 나이 스물세 살.

익살맞고 짓궂은 장난을 거듭하다가 부인이 때마침 아기를 갖게 되어 힘들어하는 것을 보자, 어쩔 줄을 몰라 하며 마음이 달랑해서 안팎을 드나들며 오르락내리락한다.

둘도 없는 친구

"여보, 좀 어떠우? 아프더라도 좀 참구려. 내가 다 죽을 지경이오."
"서방님은 사랑에 나가 계셔요. 아이구……아이구……."
"사랑에 있다가 부인이 죽는 날엔 홀아비가 되는 줄도 모르게?"
이 말에 산부 구완하러 왔던 장모가 펄쩍 뛰며 말했다.
"원 별 불길한 소릴 다 하는구먼. 자넨 약방에 가서 약이나 몇 첩 지어 오게."
"그렇게 하지요."
하고 항복은 밖으로 나왔다.
'후후, 약 지어 오라는 걸 보면 때가 거의 된 모양이지.'
싱글벙글하며 공 주부네 약국을 찾아 한길을 건너면서도,
'아들일까…… 딸일까……?'
이런 궁리를 하느라고 딴 생각이 없는데, 별안간 어떤 사람이 눈 앞에 딱 마주 선다. 하마터면 부딪칠 뻔한 것을 간신히 피하고 얼굴을 쳐다보니, 상대도 통방울같은 눈을 부

릅뜨고 이 쪽을 노려보고 있다.

보아하니 스무 살이 넘을락 말락한 젊은 얼굴인데, 그래도 어딘가 가까이 다가서기 어려운 데가 보이는 외모가 빼어나고 풍채가 당당한 장부다. 항복은 이내 왼쪽으로 비켜섰다. 그 젊은이도 왼쪽으로 옮겨선다. 오른쪽으로 가면 상대도 오른쪽으로 오고, 가만히 서면 사내도 따라 선다.

"여보시오, 도대체 무슨 생각으로 남의 앞길을 막는 거요?"

항복은 성미가 발끈하여 이런 말로 상대방을 툭 쏘았다. 그러나 젊은이도 지지 않고 눈알을 부라리면서 말했다.

"허 참, 누가 할 말인지 모르겠군. 앞을 막는 건 댁이 아니오?"

"고얀 인사로군. 나는 갈 길이 바쁜 사람이오."

"아따, 그 친구 말 좀 들어 보게. 누구는 한가해서 이러는 줄 아슈? 썩 비켜나오."

두 사람은 다시 한참 동안을 옆으로 서로 왔다갔다 하였다.

원래가 넓지 않은 길인 데다가, 두 사람의 몸이 여윈 편이 아닌지라, 좀처럼 끝이 날 씨름같지가 않다.

"댁이 뒤로 돌아가소."

"댁이야말로 뒤로 돌아가시구려."

승강이는 그저 계속된다.

"나는 바쁘다니까."

"나도 바빠요."

"정히 그렇다면 여기에 버티고 앉아 있을 수밖에……."

두 사람은 골목 한 가운데 쪼그리고 마주 앉았다. 고집들이 여간 아니다. 이에 젊은이는 허리춤에서 두툼한 책 한 권을 꺼내더니 중얼중얼 읽기 시작하였다. 단단히 버틸 심산인가 보다. 항복은 조바심이 났지마는 지고 싶지가 않아서,

"여보게, 자네가 다 읽거든 그 책을 내게 좀 빌려 주게."

하고 약을 올려 주었더니, 청년은 눈을 치뜨고 쏘아 보며,

"대관절 임자가 무얼 믿고 아까부터 반말지거리를 하나? 싸라기밥만 먹고 다녔나?"

하고 되바라진 소리를 하는 것이었다.

"젊은 사람 보고 반말 좀 하면 어때?"

"무엇이 어째? 이걸 좀 보라구. 나두 장가를 든 사람이야, 장가를."

하며 초립을 벗어 땅에 동댕이치고 주먹만한 상투를 항복이 코 앞으로 들이댄다.

장가들었단 말을 들으니, 항복은 자기가 오늘 어쩌면 아기 아버지가 될 일이 생각났다.

'약을 지으러 약방으로 가던 길에 대체 이게 무슨 꼴이람.'

그러나 내친걸음에 고집을 굽힐 수는 없는 노릇이다. 때마침 오는 봄비를 맞으면서도 두 사람은 마주 앉아서 움직

이지 않았다. 이윽고 집 쪽에서 하인이 이리로 나온다. 그는 항복을 보자,

"서방님, 이게 웬 일이시오? 비가 오는데."

하며 눈을 퀭하니 떴다.

"비 아니라 우박이 떨어져도 난 여기를 떠날 수가 없다. 우산을 가져오너라. 그리고 밥상도 이리로 내오도록 하고."

하는 말을 듣고는 젊은이가 그만 찔끔한 모양이었다.

하지만 그보다 더 다급한 것은, 항복이 편이었다. 산모의 소식이 궁금한 데다가 아까부터 보고 싶은 소변을 억지로 참노라니까 아랫배가 뻐근하다 못해 이제는 쿡쿡 쑤신다.

"어, 참."

"왜 그러나?"

"자네가 대체 어디 사는 누구이기에 남의 동네에 와서 이렇듯 행패를 부리려 드는 건가?"

"남의 근본을 알고 싶거든 제 본색부터 먼저 말할 일이지."

"갑갑하거든 일러 줌세. 듣고 나서 놀라지 말아. 나는 경주 이씨로서, 명신 문충공 익제 선생의 후손이다."

"그러냐. 나도 말할 터이니 듣고 나서 기절을 하지 말라. 나는 광주 이씨거니와 연산조에 정승을 지내신 극자 균자 쓰시던 방형 대감의 오대손이다. 선고께서는 우참찬 벼슬에 계시다가 연전에 작고하신 몽자 량자 쓰시던 어른이시고."

"나로 말하면 민자 성자 쓰시는 지사 대감의 자제로다."

"나는 영상 권 철 대감의 손녀 사위거니."

"이 몸은 정승 이 산해 대감의 사위님이다."

시시콜콜히 족보를 다 캐 놓을 모양이다.

"그러면 그대가 덕형이라는 아이인가?"

"나를 알아보니 용하다. 임자야말로 항복이라는 소년이로구먼."

두 사람은 말 없이 마주 얼굴만을 이윽히 응시하였다. 당시 신동으로 널리 알려진 두 사람이기에 이름만은 서로 잘 알고 있는 터이었다. 그러한 그들이 이런 모양으로 만났으니 인연치고는 야릇한 인연이다. 샐쭉해졌던 두 개의 얼굴이 조금씩 온화한 기색을 띠다가 급기야,

"하하하……."

"하하하……."

두 사람은 벌떡 일어나 꼭같이 손목을 잡았다.

머리와 옷이 촉촉히 젖었다. 허나 그런 것이 무슨 상관 있으랴.

비록 이름은 서로 일찍이 들었으되 만나기는 오늘이 처음이오, 게다가 조금 전까지만 하더라도 오드랑 가드랑 아귀다툼을 하고 있던 처지이건만 알고 보니 백년지기를 만난 셈이었다. 두 사람은 어깨를 겯다시피하여 멀지 않은 곳에 있는 주막을 찾았다.

해가 저물기까지 그들은 서로 웃으며 기뻐하고 즐거워하

다가 밤이 들어서야 아까운 듯 헤어져 각기 집으로 돌아왔다.

항복이 집에 와 보니, 부인이 아들을 순조롭게 낳았다고 한다.

'아차, 내 정신 좀 보게.'

약을 지으러 갔던 사람이 밤 늦게 들어온 것을 보고 장모님과 형수들은 허리를 잡고 웃는다.

"호호호."

"호호호."

항복이 겸연쩍어서,

"하하하……."

하고 못난이처럼 웃었다. 장남과 백년지기를 한꺼번에 얻었으니, 어째서 기쁘지 아니하랴. 어떻게 보면 덕형이를 벗으로 알게 된 것이 아들을 얻은 것보다 더 기쁜 것 같기도 하다.

"허허허, 매일 오늘 같으면 성가실 일이 없겠군."

자리에 누워서도 어서 내일이 되어 덕형이와 다시 만날 일을 생각하면 잠이 오지 않았다. 아까 주막집에서 주고받은 이야기들이 자꾸만 머리 속에 되살아 온다.

실상 덕형이 집안은 조정과 민간에 쩡쩡 울리는 명문 거족이다. 그런데다가 덕형이가 자라던 시절, 신동으로서의 일화는 많은 사람들의 입에 오르내리었다.

덕형의 나이 여섯 살 때 일이었다.

새 새끼 한 마리를 잡아 가지고 놀다가, 어떻게나 못살게 들볶았는지 할딱거리다가 그만 새가 죽어 버렸다.

죽어버린 새 새끼 한 마리. 비록 보잘것없는 날짐승일망정 얼마나 가엾은 존재인가. 이에 그는 베 헝겊을 내어다가 사람을 장사 지내는 것처럼 땅을 파서 묻은 후에, 부덤을 만들고 제문을 지어 달아 놓고 그 앞에 밤·대추를 괴어 놓고서 애고 애고 울면서 제사를 지내었다.

때마침 지사 대감이 퇴청하여 안으로 막 들어서다가 뜻밖의 우는 소리를 듣고는 의아하여 부인에게 까닭을 물었다.

"난데없는 우는 소리는 웬 일이오?"

"덕형이가 가지고 놀던 새 새끼가 죽었대서 지금 막 초상을 치르고 제사를 지내는 거라우."

"허허허, 참 별놈 다 보겠군."

어쨌든 노는 법이 범상치 않아 대감이 기특히 여겨 뒷동산으로 와서 보니, 과연 조그마한 무덤 한 개를 만들어 놓고 제사를 지내는데, 제 동무들이 종이로 두건을 만들어 쓰고는 문상을 한다. 덕형이 제주가 되어 제문을 막 불사르려는 것을 대감이 보고 말리었다.

"얘, 그것 나 좀 보자."

대감이 받아 들고 보니, 그 제문에는 이렇게 씌어 있었다.

鳥死人哭 不當之事,

汝由我而死 故哭之.

'조사인곡 부당지사, 여유아이사 고곡지…… 새가 죽었는데 사람이 소리 내어 우는 것은 마땅치 않으나 너는 나로 말미암아 죽었기에 이에 소리 내어 우는 바라.'

덕형이 열네 살 적이었다. 당대의 학자요 문장가인 봉래 양사언 선생이 놀러왔다가, 덕형의 재주 뛰어남을 미리 들은 바 있으므로 그를 데리고 몇 편 글을 지어보라 하였다. 처음에는 재롱삼아 재주도 볼 겸해서 무심코 시켜본 일이었는데, 지어 놓은 글을 보고는 봉래 선생도 저절로 옷깃을 바로잡고 정색을 하지 않을 수 없었다.

"흠, 정말 신동이로고."

봉래 선생은 감탄을 마지않았다.

"……어린애로만 볼 수가 없어. 그대는 나의 스승이로세."

이런 말도 하였다. 말을 더하고 보탤 줄 모르는 봉래 선생의 말이니, 그의 글 재주를 짐작할 만하다.

이러한 덕형이니 한 번 만나 보았을 뿐인데도 항복이가 홀딱 반해 버린 것은 당연한 일이다.

이로부터 두 사람은 밤낮 붙어 다니었다. 항복이 있는 곳에 덕형이 있고, 덕형이 가는 곳이면 항복도 같이 갔다.

이 해 여름, 서울 장안에는 고약한 전염병이 돌았다. 쥣병(페스트)이라는 열병이다. 사대문으로는 나날이 상여 나가는 행렬이 줄을 지었고, 거리마다 송장이 즐비하였으며, 밤낮을 가리지 않고 우는 소리가 장안을 뒤흔들었다.

　사람마다 걱정하는 낯빛이오, 조정에서도 근심이 짙었건만 별 수가 없었다. 되도록 쥐를 잡으라 하였으나 쥐벼룩이 병을 옮긴다 하므로 쥐를 잡기는커녕, 보기만 하여도 모두 무서워서 피하기가 일쑤였다. 환자의 배설물에서도 병이 옮는다니, 누구나 환자에게 가까이 하기를 꺼린다. 따라서 이 병에 걸리기만 하면 모조리 죽기 마련이었다.

　이런 때, 덕형이 사는 동네에 이 병을 앓아 일가붙이가 모두 죽은 집안이 있었다. 더운 때라 시체는 썩어 냄새가 나고 파리와 쥐가 들끓어서 위험하기 짝이 없는 형편이건만, 병이 옮을까 두려워하여 누구 하나 장사를 지내주려는 사람이 없다. 이 말을 덕형에게서 들은 항복은,

　"우리가 장사를 지내 주자."

　하고 의견을 말했다.

　"좋은 생각이야. 그냥 버려 두면 더 병이 퍼질 것을."

　"그러니까 치워 주자는 거야."

　"그러자. 하지만 낮에 그 일을 하자면 남의 눈에 띄기 쉽고, 집안 어른들도 걱정을 하실 테니 밤중을 기다려서 쥐도 새도 모르게 해 버리자."

　"그게 좋겠어. 이왕 작정한 바에는 공연히 지체할 것 없이 오늘 밤에라도 착수를 하자."

　"음, 나도 그 생각이야, 그러려면 장례도구가 필요한데……."

"그건 염려 말아. 내가 하인을 시켜서 네 집으로 보낼 테니까."

"그럼 됐어. 내 먼저 가서 채비를 할 터이니, 어두워지거든 내 집으로 와라."

"알았다니까."

이리하여 덕형은 먼저 돌아가고 항복은 하인을 부려서 삼베 몇 필과 염습할 때 슬 흰 종이 몇 권, 삼노끈 몇 타래를 덕형이 집으로 보내었다. 그것을 받은 덕형은 해가 지기를 기다리고 있었다.

이제 항복이만 오면 일을 시작할 판이다. 그런데 저물도록 기다려도 항복은 그림자도 얼씬하지 않는다.

"허, 맹랑한 친구 다 보겠군. 기별도 없이 안 오다니…… 그럴 사람이 아닌데, 갑자기 무슨 일이라도 생겼남? 내 좀 더 기다려 볼밖에."

한참을 더 기다렸건만 항복은 끝내 나타나지 않았다.

"입으론 큰 소리를 해 놓고도 겁이 난 모양이지. 이렇게 된 바에는 나 혼자서라도 해치워야겠다."

이렇게 작정한 덕형은 몸소 물건들을 등에 지고 일가붙이가 모두 죽은 집을 찾아갔다.

문을 열고 한 걸음 들어서자, 후끈한 악취가 코를 찌른다.

시체는 여섯 구였다.

늙은이, 젊은이, 어른, 아이, 남자, 여자…… 손으로 만져 보아 겨우 짐작이 갈 뿐, 방안이 캄캄하여서 누가 누군지 상세히는 알 수가 없다. 덕형은 방 안에 누워 있는 시체들을 차례로 묶기 시작하였다. 둘을 묶으니, 온몸에 땀이 비오듯이 철철 흐른다. 행여 누가 볼세라, 불을 켤 수도 없는데다 찌는 듯한 더위에 고약한 냄새를 맡아 가며 일을 하자니, 그럴 것이 당연하였다. 얼굴에 흐르는 땀을 손바닥으로 쓱쓱 문질러가며 간신히 다섯 구의 시체를 묶는 일을 마친 때였다.

'어, 이제 하나 남았군. 얼른 마저 해치워야.'

이런 생각을 하며 무심중 손을 대려니까,

'앗! 이게 웬 일……'

기괴망측한 일이 눈앞에 벌어졌다. 마지막 하나 남은 시체가 벌떡 일어나서 팔을 벌리고 덤벼들려는 자세를 취하는 게 아닌가. 웬만한 사람 같으면 기겁을 하여 그 자리에 쓰러졌거나 달아나 버렸을 일인데, 덕형은 그렇지가 않았다. 그는 떡 버티고 마주 서서 시체를 꾸짖었다.

"이놈, 네가 생전에 나에게 무슨 원수를 졌기에 죽은 몸으로 해괴스럽게도 이런 짓을 하느냐?"

덕형은 발을 구르며 한층 더 소리를 높여서,

"이웃에 사는 정리로 위태로움을 무릅쓰고 이 험한 일을 내가 치러 주려거늘, 그 공은 모르고 이 무슨 배은망덕한 짓이냐? 정히 네가 이렇게 한다면 가만두지 않겠다. 자, 덤벼라."
그러나 시체는 더 다가오지 않고 멈칫 선 채,
"힛힛힛!"
하고 소름이 끼치는 웃음을 가늘게 웃는다.
"에라 이놈, 이제는 더 못 참겠다. 내 주먹이 어떤지 한 번 맛을 보아라."
하자마자, 주먹을 불끈 쥐고 시체 앞으로 대들며 정수리를 힘껏 내리쳤다. 다음 순간, 덕형의 주먹은 시체의 손아귀 속에 들어 있었다.
'앗!'
팔목을 잡은 시체의 손에 체온이 있다.
"하하하."
"음? 오, 너 항복이로구나."
"인제사 알아보느냐? 눈이 발바닥 같은 놈."
그것은 틀림없는 항복이었다.
"아따, 참!"
"네 담력을 시험해 보고자 한 일인데, 그만하면 참으로 쓸 만해."
"닥쳐라, 놀고 먹은 놈이."
혼자서만 수고한 일이 분하다. 그건 그렇다 하고, 자기 보다 한 술 더 떠서 초저녁부터 시체 틈에 끼어 누워 있었던 항복의 유들유들한 배짱이 가상하다.

"……하거니와 병이 옮으면 어쩌려고 태평스럽게 누워 있었니?"

"사람이 죽고 사는 것은 하늘의 뜻에 메였어. 아무리 죽고 싶어도 죽지 않고, 살아 보려고 암만 앙탈을 한대도 죽을 목숨은 죽고야 마는 법이야. 내가 시체 속에 누워 있대서 죽는다면 누워 있지 않아도 죽을 거다. 그 이치를 알기에 너두 맘 편히 시체를 다룰 수가 있는 게 아니냐?"

"그건 그렇지. 스스로 살고자 하는 자일수록 더 죽기가 쉽거든. 싸움터에 나가서 창검과 화살 빗속을 헤엄쳐 다닌 백전백승의 노장이 죽지 않고 살아 있는 걸 보아도 알만한 일이야."

"그렇다고 이런 데에 일부러 오래 있을 건 없어. 거들어라, 빨리빨리 치워 버리자."

"그래, 염습은 네가 했으니 땅을 파고 묻는 일은 내가 맡으마."

"그럴 것 없이 같이 하자."

이리하여 정다운 벗 두 사람은 힘을 합하고 뜻을 모아서 장사치르는 일을 정성껏 다 보살피어 마치었다. 그러나 이것으로 일이 다 끝난 것은 아니었다.

장안에 돌아다니는 고약한 열병은 나날이 그 기세를 널리 떨쳐서 그 병세가 걷잡을 수 없을 지경에까지 이르렀다. 하루는 항복을 찾아온 덕형이 이런 말을 하는 것이었다.

"이 어수선한 속에서는 공부가 되지 않으니, 잠시 서울을 떠나 있다가 열병이 좀 가라앉은 뒤에 돌아오는 것이 어떨까?"

이것은 항복이도 생각하고 있던 일이다. 피하면 피할 수도 있을 일을 공연히 서울에 있다가 병에라도 걸린다면 좋을 것이 없다. 그 말을 덕형이가 먼저 입 밖에 내니, 항복이도 마음이 솔깃해졌다.

"좋아. 우리가 지금 당장 할 일이란 공부 뿐인데, 조용한 산 속에서 글을 읽는 것도 언짢을 것 없어."

"그럴 마음이라면 하루 바삐 떠나세."

"좋아. 하지만 간다면 어디로 가야 할까?"

"그건 내게 다 생각이 있지……. 광주 땅은 우리집 조상의 발상지이기도 하거니와, 거기에 수도산이 있고 산속에 봉은사가 있고……."

"봉은사라면 나도 말로는 들었다."

"음, 거기가 경치 좋고 바람이 맑아서 글 읽기엔 알맞은 곳이야. 어때? 내일이라도 떠날까?"

"괜찮아. 우리는 나라를 위해 일할 소중한 몸들이니까."

"그렇긴 하지만 어떻게 보면 겁을 먹고 달아나는 것인지도 몰라."

"그렇진 않아. 시체를 주물럭거리기도 한 우리가 아닌가?"

"어쨌든 떠나자."

"그러자."

의논이 되자, 그 이튿날로 두 사람은 봉은사를 향하여 서울을 떠났다.

항복이 의성 고운사를 다녀온지 몇 해만인가. 봉은사에 다다르자, 그는 문득 해월 스님 생각이 났다. 이제는 세상을 떠나 속세에 안 계신 노 스승. 그 분에게서 배운 바가 적지 않은 항복이다.

'상좌 도념은……?'

지난 일을 생각하니 항복은 저절로 웃음이 났다.

"후후훗."

"왜 웃니?"

"그럴 일이 좀 있어서."

"말해 봐."

항복은 십 년 전 고운사에서 지낸 일을 낱낱이 이야기하였다.

"하하하, 그 소문을 봉은사 스님들이 들었다면 아마도 우리는 발 붙이기도 힘들라."

"이제야 내 아무런들 그런 짓이야 하겠니?"

"또 몰라. 우선 내가 위태로워서 못 견딜 일이다."

"하하하."

이런 농담을 하면서 봉은사에 다다랐다. 정갈한 방 하나를 치워 달래서 둘은 같은 방에 거처하기 시작하였다. 서울의 재산이 많고 권세가 당당한 집안 자제이자 서방님들이라, 절에서의 대우는 융숭하고 주지 스님에서 불목하니에 이르기까지 모두 싹싹하고 사근사근하기가, 봉산 참배는 물이나 있지(흠잡을 데가 없을 뿐만 아니라), 여간 곰살궂은 게 아니었다.

글 읽고 소풍도 다녀오고 상스럽지 않은 농담도 하고……. 그러다가 틈나면 장난도 곧잘 하였다.

하루는 비가 주룩주룩 내리는 밤인데, 덕형이 이런 말을 꺼내었다.

"앞으로 벼슬을 하려면 담력도 어지간해야 할 터인데, 너는 밤에 뒷간 출입을 하는 데도 벌벌 떠니, 과연 쓸만한 인재는 못되는 거고."

덕형이 꾀에 걸려 드는 줄 모르고 항복은 발끈하였다.

"내가 언제 뒷간 출입을 하면서 벌벌 떨었단 말이냐?"

"말도 말아, 쓸개 여린 놈. 지난 밤에도 뒷간에 다녀오는 네 입술이 새파랗게 질렸더라. 그러고도 네가 담력이 있노라고 하겠니?"

"내 입술이 질린 게 아니라, 네 눈이 비어서 그 지경이니라, 이제라도 내가 뒷산에 올라가 무덤을 파 헤치고 해골을 집어 올테니 보려느냐?"

"그런 짓 하면 천벌을 받는다. 그보다는, 네가 정말로 담력이 있다면 그걸 시험할 길은 있다. 해 보려느냐?"

둘도 없는 친구 217

"무언들 못할까? 어디 말해 보라."

항복은 덕형이 꾀에 야금야금 끌려 들어가고 있었다.

"그럼 좋아. 시방 명부전(지장보살을 본존으로 하여 염라대왕과 시왕(十王)을 모신 법당)에 들어가 시왕의 손바닥에 대추 한 알씩을 놓고 올 수 있겠니?"

"그까짓 거 아무것도 아니다. 대추를 다우."

"옛다, 가지고 가라. 네가 그 일만 위불위없이(틀림없이) 하고 온다면 내일부터는 소심하다고 하지 않겠다."

"갔다 오마."

"다녀오너라."

덕형이가 내어 주는 대추 열 알을 손에 들고 항복은 방을 나섰다.

고요하고 쓸쓸한 산사의 한밤 중. 가뜩이나 등골이 서늘한데 코를 잡는대도 알지 못할 캄캄하고 어두운 밤에 궂은비가 부슬부슬 내리고 있다.

항복은 우비를 갖추고 뜰로 내려섰다. 법당을 돌아 명부전 앞에 이르렀을 때는 아무러한 항복으로서도 기분이 썩 좋은 것은 아니었다.

전에 귀신을 몇 번 만나서 죽이기도 하고 쫓기도 하며, 사귀기도 했더랬지만 지금은 경우가 좀 다르다. 그때는 총각이었고 철이 없어서 그러기도 했지만, 시방은 서울 집에 정다운 아내가 있고 귀여운 아들 성남이 있지 아니하냐. 책임질

가족이 있는 몸.

가족이 이렇듯 마음을 약하게 만드는 것일까. 명부전 안에 한 발을 들여놓자, 대추 알을 잡은 손이 후두두 떨리고 머리카락이 쭈뼛한다.

'하지만 사내 대장부가 고집을 굽힐 수는 없는 일.'

강인하게 마음을 도사려 먹고 한 걸음 두 걸음 앞으로 나아갔다. 이제는 한결 마음이 가라앉고 타고난 뱃심이 도로 생겨났다.

"하나."

하고 대추를 얹었다.

우선 진광대왕 손에 대추 한 알을 올려 놓았다.

"둘."

초강대왕에게도 그렇게 하였다. 송제, 오관의 두 대왕을

둘도 없는 친구 219

거쳐서 염라대왕 앞에 이르렀다.

　염라대왕의 부릅뜬 눈을 항복이 마주 쏘아보며 대추 한 알을 놓는데, 어둠 속에서도 빛나는 그 부리부리한 눈알이 뒤룩뒤룩 움직이는 것이 아닌가?

　정신없이 흠칫 한 걸음 물러서려는데, 염라대왕의 손이 불쑥 앞으로 나오며,

"한 알 더 다오."

하는 소리가 났다.

"모두가 열 개밖에 없어서 덤은 못 준다."

하고는 그 내민 손을 붙잡아 끌어당기며,

"이놈…… 에잇!"

하고 들배지기로 마루 바닥에 쓰러뜨려 놓았다.

"음!"

　도로 일어나려는 염라대왕을 가로 타고 앉은 항복의 주먹이 사정을 두지 않고 머리께를 마구 두드리었다.

"아이구 사람 살려! 항복아, 나다 나야."

"나가 누구란 말이냐. 난 아직 저승 나그네에 벗이 없다."

"나라니까, 덕형이야."

"뭘? 그러면 진작 그렇다고 할 일이지……. 아팠겠구나, 어서 일어나라."

　이야말로 등치고 배 만져 주는 격이었다. 흠씬 때려 놓고 나서 아팠겠구나는 다 무엇이냐. 이것은 전날 젖병 앓아 죽

은 송장 행세를 한 항복에게 보복을 해 주려다가 도리어 덕형이 편에서 욕을 본 셈이다.

찌는 듯이 무더운 삼복 날씨다. 아무리 산속의 절이라도 더위는 역시 숨길 수가 없는 듯하다.

"에 더워, 에 더워."

몸이 뚱뚱한 편인 덕형은 잠시를 참지 못하고 훨렁훨렁 부채질을 하고 하루에도 몇 차례씩 찬물에 목욕을 한다. 그럴 적마다 항복은 핀잔을 주었다.

"벼슬을 살려면 아무러한 더위에도 땀 한방울 안 흘려야 하는데, 산속의 시원한 기운을 마시면서도 요만한 더위를 참지 못한대서야 말이 되니? 너같은 건 원두막 속에서 배꼽을 드러내놓고 살 놈이지, 옷차림을 갖추고 옥좌를 모시기란 영 다 글러 먹은 녀석이다."

오늘은 한 술 더 떠서 되게 오금을 박아 주었더니, 이 말이 덕형이의 비위를 단단히 거슬러 놓았다. 그는 커다란 눈을 뒤룩거리며,

"더우니까 덥댔는데 그걸 가지고 뭘 그래?"

하고 입을 삐죽한다.

"더워 더워 안 한들 누가 더운 줄 모를까봐서 걱정이냐? 입으로 앙탈을 한대서 시원해질 리 만무하고, 잠자코 있다고 내가 모를 바 아닌 터에 무식한 무리들처럼 참을성없이 덥다덥다만 하니, 참으로 졸장부로다."

"그럼 넌 덥지 않다는 말이냐?"
"누가 덥지 않다고 말하더냐? 덥지만 참는 거지. 넌 걸핏하면 담력 담력 하더니, 담력도 소중하려니와 인내력도 결코 담력 못지않은 거야."
가만히 듣고 앉았던 덕형은 손에 들었던 부채를 갈기갈기 찢어서 비벼 던졌다.
"에라, 오늘부터 나는 평생 부채를 안 쓰겠다. 덥단 말도 입 밖에 안 내고."
어쩌고 하는 덕형을 항복은 한 번 더 쏠까슬렀다.
"다른 사람이면 몰라도 네가 그럴 수 있겠니?"
"보란 말이다. 보아, 내가 오늘부터 더위 참는 수양을 시작할 터이니 그리 알아라."
"참는 건 소용이 없어. 더위를 이겨야지."
"아따 그놈, 이길 테다, 꼭 이길 테야."
덕형은 밖으로 휭 하니 나가서 섶나무를 긁어다가 아궁이에 불을 지피는 것이었다. 비 온 뒤의 찌는 더위로 가뜩이나 방 안이 후텁지근하게 덥던 터인데, 게다가 불까지 때니 마치 시루 속처럼 쩔쩔 끓는다. 덕형은 보따리를 던져서 솜옷을 꺼내 입고 스님에게 청하여 솜이불을 달래다가 어깨 위로 그것을 뒤집어 쓰고는 방 안에 도사리고 들어앉았다. 그러고는 방문까지 닫아 버리고,
"어 추워, 참 춥기도 몹시는……."

하면서 꿍꿍거리었다. 항복이가 창 구멍을 뚫고 들여다보니, 이 지경이다. 남에게 지기 싫어하는 성벽이 스스로 힘들고 견디기 어려운 일을 치르게 만든 것이 분명하다. 땀으로 멱을 감으며 시뻘게진 얼굴에서 김이 무럭무럭 나는 것을 보고는,

'저러다가 아주 삶기지 않을까?'

하는 염려도 없지 않다.

'하하하, 얼마 전에 네가 나를 곯려 주려고 명부전에 보내 놓고 골탕을 먹이려 했겠다. 이 녀석, 너 어디 한 번 견디어 보아라.'

하는 생각으로 방문을 밖으로 잠그고 덧문을 닫고는 작대기로 버티어 놓기까지 하였다. 그러거나 말거나 덕형은 방 안에서,

"어, 추워…… 원 이렇게 추울 수가……."

하며 고집을 부리는 것이었다.

'요놈, 너 한 번 더 단단히 곯아 보겠니?'

입속말로 중얼거리는 항복이 가슴 속에는 한 가지 더 장난거리가 떠올랐다. 그는 느닷없이 승방으로 건너갔다.

"주지스님 계시오?"

"아, 난 또 누구시라구, 서방님이시었구려. 어서 들어오시오."

반가이 맞아 들이려는 주지스님 앞에 항복은 떡 버티고

마주 서서 장히 근심스러운 낯빛을 지었다.
"들어갈 것두 없습니다. 그보다 스님, 잠깐만."
"왜 그러시오, 들어오라니깐."
"글쎄, 이리 좀 나오시오."
노스님을 밖으로 불러 낸 항복은, 더 한층 심각한 표정을 하였다.
"아무래도 수상해. 상례에서 벗어난 짓을 하거든."
하고 나직이 혼잣말을 지껄이었다.
"무엇 말씀이오? 누가 수상하다는 거요?"
"덕형이 말입니다. 아무튼 염병 증세가 아니고서야 그렇게까지는……."
"네?"
스님은 눈을 둥그렇게 떴다.
"염, 염병이라고요? 장안에 한창 퍼졌다는 염병 말입니까?"
"쉬잇! 떠들지 마시오. 어쨌든 그게 아니고서야……."
"자세히 말씀을 하시오."
"다름이 아니라 이런 일이 있었지요."
하고 말을 시작한 항복은, 이리로 오기 전에 덕형이와 함께 염병 앓다 죽은 사람들 장사 지내 준 일을 설파하였다.
말을 다 듣고 난 주지스님은 이빨 빠진 턱을 덜덜 떨면서,
"원 저런 변이 있나……. 서방님, 같이 가 보십시다."

하며 팔을 잡아 이끈다.
"글쎄요."
맘이 내키지 않는다는 듯 떠름한 대답을 하였다.
"잠시도 지체할 수 없지요, 어서."
"그러시면 스님께서 앞장을 서십시오."
"아따, 그야 서방님이 앞을 서셔야지."
 잠깐 동안 옥신각신한 끝에 두 사람은 같이 덕형이가 더위와 떡씨름하는 방으로 갔다.
"어, 추워…… 어, 떨린다."
 방 안에서 새어 나오는 소리를 듣자, 스님은 걸음을 멈추었다.
"저거 무슨 소리요? 알 수 없는데."
"그러니까 말이외다. 이 더위에 춥다고 하니, 별 일이 아닙니까? 스님, 구멍을 뚫고 안을 들여다보십시오."
 주지스님은 겁을 잔뜩 먹은 채 덧문에 구멍을 뚫고 안을 엿보더니,
"엇!"
하며 뒤로 물러선다.
"틀림이 없소. 분명 그 염병이외다."
하며 손과 발까지 덜덜 떠는 것이었다.
"스님은 왜 떠십니까? 혹시 스님도 그 염병을……?"
"원, 방정스런 말씀도……. 나무아미타불, 나무아미타불."

"그런데 이 일을 장차 어찌 했으면 좋겠습니까?"

"글쎄 말입니다. 저 병에 걸리기만 하는 날엔 백이면 백 다 죽게 마련이지요. 덕형 서방님도 아마 네댓새를 버티어 넘기기가 어려우리다. 그러니까……"

"그러니까?"

"아예 일찌감치……"

"아예 일찌감치?"

"그렇지요. 어차피 죽기로 작정된 몸인 바에는 하루 바삐 가시게 하는 편이, 당자의 고생을 덜어 드리는 일이 되겠고 다른 사람에게도 적선이 되는 것이 아니오리까?"

"딴은 그럴 것 같습니다. 그러면 어떻게 하는 게 좋겠소?"

"저대로 앉은 채 편히 세상을 떠나시도록 화장을 하는 것이 좋겠습니다."

"산 사람을 가두어 놓고 불을 지르자는 말씀입니까?"

"하는 수 없지요. 그 대신 스님들이 모두 떨쳐 나서 죽은 다음에 극락에서 다시 태어나시도록 염불을 하게 하고서요."

"음, 그럴 길밖에는 없을 듯하오. 덕형이도 가엾지만 하는 수 없겠습니다."

밖에서 두런두런 인기척이 나므로 방 안에서 가만히 귀를 기울이고 있자니까, 주지스님과 항복이가 주고받는 말이 저를 죽일 공론임이 분명하다.

'원 저런 놈 봤나?'

정신이 번쩍 나며 숨이 콱 막히는 것 같다.

"항복아."

큰 소리로 불러 보았으나 대답이 없다. 벌떡 일어나 이불을 동댕이치고 문을 밀어 보았지만 꿈적도 않는다.

"항복아, 이 문 열어라."

문고리를 잡고 사납게 흔들었다. 그래도 반응이 없다. 그러자 눈에 띈 것이 손가락으로 뚫은 구멍이었다. 그리로 내다보고는, 항복이와 주지스님이 거기에 있으면서 대답을 않는 줄을 깨닫게 되었다.

"너 이 놈, 여기를 열지 않을 셈이냐?"

주먹으로 쾅쾅 두드리었다. 이 소리에 놀란 것이 주지스님이다.

"드디어 발광을 하시는군요. 서방님, 저 문을 열면 큰일입니다."

"암, 그야 여부가 있습니까? 열어줄 리 만무하지요."

"이왕 작정한 일이면 빨리 하기로 합시다."

"무엇 말씀이오니까?"

"화장하는 것."

"그러십시다."

"그러면 내 가서 채비를 할 터이니까 서방님은 여기서 저 방을 지키시오."

"네, 어서 다녀 오십시오."

 이런 대화를 주고받는 사이에 덕형이 손가락으로 문창호지를 박박 찢어서 문살만 남게 되었다.

"이 놈아, 아직도 열지 못 하겠니?"

"하하하, 염병 앓는 놈하고는 말하지 않을란다."

 이러는 동안에 주지스님이 다른 스님들을 데리고 나타났다. 그들도 놀라서 눈을 둥그렇게 뜨고 노스님의 지휘를 기다린다.

 주지스님이 보니까, 창살 안에서 얼굴이 시뻘건 덕형이 악을 쓰며 오락가락하고 있다. 얼굴과 온몸이 땀띠 투성이어서 울긋불긋한 것이 영락없는 염병 환자의 증세 그것이었다. 덕형이 갇혀 있는 방 주변에 장작이 쌓이고 기름이 부어졌다.

 스님들은 집 둘레를 돌며 염불을 시작하였다. 이제 남은 일이라곤 불만 지르면 되게 되었다.

'저런 놈들 봤나!'

 덕형은 어이가 없었다. 설마 항복이가 그렇게까지야 하랴 싶었는데, 이제는 더 의심할 나위가 없다.

'저 놈이 환장을 했나……'

 환장이라도 하지 않고서야 저럴 수가 없을 것이다. 혹시 자기의 재주를 시새워서 없애 버리려고 그러는 것이나 아닌지? 별의별 의심이 다 든다. 주지스님이 재깍재깍 부시를 치기 시작하였다. 이렇게 되니 이제는 더 보고만 있을 수는 없게 되었다.

'에라, 여기를 부수고 나갈 도리밖에…….'

덕형은 발길로 문을 한 번 걷어찼다.

우직.

그러나 문은 부서지지 않았다. 다음에는 온몸으로 부딪쳐 볼 양으로 어깨로 떠다 박질렀다.

우지끈 와르르 철썩.

문은 창살이 부러지며 돌쩌귀가 빠져서 달아났다.

"네 이놈들."

비호처럼 몸을 날리어 뛰어나오자 스님들은,

"우와!"

하며 뿔뿔이 흩어져 달아난다. 그 중에서도 걸음이 가장 잰 것이 주지스님이었다. 덕형이에게 붙잡히기만 하면 병이 옮을 것이라 믿고 있는 터이니, 왜 그러지 않겠는가. 울상을 하고 달아나는 스님들, 그 뒤를 쫓는 덕형…… 절 뜰은 술래잡기 판이 되었다.

길길이 뛰는 덕형이 앞으로 항복이 썩 나서며 팔을 벌렸다.

"염병쟁이야, 왜 야단이냐?"

"뭐가 어째? 이 자식, 믿지 못할 놈."

덕형이가 와락 덤벼들어 두 사람은 어울리어 한참을 엎치

락뒤치락하였다. 몸집은 덕형이가 크나, 항복은 그 보다 다섯 살이나 나이가 위라, 기운이 훨씬 세다. 그러나 독처럼 성이 난 덕형이를 감당해 내기란 결코 쉬운 일이 아니었다.

비슷한 체력, 우열을 가릴 수 없는 기세. 얼마 동안을 계속하던 아귀다툼은 두 사람이 지치기를 기다려서 끝이 났다. 씨근씨근 붉으락푸르락, 풀무처럼 숨을 가쁘게 놓아쉬던 두 사람은 서로 얼굴을 마주 쳐다보며 씨익 웃었다. 말 없는 가운데 화해가 이루어 진 것이다.

"실없는 놈."
"맹랑한 자식."
"허허허."
"후후후."

한바탕 웃고 나니 그만이었다. 아니, 더 한층 사이가 자별해진 것이다. 그러나 스님들과의 사이는 좋지 않았다.

좋지 않았다느니보다 스님들이 덕형을 피하는 것이었다. 밥상을 들고 와서도 먼 발치에 놓고 가면 갔지, 결코 가까이 오려고 하지 않았다.

덕형이를 보는 눈이 마치 호랑이를 대하는 것처럼 겁에 질리어 시퍼렇고, 하루바삐 덕형이가 죽기를 기다리는 눈치였다. 실상 그들은 저희들끼리 수군거리고 있었다.

"어째서 여태 죽지 않을까?"
"가만 두면 어련히 죽지 않을까봐서."

"그러다가 병을 퍼뜨리면 어떡하지?"

"병이 퍼지기 전에 죽어 버릴 걸세."

이런 소리를 주고받거니와, 열흘이 넘어도 덕형은 죽지 않았다.

"웬일일까? 죽지 않으니."

"글쎄, 모르겠어. 하지만 며칠 안 남았을 거야."

"조홧속인걸."

"딴은 그래."

"항복이는 어째서 병이 안 옮노?"

"벌써 옮았는지도 모르지."

"그러고 보면 그 사람하고도 가까이 할 수는 없겠는 걸."

"누가 아니래. 그야 물론이지."

이쯤 되니, 항복이도 난처해졌다. 스님들은 여전히 식사를 날라다 놓고는 횡하니 달아난다.

한데, 그 식사가 마음을 놓을 수가 없다. 혹시 독물을 섞었는지도 알 수 없어서다. 처음에는 덕형이 몫의 음식만 의심이 나서 조심을 하였었는데, 이제는 자기 것에도 마음을 놓을 수가 없었다.

"야, 이 녀석들이 우리를 다 죽이려는 게 아니냐? 그런 눈치가 보이는 것 같은데."

"그럴는지도 몰라. 하지만 스스로 만든 일이니까 죽는대도 너는 억울할 것이 없을 게다."

"하하하, 어쨌든 안심하고 살지 못할 바에는 여기를 떠나야겠다."

실상 그들과 절 식구 사이에는 야릇한 공기가 가로막혀 있었다.

주지스님까지도 속이 드러난 지금에는 덕형이를 보기가 찜찜하여서 시선이 마주칠까봐 겁을 내는 눈치고, 일부러 피하는 태도를 노골적으로 내보인다.

이럴 즈음, 항복은 서울로부터 아내의 할아버지인 권철 대감이 세상을 떠났다는 기별을 받았다.

"야, 난 서울로 가야겠다."

"네가 없으면 무슨 맛에 내가 여기에 남으며, 어떻게 살랴. 가려거든 같이 가자."

이리하여 두 사람은 봉은사를 떠나 서울로 돌아왔다. 떠나던 날, 스님들은 장히 섭섭한 듯한 얼굴을 하였지만 속으로는 기뻐하였을 것이 뻔하다.

서울에는 극성스럽던 돌림병도 고개를 푹 수그렸고, 시절은 시원한 가을이었다. 권철 대감의 장례를 치른 항복은 글공부 틈틈이 덕형이와 가까이 사귀었다. 집으로도 서로 자주 오고 가곤했다.

하루는 항복이 덕형과 더불어 성균관에 갔다. 거기서 공부하는 선비들이 수재로 이름 높은 이 두 선비를 맞이하는데, 반기는 뜻과 우러러보는 마음이 범벅되어 거룩한 이를 대하듯 몸가짐을 조심하며 무척 예를 갖춘다.

두 사람은 전날 자기네가 여기서 글 읽던 일이 생각나서 친밀한 느낌이 솟아났다.

전국 방방곡곡에서 올라온, 똑똑하다는 젊은이들은 다 모여 있는 곳.

'우리는 언제나 백사처럼…… 명보처럼…….'

속으로 늘 이렇게 생각하고 모범을 삼아온 그들이매, 궁금하던 것을 묻기도 하고 분명하지 않던 글귀를 알아 보려고도 한다. 항복과 덕형도 싫다 않고 그들과 하루를 즐길 양으로 웃고 지내는데, 그 중의 한 사람만이 항복이 보기에 몹시 눈에 거슬리는 자가 있었다.

태도가 오만스러운 데다가 맑지 못한 눈으로 곁눈질을 하며 입은 하릴없이 비죽거리는데, 그보다도 얼굴 모양이 한층 더 가관이었다. 푸르죽죽한 살갗에 숭굴숭굴 얽은 구멍이 마치 우박 맞은 잿더미처럼 생겼다.

도대체 대학생(성균관 위생)들은 몸을 가꾸지 않는 것이 통례요, 자랑이기까지 하였다. 공부에 열중하느라고 다른 데 마음을 쓸 겨를이 없어 이 지경이라는 듯이 낯을 씻지 않는 것은 물론, 손톱을 안 깎고 머리도 빗지 않아 이가 득시글거리기가 일쑤였다.

이것도 유행이라고 할까. 그렇다면 더러운 자일수록 과거에 급제를 많이 해야겠는데 실은 그렇지가 못 하니, 한갓

둘도 없는 친구 233

쓰잘 데 없는 돌림이랄밖에. 전라도에서 왔다는 이 곰보 선비, 소갈머리가 몹시 뒤틀려 있는 듯, 남이 웃을 때 웃지도 않고 말이 별로 없는 것이 아무리 보아도 마음이 곰살궂은 사람이 아님은 분명하다.

그런가 하면, 바로 옆에 앉은 경상도 선비 한 사람은 워낙 잘 생겼으려니와, 알맞게 몸을 다스리고 옷도 말짱하게 손질하여 입었는데다가 늘 상글상글 웃는 품이 퍽 명랑해 보여서 썩 좋았다. 항복은 무슨 생각을 하였던지 이 사람을 두고 칭찬을 하였다.

"공 부자께서 수신제가 치국평천하라고 하신 것은, 몸의 겉모양을 다스리는 것도 아울러서 하신 말씀같은데, 경상도 선비, 자네가 바로 자천일세."

자천은 공자의 제자로 다음과 같은 이야기가 있다.

하루는 공자께서 그를 칭찬하여

"君子哉若人! 魯無君子者, 斯焉取斯?(군자로다 이 사람은! 노(魯) 나라에 군자들이 없었다면 이 사람이 어떻게 이것[덕(德)]을 얻었겠는가?)"

하시자, 옆에서 듣고 있던 제자 중 공문십철의 하나라는 자공이 묻기를,

"賜也何如?(저는 어떻습니까?)"

"女, 器也.(너는 그릇이니라.)"

"何器也?(어떤 그릇이오니까?)"

"瑚璉也.(호련이다.)"

비로소 자공은 만족하였다. '賜(사)'는 그의 이름이고, 호련은 종묘에 곡식을 받쳐 놓는, 옥으로 훌륭하게 장식한 그릇이다.

논어에 있는 이 고사를 글줄이나 읽은 사람이면 모를 자가 없다. 항복이 경상도 선비를 '자천'에 비겨 말하는 것을 듣자, 전라도 곰보 선비는 심술궂은 표정과 볼멘 소리로 이렇게 물었다.

"시생은 어떻습니까?"

호련 소리를 듣고 싶어서 묻는 말이다. 이에 항복은,

"자네는 그릇일세."

하였다.

'옳지, 호련이라고 하려나보다.'
하는 생각으로 재우쳐,
"무슨 그릇이오니까?"
하자 항복은 빙그레 웃으며,
"임자는 콩망태길세."
 말할 것도 없이 곰보딱지를 비웃어 준 것이었다. 좌중은 웃음판이 되었다. 여러 사람이 모여 사는 곳이면 꼭 한 둘씩은 섞여 있는 야살이에게 따끔한 침 한 대를 놓아 준 것이다.
 백사와 명보(덕형의 자)가 주고받는 농담은 세월이 갈수록 더 한층 심하여졌다. 옛날부터 주고받으면서도 아직 해결되지 않은, 내가 아버지요, 네가 아들이라는 다툼은 온 조정에 유명한 화젯거리로까지 된 것이다.
 "나이로 봐서야 백사가 명보보다 오 년이나 위이니, 그가 아버지가 되는 게 당연하겠지."
 "말이 되나. 사람됨이 점잖고 듬직한 걸로 본다면 명보 편이 존장(웃어른)이야."
 "모르는 소리들만 하는군. 재치와 지혜로는 명보쯤은 아직 젖비린내가 난다구."
 이런 말들을 하거나 말거나 아랑곳없이 당자들끼리의 농담은 여전하였다.
 "어때, 이제는 아주 작정을 하지?"

"어떻게?"

"내가 명보의 아버지라고?"

"자네가 나의 아들이라고?"

"예끼, 그렇게도 아버지 노릇이 하고 싶은가?"

"하고 싶어서가 아니라 사실이 그런 걸 어쩌겠나?"

"아버지가 되려거든 내 손자 녀석의 아버지나 되라."

이러한 죄 없는 아귀다툼과 나무랄 데 없는 옥신각신이 드디어 선조 임금의 귀에까지 다다랐다.

가까이 모시는 신하가 전하는 바로 이 말을 들으신 상감께서는 웃으시고, 두 사람의 재주를 한 번 시험해 보실 마음을 잡수시었다.

본디 나이 차이가 그리 없는 터이고, 또 임금이라는 엄숙한 자리에만 계신 왕은, 두 젊은 신하가 우정이 두텁게 지냄을 못내 부러워하시었고, 임금만 아니시라면 그들과 함께 섞이어 벗이 되고 싶은 마음이시었으매, 두 사람을 항상 가까이 두시고는 만족하게 여기사 사사로운 말씀도 하시는 적이 많았다.

매양 두 사람이 함께 임금을 모신 때면 용안이 밝아지시어 일부러 근시(당신 가까이에서 모시는 신하)를 물리치고 크나크신 애정으로 잠깐 군신간의 엄전한 체통을 내려놓으시고서 웃고 즐기면서 이런저런 이야기를 나누시는데, 이는 가까운 벗 사이의 그것과 비슷하다.

하루는 신하들이 모두 있는 자리에서, 항복과 덕형을 왕이 일부러 부르시었다.

"명보와 백사는 듣거라."

하고 희색을 띠신 용안으로 두 사람을 부르시었다.

"하교하시옵소서, 전하."

"과인이 듣자 하니, 너희 둘은 서로 아비 되기를 다툰다 하거늘, 아직 작정을 보지 못하여 말썽이 많다던데 그것이 사실이냐?"

두 사람은 황공하지 않을 수가 없었다. 단 둘만 있을 때 농담으로 주고받은 웃음거리를 상감께서도 알고 계셨으니, 이런 황송할 데가…….

말썽이 많다는 것은 좀 지나친 표현일는지 몰라도 당시 사람들은 그만큼이나 항복과 덕형이 하는 일에 관심을 가지고 있었던 것이 사실이다.

"……."

두 사람은 몸이 굳어져서 감히 입을 열지 못한다. 그러나 임금께서는 웃고만 계시다가,

"경들이 서로 아비요, 아들이요 하는 조건을 보면 사사로이 결정되기 어려울 듯하니, 오늘 왕명으로써 이를 정하여 줄 터이니 다시는 이런 저런 말이 없도록 하렷다."

라고 말씀하시는 데는 다른 말을 할 수가 없어 입을 다문 채 몸을 굽힐 뿐이었다.

"그러면 좋다. 여봐라, 종이와 벼루 함을 올려라."

상감은 근시에게 명하시어 친히 종이 두 장에 아비 부자와 아들 잣자를 써서 접고 비비어 앞으로 던지시며,

"그것을 하나씩 집어서 펴 보아라."

두 사람은 왕이 시키는 대로 몸을 굽혀 그 종이를 한 장씩 집어 들었다.

항복이 얼른 펴 보니, 아들 잣자가 씌어 있다. 따라서 덕형이는 아비 부자가 씐 종이를 집은 것이다.

'그러면 그렇지.'

덕형은 매우 만족한 낯빛으로 싱글벙글이다.

"무엇이냐? 각각 내놓아라."

왕은 이렇게 말씀하시었다. 두 젊은 신하의 안색을 번갈아 보시자, 벌써 누가 무엇을 집었는지 헤아리지 못하신 바 아니건만, 많은 사람이 보는 앞에 이것을 내놓게 하여 두 사람으로 하여금 다시는 아비요, 아들이요 하는 실없은 농담을 못하도록 봉쇄하려는 의도이신 것이다. 이 때, 덕형이보다 앞질러서 성큼 나선 것은 항복이었다. 그는 아들 잣자가 적힌 종이를 펴서 임금 앞에 바치며,

"황공하여이다. 소신은 오늘 망극하신 천은으로 아들을 하나 얻었습니다. 보나마나 명보는 아비를 얻었을 것이오이다."

하고 몸을 굽히었다. 임금은 무어라 하실 말씀이 없으시

었다. 애당초의 뜻은 말할 나위도 없이, 아들 잣자 잡은 편을 아들이라 하려던 것인데, 항복이 그것을 뒤집어서 이같이 말하니, 더 무어라 할 것이랴.

그 임기응변하는 재주에 감탄하시어 머리만 끄덕거리신다.

항복에게 선수를 빼앗긴 덕형은, 사리를 따져서 항의할 말이 없는 것은 아니로되, 자리가 어전이요, 늙은 중신들이 보는 앞이라 무례하고 건방지게 굴 수가 없어 잠자코 웃고만 있는데, 항복은 의기양양하여 코를 벌룽거린다. 이날 백관이 조회 자리에서 물러날 적에, 임금님은 근시를 시키어 덕형만을 따로 몰래 부르시었다.

"신 덕형, 어전에 등대하였나이다."

"오 명보, 이리 가까이 오라…… 다름이 아니라, 내일 조회에 들어올 때 달걀 한 알씩을 가지고 들어오되, 항복에게는 이르지 말고, 다른 신하에게는 두루 알리어 실수가 없도록 하여라."

"네, 명심하여 각별히 거행하겠나이다."

어전을 물러나오면서 덕형은 성은에 감격하여 마지않았다.

'상감께서 내가 오늘 겪은 난처한 처지를 돌이켜 주시려는 마음에서 이런 분부를 내리시는 구나.'

그러나 이같이 하여 백사를 곯려줄 뜻은 조금도 없는 덕형이건만, 지엄하신 왕명이라 그대로 좇아서 받들 수 밖에 없어 백관에게, 내일 아침 달걀 한 알씩 가지고 조회에 들어오라는 어명을 전하고 다음날 아침에는 자신도 달걀 하나를 지니고 입궐하였다.

조회에 모인 신하가 왕을 모시고 나랏일을 의논하던 끝에,

"과인이 어제 가지고 들어오라 한 것을 다 가지고 왔소?"
하는 말씀이 계시었다.

"예, 어명을 좇아 가지고 왔나이다."

"그러면 모두들 내어 한 쪽에 모아 놓으시오."

이에 신하들은 각각 소매 안에서 달걀 한 알씩을 꺼내어 한 쪽에 쌓아 놓는다. 이것을 본 항복은 영문을 몰라 한참을 두리번거리었다.

'어제 그와 같은 어명을 들은 적이 없는데……'

그렇다고 따져 볼 터가 못 된다.

'혹시 덕형이가 나를 위해 두 알을 가지고 오지 않았나.'
하는 생각이 들었다.

건너다보았으나 시침을 뚝 따고 있는 것을 보니, 여기에는 반드시 곡절이 있으리라 생각하고 대책을 궁리하고 있었다.

"백사는 어찌 된 일이냐?"

임금님이 이렇게 물으신다. 이제는 더 의심할 여지가 없다. 백관의 눈이 흥미진진하게 자기를 주목하고 있는 가운데 그는 두 팔로 날개를 치는 시늉을 하고는, 꾹꾹꾹 하고 암탉

의 소리를 내었다.

"소신은 이미 알낳는 일이 끝났기에 알은 없삽고, 그 대신 저 알을 다 품어서 병아리를 까겠나이다."

이 뛰어나고 재치가 있는 답변에 임금님을 비롯한 신하들이 모두 혀를 찼다.

이제는 권율도 과거에 급제하여 그 사위인 이항복과 함께 조정에서 한 자리를 차지하고 있었다. 이 해는 날이 가물어서 첫여름부터 날씨가 몹시 더웠는데, 음력 사월로 접어들면서는 날씨가 흐리어 비가 올 듯 올 듯 하면서도 오지 않아, 벌거벗고 앉았어도 시루 속처럼 확확 달아 오르며 땀이 흐르는 터이라, 관복을 갖추고 관청에 나아가 나랏일을 살펴야 하는 대소 관원의 힘듦과 어려움은 말할 것도 없으려니와, 상감을 가까이에서 모셔야 하는 조정의 자리 높은 신하들은 한층 더 고통이 심하였다.

이달 보름날은 의인왕후 박씨의 탄신일이시라, 이튿날에 백관을 불러 잔치를 베푸시는 것이 전례이므로 항복은 장인인 권 공을 모시고 대궐 안으로 들어갈 양으로 아침 일찍이 처가에 들렀다. 이른 새벽인데도 몸집이 뚱뚱한 권 공은 숨을 헉헉 몰아 쉬며 짜증을 낸다.

"몹쓸 놈의 더위. 때도 아닌 이른 더위가 이토록 심해 가지고야……. 마치 삼복 날씨 같다니까, 후후……."

항복은 이러한 장인을 한 번 조롱해 줄 생각이 머리에 떠

올랐다. 그는 빙그레 웃고 나서,

"오늘 더위가 다른 날보다 더 심하여 빙옹(장인)께서는 차마 견디기 어려우실 듯하니, 버선은 벗으시고 목화(나무신)만 신으심이 좋을까 합니다."

"음, 그렇게라도 해야겠네. 오늘같은 날 버선까지 신었다가는 발이 다 쉬어 버릴 거야."

권율은 이렇게 말하면서 맨발에 대님만 치고 그 위에 목화를 신고는 보교에 올랐다.

궁중에는 아침부터 풍류와 가무가 질탕하였고, 상감과 왕비께서는 백관의 하례를 받으시고 곧 사찬(임금이 아랫 사람에게 음식을 내려주는 일)에 들어갔다. 아리따운 궁녀들이 따르는 호박빛 술이 몇 순배 돌아갔다.

저마다 흥취가 도도하여 어깨춤이 저절로 나는 판인데 그래도 권율만은 더위를 이기지 못하여 헉헉거리면서 어서 잔치가 끝나기를 기다리는 눈치였다.

임금이 신하들에게 말하였다.

"오늘은 기쁘고 좋은 날이니, 그대들은 내 앞이라 생각 말고 마음 편히 한껏 마시고 즐기시오."

백관이 모두 희희낙락하는데 임금님은 항복을 굽어 보시며,

"백사는 어떤 일로 요사이 잠잠한고? 무슨 재미 있는 일이 없을까?"

하고 웃음거리를 내어놓을 것을 은근히 재촉하신다.

"예, 차츰 풍류도 나오려니와 우선 날씨가 이다지도 무더워 늙은 재상들이 관복을 갖추고 있기가 견디기 어려울까 하오니, 전하께옵서는 따로 어명을 내리시어 모든 신하들로 하여금 각각 목화를 벗게 하심이 어떠하올지 아뢰옵나이다."

하고 힐끗 곁눈질로 장인을 바라보았더니, 권 공은 얼굴이 붉으락푸르락하며 뺨의 살이 씰룩씰룩한다.

"음, 옳은 말이로고. 그대들은 모두 목화를 벗으시오."

옥음이 떨어지자 신하들은 이제야 살았다는 듯이 모두 목화를 벗고 버선발로 도사리고 앉는다. 다만 권 공만이 어쩔 줄을 모르고 몸을 비비꼬며 있을 뿐이다.

이같은 이상야릇한 태도를 임금이 보시었다.

"권 공은 어찌하여 목화를 벗지 않소? 여봐라, 권 공의 목화를 벗겨 드려라."

궁궐에 딸린 하인에게 명하여 신발을 벗기어주라 하신다.

"아니오이다. 신이 손수 벗겠나이다."

하고 진땀을 흘리면서 벗고 나니, 속에서 나온 것이 새빨간 맨발이다. 그는 얼른 어전에 넙죽 엎드리며 이렇게 아뢰었다.

"전하, 죽여 주십시오. 신은 오늘 교활한 사위에게 속아서 황송한 일을 저질렀나이다."

임금은 그 까닭을 물으시었고, 이를 들으신 임금 이하 여러 신하들이 크게 웃어서, 왕비 탄생일에 열린 잔치 자리에 한층 더 흥을 돋운 바 되었다.

잔치가 끝나고서 그들은 조정의 모든 신하들이 모이는 정자로 나왔다.

이제는 아무에게도 꺼릴 것 없이 목화를 벗고 윗옷도 벗어 놓고서 훨렁훨렁 부채질을 하니, 사람이 살아날 것 같았다. 그러나 권율은 홀로 그냥 앉아서 무서운 얼굴로 그의 사위 항복을 쏘아보고 있다.

'괘씸한……'

그러나 다시 생각해 보면 웃음도 난다. 자기의 친구 이덕형과는 가지가지의 농담을 주고받는다는 소문이고, 또 보기도 했지마는 그러나 명색이 장인이 아니냐. 장인에게 장난과 농지거리로 어전에서 그런 욕을 보게 하다니, 그는 웃지도 않고 노려보기만 한다.

항복은 오히려 아무 일도 없었다는 듯, 젊은이들끼리 둘러 앉아 시원스러운 잡담으로 이야기꽃을 피우고 있다. 이 자리에 같이 섞여 있는 사람 중에 병조판서(지금의 국방부 장관) 벼슬에 있는 홍여순이라는 이가 있었다.

이항복이 끼어 앉는 자리에는 웃음꽃이 피게 마련이지마는, 홍 판서 대감이 섞이는 자리에는 불쾌한 기분이 감돌게 마련이다. 왜냐하면 그는 입을 열었다 하면 남의 흉을 보거나, 아니면 자기의 자랑을 늘어 놓기 때문이다. 여럿이 모여 있는 곳에서도 다른 사람에게는 말할 기회를 주지 않고 자기 혼자서만 남의 기분을 건드려 놓는 말들만 톡톡 하는 사람이다.

홍 판서가 항복을 보자,

"대감은 왜 옷을 안 벗으시오? 배꼽이 드러나 보일까봐 그러시오? 내가 아는 바로는 대감의 배꼽이 엄지손가락만큼이나 튀어나와 있다면서요?"

그러고는 눈을 가느스름히 뜨고는 가장 재미있는 말을 했다는 듯이 깔깔거리고 웃어댄다. 항복은 빙그레 웃으면서 대꾸하였다.

"하하하, 대감은 잘도 아시오, 빈대나 벼룩이 아니고서는 내 몸의 배꼽이 튀어나와 있는 것을 아는 이가 별로 없을 터인데……."

병조판서는 젊은 사람에게 무안당한 것이 분하였던지, 얼굴을 붉히고 쌔근쌔근 숨을 몰아쉬고 있다. 항복은 홍여순 따위는 아랑곳 없다는 듯이 외면을 한 채,

"배꼽이 나와 있는 것이 편리한 때가 많소. 첫째로, 허리띠를 느슨하게 매어도 흘러 내리지 않아서 좋고, 둘째로 오늘같이 더운 날, 강가에 나가서 찬물 목욕을 할 때는 말뚝 삼아 손수건을 걸어 두기에 아주 좋지요."

이 재치있는 말에 모두들 웃는다. 화가 나서 앉아 있던 장인 권율까지도 웃지 않을 수가 없었다. 얌체같은 홍여순도

부끄러운 줄 모르고 뭐가 신이 나는지 깔깔거린다. 그는 다시 입을 열어, 이번에는 자기 집 뜰에는 이상한 화초와 야릇한 모양의 돌이 있어 집에 있으면서도 산속과 물가를 거니는 느낌이라고 입에 침이 마르도록 자랑이다. 요사이 홍 판서가 정원 가꾸기에 푹 빠져서 남의 집에 있는 물건이라도 제 눈에 드는 것만 있으면 조르고 위협하여 빼앗아 가는 일이 흔하다고 들었다. 그것이 부끄러운 짓인 줄 모르고 오늘도 자랑삼아 그 이야기를 펴 놓는다. 무슨 화초는 누구에게서 빼앗아 오고, 어느 돌은 어디에서 집어 왔고……. 듣는 이가 이맛살을 찌푸리는 줄을 아는지 모르는지 혼자 신이 나서 지껄인다.

이항복은 벌써부터 그 말을 듣기에 진저리가 났던 판이라, 이제는 오금이 쑤시어 더 견딜 수가 없었다. 그래서 느닷없이 자기 집의 마당 자랑을 마주 해댔다.

"여보시오 대감, 대감이 아무리 그런 것을 좋아하시어도 우리 집에 있는 석가산 같은 것은 아니 가지고 계시리다."

"무어? 석가산? 영감 댁에 그런 것이 있소?"

"있지요. 대대로 전해 오는 것이라, 요즘 새로 나온 물건과는 종류가 다르다오."

"음, 처음 듣는 말인걸."

홍 판서는 벌써 침을 흘리며 욕심을 낸다.

"……여보 영감, 그 석가산을 내게 주지 않으려오?"

"말도 안되오. 그런 말씀일랑 다시는 입 밖에 내지도 마시오."

팔을 홰홰 내젓자, 홍 판서는 더욱더 구미가 바짝 당기는 모양이었다.

"그런 보물은 아는 이가 다루어야 하고, 멋없이 버려두기보다는 돈을 들여서 손질을 해야만 값어치가 빛나는 법이니, 영감 집에 두어 공연히 썩히지 말고 내게 주어서 많은 사람들이 다 같이 보고 즐기도록 하는 편이 좋지 않겠소?"

"그도 그럴 듯한 말씀이긴 하외다만······."

"영감······ 영감······."

판서 대감은 점잖지 못하게 무릎걸음으로 다가앉으며 석가산을 자기에게 달라고 보채기 시작한다.

"그야 뭐 꼭 대감께서 필요하시다면 드려도 거리낄 것이 없겠지만······ 글쎄요, 집안 사람들과도 의논을 해야 할 터이니, 며칠 말미를 주시오."

"아따 참, 영감의 물건을 영감이 처분하는데 집안 사람들이 왜 아랑곳한다는 말이오? 암말 말고 내게 주시구려. 그 값이란 건 아니지만 나 또한 나대로의 생각이 있으니까 그다지 밑지는 흥정도 아닐 것이외다."

"모르겠소이다. 공의 말씀이 그러하시니, 눈 딱 감고 드리기로 하지요."

"하하하, 고맙소. 그러면 내일 아침 일찍이 사람을 보내리다."

"그러시오."

항복은 속으로 킥킥거리고 웃었지만 밖에까지 들릴 리는 만무하였다.

이튿날 아침 홍 판서는 새벽 일찍이 금 몇 냥쭝과 편지 한 장을 하인에게 들려서 항복의 집으로 보내었다. 항복은 한 번 웃고 대답하기를,

"그 물건이 예사로운 것과 달리 대대로 전해오는 것이고, 어제는 정신없이 드린다고 하였지만 가만히 생각해보니 조상님 영전에도 송구스러운 마음이 없지 않아서 드리지 못하겠다더라고 가서 아뢰어라."

하여 하인을 쫓아 보냈다.

얌체

 그 하인이 돌아가자, 얼마 뒤에 홍 판서가 몸소 헐레벌떡 달려왔다.
 "여보쇼, 영감, 사내 대장부가 한 번 주기로 허락한 것을 뒤집어 놓는데서야 말이 되오? 그러니 다른 말 말고 주어야겠소. 늙은 사람을 그렇게 놀리는 법이 아니외다."
 항복은 짐짓 미안한 빛을 짓고 앉았다가,
 "그걸 내가 모르는 바는 아니오마는, 어제는 객기가 나서 그리 말을 하였으나 나중에 생각하니 뉘우침이 앞서는구려. 그다지 나무라지 마시고 어제 이야기는 없었던 걸로 여겨 주십시오."
 하고 딱 잡아떼었다.
 "허, 참 고집도 어지간하오."
 "고집은 대감께서 더 어지간하신가 합니다."
 "정히 그렇다면 한 번 보여주기만이라도 하오."
 "보실 것도 없지요. 보시면 공연히 욕심만 더 날 것, 아예 보시지 아니한 것만 못하리다."

"아주 주기로 작정까지 하였던 물건인데 한 번 보는 것쯤이야 무슨 상관이겠소?"

"안마당을 돌아 뒷뜰로 가야만 볼 수 있으니, 이 다음에나 한 번 구경시켜 드리지요."

이에 홍 판서는 몸이 달아서 몇 마디 더 조르다가 제 풀에 역정이 나서 발끈 일어나 집으로 돌아갔다.

그러나 아무래도 탐나서 밤에는 잠을 못 잘 지경인지라 이튿날은 전날보다 더 일찍이 항복을 찾아왔다.

"이러다가는 몸에 탈이라도 날 듯싶으니, 영감은 다시 생각해서 부디 이 늙은이에게 그 석가산을 넘겨주오. 그대신 내가 죽은 뒤에는 다시 돌려준다는 조건으로…… 자, 어떻겠소, 영감……영감……."

항복은 입을 다물고 묵묵히 앉아서 가장 어려운 결정이나 되는 듯이 고개를 수그렸다가 번쩍 머리를 쳐들고 팔짱 꼈던 손을 빼면서 말하였다.

"좋소, 드리기로 하겠소. 한데, 이왕 드리는 것이라면 아주 드려야 하는 것이지, 세상 떠나신 후에 어쩌고 하는 것은 예가 아닐 듯합니다."

"허허허, 더욱 고마운 말이오. 그러면 가마꾼에게 들려 가지고 갈 터이니, 곧 내어주시오."

"그는 장히 어렵소. 물건이 어지간히 커야 말이지요. 크기가 보통이 아니니 들려 가지고 가시려면 큰 일이 될 것이외다. 그러므로 내일 아침 일찍이 수레와 말, 일꾼 수 십명을 보내시어 끌어가도록 하십시오."

"그러지요. 그나저나 물건이 굉장한 모양이구려."

"그야, 굉장하다마다요."

"내일 아침이 즐겁겠구려. 그럼 말씀하신 대로 하기로 하고 나는 그만 가겠소."

이리하여 홍 판서는 돌아가고, 이튿날 아침에 동네가 떠들썩하도록 말과 사람이 항복의 집으로 몰려들었다.

"음, 그만한 숫자로도 안 될 것이고 더 데려오게나."

하는 항복의 말을 듣고 판서댁 집사는 목을 빼고 혀를 내둘렀다.

"그렇게도 크오니까?"

"암, 크다 뿐인가, 어지간해야 말이지. 가서 연장과 사람을 더 데려오게."

집사가 돌아가 다시 일꾼 수 십명과 여러 가지 연장 도구를 더 갖추어 가지고 나타났다.

홍 판서도 기다리다 못하여 뒤미쳐 말을 몰아 달려 왔다.

"영감, 대관절 석가산이 얼마나 크기에 이다지 많은 사람이 필요하다 하시오?"

홍 판서는 입으로 이런 소리를 하면서도 속으로는 매우 흡족하여 입이 헤벌어졌다.

"크지요. 너무 커서 조상 적부터 한 번도 옮겨 보지 못한

거니까요."

"허허, 그걸 한 번 봅시다."

"한 번 뿐만 아니라 얼마든지 보시오."

"어디에 있소?"

"바로 눈 앞에 두고도 아니 보인다는 말씀이오?"

"눈 앞에……?"

"하하하, 아직도 모르시는 모양이로군."

"무어라고요?"

"내가 드린다고 한 석가산이 바로 저 남산이지요. 얼마나 웅장하고 아름다우냐 말이오. 자, 아주 드리는 것이니 마음 놓고 가져가시오."

"음!"

홍 판서의 얼굴이 금세 붉으락푸르락해졌다.

'괘씸한 놈……. 젊은 놈이 나를 이렇게 속여?'

며칠을 두고 석가산 얻어 갈 궁리만 하였고, 또 비용을 들여서 수레와 말, 일꾼을 사서 보낸 것도 그러려니와 벌써 집안 사람들에게 자랑을 하였으며 하인들까지 다 아는 터에, 석가산을 가져오지 못한 내력을 무슨 말로 둘러대야 할까 생각하니 온몸의 피가 거꾸로 흐르는 것처럼 머릿속이 아찔하였다.

'이놈, 어디 두고 보자! 고얀 놈.'

눈에서 불이 나고 목이 바작바작 타 들어온다.

"가자! 어, 가자."

그는 불호령을 냅다 지르며 말머리를 돌려서 휭하니 가버렸다. 그 뒷모양을 바라보면서 항복은 껄껄 웃었다.

"음, 이만했으면 근이 뽑혔겠지."

홍 판서가 돌아가고 항복도 대궐로 들어간 뒤인데, 장성 군수로 있다가 벼슬이 갈리어 가녕으로 내려가는 이옥녀라는 이가 찾아왔다.

이분도 항복이와는 자별한 친구 사이거니와, 그는 집주인이 대궐로 들어가고 집에 없을 줄을 미리 짐작하고 그냥 찾아온 것이었다.

"이리 오너라. 주인 어른 계시냐?"

하인이 나가서,

"등청하여 집에 안 계십니다."

하였더니,

"내 그럴 줄 알았지. ······그러면 마님께 가서 이 장성이 왔다고 하면 아실 터이니, 내 밥, 내 하인의 밥, 그리고 말죽까지 쑤어서 준비해 두시란다고 여쭈어라. 나는 잠깐 딴 볼일로 어디에 다녀오겠으니까 그리 아시라고도."

하고는 대답도 듣지 않고 어디론가 가버렸다.

이 말을 하인에게서 들은 권씨 부인은 어이가 없었다. 무언지 모르게 시원스러운 것도 같고 다시 헤아리면 몹시 뻔뻔스러워도 보인다.

'제가 무엇이관데 나더러 그런 시중을 들란담.'
권씨 부인은 남편이 돌아온 뒤에 이 말을 하였다.
"남들의 말이, 이 장성은 뱃심이 두둑하고 유들유들하다더니 과연 그 말이 옳습니다. 오늘 그 어른이 찾아와서 저에게 이르기를, 마치 제 식구에게 일을 명령하듯 하니, 그런 법이 어디 있어요?"
하며 깔깔 웃었다.
"허, 이 장성이가 왔다고? 그 사람 한 번 만나보아야겠군."
항복이가 기다리는데 이 장성이가 머쓱하니 들어섰다.
"어서 들어오게."
"찾아온 사람이 들어가지 않으면 나갈까?"
이 나그네 인사 솜씨부터가 야릇하다.
"하하하, 어쨌든 좀 앉게."

"앉지 않으면 친구를 세워둘 셈이었나? 앉으라지 않은들 어련히 앉지 않을까봐."

하고는 아랫목 윗자리로 저 혼자 걸어가서 보료 위에 털썩 앉더니, 방 안을 휘휘 둘러본다.

"……음! 과연 서울 벼슬아치는 지방관리하고는 달라서 퍽 흥정스럽군. 그래 뇌물을 얼마나 거둬들여서 살림 형편이 이렇게 흥그러운가?"

말이나 태도에 겸손이니 양보란 것을 모르는 사람이다.

"예끼, 사람."

재치가 뛰어나다는 항복으로도 당해낼 수가 없었던지 입맛만 쩍쩍 다신다.

"하하하, 이건 농담이고…… 자네는 모르지만 벼슬깨나 지낸 분네들 뱃가죽에는 기름이 두둑하다며?"

"그건 나도 잘 모르겠네마는, 재상 대감들은 남의 집 물건도 제것처럼 알고 있지."

하며 홍 판서의 석가산에 관한 이야기를 하였더니, 이장성은 그 말을 다 듣고 나서 호쾌한 웃음을 터뜨리다가 문득 정색을 한다.

"홍여순은 사람이 옹졸한지라 그 일을 못마땅하게 여겨 싫어하고 미워해서 뒷날 무슨 해괴한 짓거리를 할는지도 알 수 없으니 조심하게."

"할 테면 해보라지. 내가 책잡힐 짓을 해야 망정이지. 그렇지 않은 터에야 상관 있겠나."

"아닐세. 횡액에 걸리면 누구라도 견디어 배길 장사가 없어. 그러나저러나 시장하네. 요기할 걸 좀 들여오라게."

이리하여 두 사람은 좋은 음식을 배불리 먹으면서 밤새도록 옛정을 새롭게 하였다. 먹고 마시면서도 손님은 주인에게 이것이 어디서 토색한 쌀이냐는 둥, 누구에게서 뺏아온 고기냐는 둥, 깐죽깐죽 별의별 소리를 다하면서 먹어대는데, 그것이 꽤나 시끄러웠지만 조금도 밉지 아니하였다.

이날 밤을 묵고 푹 쉰 뒤에, 이옥녀는 서울을 떠나서 임지인 가평으로 향하였다.

며칠이 지나서 참봉 벼슬하는 윤중청이란 분이 찾아왔다.

주인과 손은 밤이 깊도록 한가로이 이야기를 주고받으면서도 주인이 상을 올리란 말이 없어 맨입으로 그 밤을 자고 이튿날 아침에 돌아갔다. 윤 참봉은 그 일을 만나는 사람마다 붙잡고 나무람을 마지 않았다.

"그런 줄 몰랐더니, 백사가 어지간히 인색한 사람이데. 며칠 전 하룻밤을 그 집에서 묵었는데 저녁도 아침도 안 주어서 잔입으로 돌아왔으니, 그럴 수도 있을까?"

이 말을 들은 항복은 권씨 부인을 나무랐다.

"여보, 나는 비록 소탈하여 미처 생각하지 못하였다 하더라도 부인까지 친구 대접을 등한히 하여서 남의 비평을 듣게 되었으니, 그것 참 민망하구려."
 그러나 부인은 조금도 송구한 안색이 없이,
"그것은 그렇지 않습니다. 윤 참봉 어른이 정말 영감의 친구시라면 혼자만 아주 의젓한 채 잠자코 있지 않고 배고프면 밥 달라, 목마르면 물 달라 해야 할 것인데 그러하지 않았으니 친구가 아니신줄 알았고, 또 밖에 나가 다른 사람에게 남의 집을 흉본다는 것을 본대도, 역시 제가 본 것이 틀림이 없는 듯합니다. 전날 다녀가신 이장성같은 분이야말로 영감의 진정한 친구가 아니시오리까?"
 항복은 부인의 말을 옳게 여겨, 그 뒤부터는 친구를 사귀어 겉과 속이 다른 사람을 매우 삼가게 되었다.

중봉 선생

갈수록 심해지는 당파 싸움의 폐단은 급기야 반대당 사람끼리는 서로 혼인도 아니할 만큼 심해졌고, 날뛰는 못된 구실아치들의 행패에 백성의 마음은 저절로 조정을 떠나 불평을 품은 자가 나날이 늘어 갔다.

임금께서는 이 모양을 한심히 여기시었으나 이미 대세가 수습하기 힘든 단계에까지 이르렀으니, 어떻게 해 볼 수가 없었다. 신하 중에는 세상을 한탄하고 앞날을 염려하는 이도 있었으나, 이런 마당에 바른말을 해 본대야 보람은 없고 목숨만 재촉하는 꼴이라, 짐짓 알고도 모른 체하고 있을 뿐이다.

하지만 중봉 조헌만은 그렇지 않았다. 두뇌가 명석하고 생각이 곧은데다가 성미가 괄괄하고 보니, 옳지 않은 것을 그대로 참아 그냥 넘기지 못하는 사람이라, 아무리 어전이라 할지라도 거리낌 없이 바른말 하기를 일삼았으니, 상감께서도 꺼리시는 존재이며 신하들의 모함을 받기에 알맞은 사람이라 하겠다.

그는 조정에서 벼슬살이를 하다가 모함에 빠져 벼슬을 내어놓고 옥천에 내려가 세상을 피하여 숨어서 살고 있었다.

전원에 묻혀 살면서도 조중봉은 항상 나라 일을 근심했었다. 그가 가장 염려하는 것은, 국방력이 형편없다는 점과 당파 싸움으로 신하들이 사사로운 욕심에만 눈이 어두운 점, 게다가 이것을 꿰뚫어본 왜가 호시탐탐 침략의 기회를 엿보고 있는 점들이었다.

선조 20년(1587) 동짓달에, 일본국 사신 다치바나 야스히로란 자가 다녀간 것은 아직도 너무나 기억에 생생하다.

그는 우리나라의 허점을 염탐하고 트집거리를 잡아내려고 도요토미가 일부러 보낸 요사스러운 인물이다.

나이가 오십 쯤은 되었을까. 몸집이 크고 태도가 거만하여 트집을 부리라고 보내기에는 적당한 사람 같았다. 그가 서울로 가는 길에 인동땅을 지날 때 창을 가진 군사를 보고 비웃는 말이,

"저것이 무엇이냐? 내가 보기에는 이쑤시개로만 여겼더니, 너희는 그것을 창으로 아는 모양이로구나, 허허허."

하였다.

상주 땅에 이르러 목사 송응동이 다치바나를 환영하는 잔치를 베풀었을 때, 그는 대접을 받으면서도 희떠운 수작으로,

"나는 여러 해를 나라를 위한 싸움으로 전쟁터를 달리느

라고 머리가 세었거니와, 공은 놀고 지내면서 좋은 세월을 보냈는데 무엇 때문에 머리가 세시었소?"

하고 빈정거리기도 하였다. 어찌 그뿐이랴. 서울에 돌아온 후에는 예조에서 그를 대접할 적에도 거만한 태도로 옷소매 속에서 후추알을 한줌 내어 방바닥에 뿌려 놓고, 사람들이 앞을 다투어 그것을 줍는 것을 보고는,

"허허허, 귀국이 망할 날이 멀지 않았구려. 기강이 이미 무너져 사람들이 욕심만 앞세우니, 이러고서야 나라가 몇 날이나 가리."

하는 악담도 쏟아 놓았다.

이 말을 옥천에서 들은 중봉 선생은 하도 분하여 손과 발을 벌벌 떨며,

"조정엔 사람이 없느냐? 그런 놈을 살려 보내다니."

하고 주먹으로 방바닥을 두드리면서 며칠 밤을 잠도 자지 않았다.

그렇듯 괄괄한 선비 조중봉이 세상 꼴을 보다못해 임금께 소를 올리기 위해서 품속에 도끼를 간직하고 걸어서 옥천을 떠나 서울로 향하였다.

그가 올린 소의 내용은 '왜가 통신사를 보내라고 요구하는 것은 겉치레일 뿐이며, 속뜻은 다른 데 있으니 상감께서는 마땅히 이를 물리치셔야 한다'는 등으로 강경한 내용이었다. 임금은 이 글을 보시고,

"낙향하여 시골에 묻혀 있는 자가 무엇을 안다고."

하시며 크게 진노하사 그 글을 불살라 버리시었다. 중봉 선생은 분함을 참지 못하여 도끼로 제 몸을 찍으려 하며 다시금 답서 내리시기를 재촉하였는데, 조정이 모두 요망한 사람의 미친 수작이라 하여 웃고 말았다.

분연히 일어나 돌아오던 길에 계룡산 고청봉 기슭 공암동에 숨어 사는 서기를 찾아갔다.

서기는 일찍이 토정 이지함의 제자로서 이인(재주가 신통하고 비범한 사람)이라는 말을 듣던 사람인데, 중봉 선생과는 막역한 사이였다. 억울한 하소연과 푸념을 늘어 놓으려고 그를 찾아가 서울에 다녀온 이야기를 털어 놓았더니 서기는 뜻밖에도,

"전에 내가 토정 선생께 듣기로는 공이 큰 일을 할 인물이요, 쓸 만한 그릇이라고 하던데, 이제 보니 하잘 것 없는 불평객이었구려."

하는 말로 타박을 하는 것이었다.

"대뜸 나무라지만 말고 상소문 사본이 여기 한 벌 있으니 이걸 읽어 보시오."

하며 품속에서 두루마리 한 장을 꺼집어 내었다.

"에이, 볼 것도 없소. 불평객의 넋두리를 읽어서 무엇하리오. 나 보기에도 상감께서 진노하심은 당연한 일인가 하오. 그래 밤낮으로 나랏일을 염려하고 다스리는 상감이나 조정

의 신하들이 공의 생각만 못하다는 말이오?"

고개를 절레절레 흔들며 돌아 앉으려는 주인 앞에 길손도 고집을 써서,

"안 보려거든 내가 읽어 드리지. 잘 들으시오."

하고 두루마리를 펴서 천천히 읽어 내려가기 시작하였다. 처음에는 대수롭지 않게 여겨 귀담아 듣지도 않던 서기건만 차츰 솔깃해지더니 눈을 동그랗게 떴다.

"중봉……중봉, 그 글을 내게 주시오. 내가 읽어 보리다."

그러나 대답 없이 줄줄이 읽어 내려가는 조헌, 상소문을 반도 다 읽기 전에 서기는 일어나 옷깃을 여미고 나서 중봉 선생에게 두 번 절하며,

"공의 애국애족하는 충성을 이제사 알았소이다. 이 상소 덕분에 장차 이 나라가 오랑캐의 화를 면할 것이오."

하고 감탄해 마지 않았다.

아는 이는 안다. 하지만 조정에는 눈뜬 소경만이 득실거리는 형편이니, 나라의 장래가 바야흐로 어찌 될 것이겠는가.

중봉 선생도 시골로 내려갔다. 되도록 조정에서 하는 일을 안 보고 안 듣고 모른 체하려 했으나, 가슴속에 끓어 오르는 충정이 이를 허락하지 않았다.

이에 조헌은 다시금 서울로 올라가 몇 차례 소를 올리고자 하였으나 그럴 적마다 번번히 물리침을 면치 못하였다.

기축년(1589) 5월—이제는 더 참을 수 없어 대궐로 들어

가 조정 공론의 문제점을 말하고, 소인배들이 나라를 그르친다고 매섭게 공격을 하는 한편, 정여립의 무리가 역적 모의를 하니 조심해야 한다고 강경하게 주장하였다.

다른 사람의 말같으면 이것이 일종의 고변(반역 행위를 고발하는 것)이라, 즉각 정여립을 금부에 잡아 올리어 국문을 해야 할 것이나, 중봉 선생의 말이면 미친 수작으로 여기는 터라 도리어 그를 잡아 죄를 주어 함경도 땅 길주로 귀양을 보내었다.

험한 산 2천리 길, 죄 없는 귀양길을 갖은 고생으로 귀양지까지 이르렀어도 불같은 기개가 조금도 꺾일 중봉 선생이 아니었다.

조중봉이 길주로 귀양간 6월에, 대마도주 다히라는 그의 심복인 중과 용맹한 장수를 데리고 다시금 일본 사신으로 조선에 건너왔다. 다히라는 일본 장수 고니시의 사위로서 나이는 비록 젊으나 날쌔고 재빠른 사람이며, 중은 글재주가 있는데다가 지략을 아울러 갖춘 인물이요, 장수 또한 나는 새를 떨어뜨린다는 호걸이다.

이렇듯 한 가지씩은 뛰어난 특색을 가진 세 사람이 한꺼번에 서울로 들어온 것이다. 그들은 선물로 공작새 한 쌍과 조총 몇 자루를 가지고 와 임금께 바치었거니와, 이것이 우리나라에 총이 들어온 시초로, 기껏해야 활이나 연발노가 있는 나라에서 이 희한한 신무기를 보는 사람들은 하도 신기해서 그것을 구경하는 무리가 대궐에서 한강까지 이어진 길가에 빈틈없이 꽉 들어찼다. 왕은 예조에 명하시어 왜국 사신을 영접케 하고 남산 아래 왜관동에 있는 동명관에서 유숙하게 하였다. 다음날, 다히라는 인정전으로 임금을 찾아 뵈었다. '일본은 자주 사신을 보내어 두 나라 사이의 친선을 도모하고자 하는데, 조선은 그 호의를 무시하고 답례하는 사신을 보냄이 전혀 없으니, 이는 일본을 업신여기는 것이냐, 아니면 친선하기를 싫어하는 탓이냐?

이번에 다시금 사신을 보내노니, 조선은 마땅히 통신사를 보낼지어다.'

하는 국서를 내놓고는 간곡한 말로 청하는 것이었다.

여기에 대하여 조선 조정에서는 물길에 익숙치 않아 위험하기 짝이 없어 보낼 수 없노라, 하는 말로 은근히 거절하였더니 일본 사신은,

"내가 물길에 밝기는 육지나 다름없기에 몸소 안내할 터이니, 아무 염려 말고 사신을 보내 주소서."

하는 말로 청한다. 왕은 난처하였다. 이제 더 무슨 구실을 붙여 이를 거절하랴.

하는 수 없이 신하들을 모아놓고 그 자리에서 대책을 강구하게 하였으나 묘안이랄 만한 것이 나오지 아니하였다.

다만 명망 높고 지략을 아울러 갖춘 이덕형으로 하여금 일본 사절을 만나게 하자는 결론을 냈을 뿐이다. 나라가 위

태로운 지경에서 이를 마다할 이한음이 아니다. 그러나 책임은 중하고도 크다. 이에 이덕형은 오래 생각한 끝에 일본 사신을 만나 어려운 조건을 들이대었다.

"우리나라의 망명객이 일본에 들어가 숨어 있는데, 일본의 막부가 그들을 두둔하면서 친선 운운하는 것은 가소로운 일이며, 이자들을 붙잡아 보내지 않는 한 일본의 진심을 의심하지 않을 수 없으니, 통신사에 관한 의논은 말도 되지 않소."

이로써 일본의 요구를 물리치는 한편, 날짜를 되도록 끌어보자는 방침을 세웠던 것이다. 이렇게 하지 않고 만일 일본이 하자는 대로 통신사를 보냈다가는, 오랫동안 가깝게 지내온 명나라에 의리가 서지 않을 뿐 아니라 가뜩이나 사이가 좋지 않은 명나라와 일본인데, 조선이 일본과 손을 잡고서 명나라를 치려는 것이 아니냐는 의심을 면치 못할 것이 뻔하다.

그러나 일본 사신도 이런 교섭에 관해서는 왜인답지 않게 유들유들하고 끈덕진 사람이다.

"그것은 조금도 어렵지 않소. 그 망명객을 당장에 잡아다가 바칠 터이니, 그 뒤에는 통신사 보내는 일을 마다하지 않겠지요."

하고 호쾌하게 껄껄 웃어 젖히는 것이었다.

이것은 말뿐이 아니었다. 이덕형은 곧 일본 사신 다무라를 도로 보내서 망명객 160여명을 붙잡아 오게 하였다.

왕은 인정전으로 나오시어 위엄을 갖추시고 앉으시더니 사화동 등의 망명객을 불러내어 몸소 국문하시고 나서, 홍인문 밖에 끌어내다가 목을 베어서 죽였다.

이 공을 기리는 뜻에서 일본 사신 일행에게 잔치를 베풀어 대접하는 한편, 일본 사신에게는 말 한 필을 상으로 주었다. 이로써 조선의 요구가 관철되었으니, 다음에는 일본의 요구를 들어 주어야 할 차례다.

다시 말해서, 이제는 통신사를 아니 보낼 수가 없게 되었다.

조정에서는 또 다시 의논을 거듭한 결과, 일본의 형편을 알아보고 그 본심과 실력 등을 알아내 오는 것도 괜찮다는 결론을 얻어 사신을 파견키로 작정하였다. 이러한 목적으로 가는 것이라면 명나라를 자극하는 것도 되지 않겠기 때문이다. 이것이 9월의 일이오, 다음 달인 10월에는 뜻밖에도 전주 땅에서 정여립이 반란을 일으켰다.

정여립은 원래 전주 동문 밖에 살던 사람으로, 머리가 좋고 야심이 만만하여 일찍이 과거에 급제하여 대간 벼슬에 있다가 고향에 내려가 있던 사람이다.

그는 전주에 돌아가자, 대동계라는 단체를 조직하고 동료를 모아 무예를 익히면서 은밀히 반역을 꾀하다가 마침내 반기를 들고 일어난 것이었다. 그러나 실패하여 그는 관군에게 쫓기다가 죽도에서 자살하였고, 그 시체는 서울로 끌려와 종로에서 육시를 당하고 효수대에 매여 다시 죽임을 당했다. 이로써 반란은 평정되었으나, 조정의 놀람은 컸다. 여기서 얼른 생각하는 것이, 중봉 조헌의 예언이다.

그의 예언이 조금씩 맞아 들어가고 있지 아니하냐. 일본의 배포나 정여립의 역모 등 모두 조중봉이 미리 말해둔 바와 조금도 틀림이 없다. 이리하여 조헌은 귀양에서 풀리어 귀양지에서 돌아왔다. 간신히 죄가 풀려 돌아왔음에도 그의 빛나는 눈망울은 언제나 나라 안팎의 형세를 살피기에 바빴고, 곧은 혀는 나라의 장래를 논하기에 분주하였다.

중봉 선생도 통신사 파견의 일건은 반대하지 않았다.

―이듬해 춘삼월, 정사 황윤길과 부사 김성일은 수행원을 거느리고 일본 사신의 안내를 받아 서울을 떠났다. 4월 초승에 부산에서 배를 타고 떠나 대마도에 가서 한 달을 묵으며 융숭한 대접을 받고, 5월에 다시 그 곳을 떠나 무더운 7월 하순에야 일본의 수도인 교토에 도착하였다.

일본의 장수인 고니시가 접빈사가 되어 이들 사절 일행을 영접하는데, 일본 군사들이 호위하는 가운데 정사와 부사는 각기 가마와 말에 나누어 타고 위의를 갖추어 위엄 있는 행렬로 교토에 들어갔다. 그러나 도요토미 히데요시는 다른 곳에 가 있어 만나지 못했다가 거의 열흘이 지나서야 돌아왔다는데, 또다시 대궐 수리하느라 바쁘다는 핑계로 반년 가까이 지나고 나서야 겨우 서로 보게 되었다. 당시 조선이나 명 나라에서는 도요토미 히데요시를 일본 국왕으로 알고 있었는데, 일본에 국왕이 따로 있는 줄을 비로소 알고 놀랐다 하거니와, 왕은 다만 이름 뿐인 허수아비같은 무력한 존재이고 실권은 도요토미가 쥐고 있다는 것도 야릇한 일이었다.

사신 일행이 도요토미를 만나는 날이 왔다.

이날, 일본은 조선 사신으로 하여금 교자(고위 관리들이 타던 가마)를 타고 전중(대궐 안)에 들어갈 것을 전하여 사신들은 돌층계 바로 앞까지 가마를 타고서 들어갔다.

풍악을 울리며 안내하는 무사의 뒤를 따라 당상에 올라 도요토미를 만났다. 만나본 인상이 썩 탐탁하지가 않았다.

키는 작고 지저분한데, 안색이 검으며 무슨 짐승의 얼굴을 떠올리게 한다. 다만 안경만이 빛나며, 그 시선이 사람을 쏘는 듯할 뿐이다. 세 층으로 자리를 마련한 맨 위층에 남쪽을 향하여 앉아 있는 도요토미는 검은색 관모에 검은 옷을 입었는데, 그를 중심으로 몇 명의 무사가 응시하며 있고 그 앞에 조선 사신이 앉을 자리가 있었다.

서로가 예를 행한 후에 음식이 들어오는데, 큰 상에 차린 것이 아니라 한 사람 앞에 하나씩 조그마한 탁자를 놓고 한 가운데에 떡 한 그릇이 있을 뿐으로, 술은 질흙으로 만든 병에 담은 걸직한 탁주였다. 이것으로 술 몇 순배가 돌고 나니 그만이었다. 지나치게 간소하다고 할까. 아니, 이것은 음식 대접하는 흉내일 뿐이다. 일본 음식의 풍습이 그런 줄을 모르는 조선 사신들은 불쾌하다 못해 괘씸스런 생각까지 들었다. 잠시 후, 국서를 받은 도요토미 히데요시는 홀연히 자리를 떠서 안으로 들어가 버렸다. 자리에 앉아 있는 사람들이 꼼짝 않고 그대로 있는데, 아무리 기다려도 도요토미 히데요시는 나오지 아니하였다.

이 때, 평복을 입고 어린애를 품에 안은 채 방 안을 거니는 사나이가 눈에 띄었다. 자세히 보니, 그가 바로 도요토미 히데요시다. 사람들이 모두 엎드려 절하는 속으로 그는 천천히 걸음을 옮기어 난간으로 나가더니, 악공을 손짓해 불러서 풍악을 울리도록 청하고 그것을 듣고 있는데, 품안의 아기가 오줌을 쌌다.

도요토미는 웃으며 시종을 불러 아기를 맡기고, 그 자리에서 옷을 갈아 입는다. 그 태도가 마치 개인 방에서 하는 짓인 양, 태연스럽고 거침이 없다. 적어도 외국 사신을 접견하는, 한 나라의 최고 통치권자의 태도로는 볼 수 없는, 안하무인의 해괴망칙한 행티다.

조선 사신 일행은 분개한 나머지 자리를 차고 일어나 나와서는 두 번 다시 도요토미를 만날 수 없었지만, 도요토미는 정사와 부사에게 은 4백 냥을 보내고 수행원들에게도 각각 계급에 따라 돈을 주었다.

조선 사신이 귀국하려 하는데 답서를 주지 않으므로 김성일이 호소하기를,

"우리들이 본국 사신으로 국서를 전하였거니와, 만약 보서(조선의 국서에 대한 왜국의 답서)를 얻지 못하고 돌아감은 죽음을 재촉하는 것이 됩니다."

하였다. 이 때 황윤길은 잡혀 갇힐까 두려워하여 도요토미를 떠나 다른 곳에 머물면서 답서를 기다리고 있었다.

마침내 답서는 왔다. 그러나 그 글은 차마 그대로 가지고 돌아갈 수 없는 오만하고 무례한 내용이었다.

그것을 요약해 보면 이러하다.

'일본국 관백은 글을 조선 국왕 합하에게 드리노라. 합하가 나의 청에 따라 국서와 사신을 보낸 것은 다행이다.

우리 나라 60여 주가 그간 흩어져 다투었으나, 내가 이를 평정하였거니와 나는 곧 태양이라, 빛을 멀리 명나라에도 나누고자 하노니, 마땅히 명나라에 들이쳐서 그 나라 4백여 주의 풍속을 바꾸려 한다. 따라서 귀국이 선봉에 서주기를 바라노라.'

사신 일행은 이 글을 보고 깜짝 놀랐다.

"괘씸한 놈……."

김성일은 겐소에게 답서를 돌려주며 내용을 고쳐서 다시 가지고 올 것을 청하였다. 몇 차례 내용과 문구 수정 요청을 거듭하고 나서야 비로소 국서를 받아 가지고 교토를 떠났다.

드디어 사신 일행이 부산에 도착하였다. 정사 황윤길은 일본의 정세를 보고 느낀대로 임금께 알려 드리고자 대궐로 글을 올리었다.

그 내용은 왜국이 머지않아 반드시 전쟁을 일으키어 화가 조선에도 크게 미치리라는 것이었다. 상감을 비롯한 조정 신하들은 매우 근심하여 사신 일행이 어서 서울로 돌아오기를 기다리었다.

서울로 돌아와서 임금을 알현한 황윤길의 말은, 전날 글로 올린 것과 같은 말로 일본의 형편을 아뢰었다.

"……일본이 병선을 많이 만들고 있는 것으로 보아 머잖아 쳐들어올 것이 뻔하더이다."

그 말을 들은 임금은 부사 김성일에게 물었다.

"부사가 본 바는 어떠하오?"

그러나 김성일은 전혀 반대의 말을 하였다.

"예, 소신이 보기에는 결단코 쳐들어올 기색이 없었나이다. 정사가 하는 말은 공연히 인심을 동요시키려는 불온한 말씀인가 하옵니다."

하고 부사는 정사를 어전에서 정면으로 공격하고 나섰다.

"그것은 당치도 않은 말이오. 히데요시의 답서에도 명나라를 치겠다는 말이 있지 않소? 부사는 대체 일본에 가서 무엇을 보고 왔느냐 말이오?"

두 사신은 서로 다투기 시작하였다. 이 두 사람은 원래 사이가 언짢은 터였는데, 함께 사신으로 다녀오면서 더 한층 사이가 벌어졌다. 같이 갔다 같이 와서 정반대의 의견을 말하는 두 사람. 그러나 이것은 두 사람만의 다툼이 아니라 작은 규모의 당파 싸움이다. 황윤길의 뒤에는 서인이 있고, 김성일의 뒤에는 동인이라는 세력이 있다.

동서 양당에서 한 사람씩을 뽑아 정사와 부사로 삼았던 것은 나랏일을 공평하게 하려고 하였던 일이었는데, 이제 그들의 의견이 전혀 다르고 보니 서인은 황윤길의 비관론을, 동인은 김성일의 낙관론을 각기 지지하게 되었다.

"나는 정사처럼 달아나지 않아서 잘못 보았나보오."

이것은 황윤길이 일본에 억류될까 두려워서 교토에서 달아났던 사실을 가지고 오금을 박는 것이다. 황윤길은 당황

하면서도 고집과 주장을 굽히지 않았다.

"도요토미 히데요시는 눈초리가 사람을 쏘는 듯하고 담대한 데다가 꾀가 많은 사람이라, 족히 큰 일을 저지를 인물이오."

"원 천만에 소리를! 히데요시로 말하면 얼굴은 원숭이 얼굴 같고 눈은 쥐새끼 눈 같아서 감히 남의 나라 지경을 엿볼 만한 큰 그릇이 못 되오. 바다 건너에 있는 늙은 원숭이를 겁내어 우리가 싸울 준비를 한다는 것은, 마치 모기를 보고 칼을 뽑는 어리석은 짓이 아닐 수 없소."

이 싸움을 보고 있던 대신들은 임금이 있는 자리임에도 소리내어 껄껄 웃었다. 이왕이면 난리가 난다는 황윤길의 말보다 아무 일 없으리라는 김성일의 말을 더 믿고 싶은 때문이었다. 하기야 황이 낙관론을 말했다면 김은 거꾸로 비관론을 주장했을는지도 모를 일이다. 동인이 '옳다.'고 하면 서인은 '틀렸다.' 하고, 서인이 '검다.'라고 하면 동인은 꼭 '하얗다.'라고 우겨서 무슨 일에나 반대를 일삼아 오는 두 당파이고 보면, 서로의 주장은 점점 완고해져서 조금도 양보가 없다.

그런데 이번 일만큼은 서인들 중에서도 김성일의 낙관론에 귀가 솔깃하여 그를 지지하는 사람이 늘어갔다.

따라서 김성일을 칭찬하는 여론이 조정에 넘치게 되자, 모처럼 착수하였던 모든 방비는 일시에 중지하게 되었다.

편하게 살며 태평한 꿈이나 꾸고 싶은 그들이라, 군비를 장만하느라고 번잡스러운 것보다 노래나 춤으로써 나날을 즐기면서 지내고 싶었던 때문이리라.

그러나 이러한 때, 바다 건너 일본에서는 만만한 야심을 품은 히데요시가 침략의 독한 발톱을 날카롭게 갈고 있었다.

선조 24년 가을에 또다시 일본 사신으로 다히라가 범선을 타고 건너와, 부산 영도에 배를 대고 조정에 글을 보내어 서울 입성을 허락할 것을 청하였다.

임금은 그의 입성을 허락하여 곧 만나 보셨는데, 이때 다히라가 내놓은 도요토미의 글은 정말 놀랄만한 것이었다. 그 내용은 '이제 우리나라가 명나라를 칠 준비를 끝내고 곧 진군을 할 것인데, 육로로 나아가고자 한다면 어쩔 수 없이 귀국을 거쳐야 할 터이니, 귀국은 길을 빌려줄 뿐 아니라 우리와 힘을 합하여 선봉이 되어 달라'는 정식 요구였다.

이제는 불이 발부리에 와 닿은 것이다. 일이 심상치 않은 줄을 알자, 조정에서는 어전회의를 거듭한 결과, 역시 명나라를 믿을 길밖에 없다는 결론을 내려서 도요토미의 요구를 박차기로 결정하였다.

이에 선조께서는 다히라를 부르시어 단호한 태도로 꾸짖으시었다.

"너희가 보잘것없는 작은 섬나라로 큰 나라인 명나라를

치려 함은 당치도 않은 꿈이다. 이는 마치 달팽이가 큰 바다를 건너려 함과 같고 벌이 거북의 등을 쏘아보려는 것과 비슷하다……."

이러한 모욕을 받은 다히라가 본국에 돌아가 말을 보태어 보고하였는데, 도요토미는 벌벌 떨며 크게 노하여,

"조선 팔도를 내가 거느린 군사의 말굽으로 밟고 짓이기어 쑥대밭으로 만든 연후에, 그 위를 넘어서 명나라 지경에 이르리라."

하고 곧 전국 무사에게 출병하라는 명령을 내리었다. 이 때, 중봉 조헌 선생은 귀양이 풀려서 다시 옥천에 와 있다가 일본 사신이 명나라를 치고자 하니 길을 빌려달라(이를 '정명가도'라고 함)는 내용의 국서를 가지고 와 있다는 말을 듣고, 곧 서울에 올라와 임금께 다시금 소를 올리었다.

'왜가 불측한 뜻을 품어 명나라와 우리나라를 얕잡아 보고 조롱을 일삼으니, 이를 내버려 두었다가는 날로 무엄한 행티가 헤아릴 수가 없게 될 것이니 상감께서는 마땅히 왜국 사신을 베시어서 국위를 떨치시옵소서.'라는 강경한 내용의 상소였다.

선조께서는 이 소를 보시고,

"조헌이 여러 차례 미친 소리로 과인을 번거롭게 하다가 귀양까지 살았음에도 이제 또 당치않은 말로 조정을 업신여기니, 실로 끈덕지고 뻔뻔한 자로구나. 또 한 번 귀양길 맛

을 보아야 정신이 나려나보지."

선조께서는 당신 가까이에서 모시던 신하들을 돌아보시며 이런 말씀을 하시었다. 한편 조헌은 소를 올리고 나서 사흘을 기다려도 아무런 비답이 없어서 상소가 또 묵살된 줄로 알고 원통하고 분함을 이기지 못하여 머리로 주춧돌을 떠받아 골이 깨져서 흐르는 피가 얼굴을 붉게 물들였다. 이것을 본 사람들이 선생을 조롱하여 말하기를,

"조헌이 이제 아주 미쳤나봐."

"누가 아니래. 저러다가 죽으면 장사 치르기 귀찮으니 스스로 목숨을 끊으려거든 나가서나 하라고 하게."

이 소리를 들은 중봉 선생은 자리에서 벌떡 일어나 대궐 마당에 피를 뿌리면서,

"너희 놈들은 들거라. 나라의 녹을 먹는 놈들이 나라의 위기를 눈 앞에 두고도 이를 알지 못할 뿐 아니라 눈 밝은 사람이 그것을 알려주어도 오히려 짐짓 모른 체 하려 드니, 천하에 용납 못할 괘씸한 놈들이다. 지금은 너희가 나를 비웃겠지만, 명년에 피난길을 나서서 산골짜기로 쫓겨갈 적에 반드시 내 말이 생각나리라."

하고 호령하였다. 대신들은 이 말을 듣고 분하고 무안하였지만 감히 죄주려고 드는 자는 없었다.

어전에서도 하고 싶은 말은 다 하고야 마는 성미이고, 그 때문에 귀양을 살고 와서도 조금도 제 주장을 굽힐 줄 모르

는 사람이니, 이런 사람을 상대하여 옳고 그름을 따지다가는 무슨 욕을 보게 될는지 알 수 없어 그저 미치광이로 생각할 뿐, 상대하는 자가 없었다.

중봉은 이른바 나랏일을 보살핀다는 무리 중에 함께 의논할 자가 없음을 깨닫고, 분연히 시골로 돌아와 혼자서 병법과 무예를 부지런히 익히었다. 소박한 시골 사람들이 그 까닭을 물으면,

"내년에 왜란이 일어날 터이니, 그 때는 알 것이오."

하는 짧은 말로 대답할 뿐, 다른 말은 아예 하지 않았다.

이 해 추석, 김포에 있는 선산에 성묘하러 갔다가 여러 날 통곡한 후에 묘지기를 보고,

"내년에 난리가 날 터이니, 이후로는 우리가 서로 보지 못할 것일세. 나를 마지막 보는 것이니, 그리 알고 산소를 잘 부탁하네."

하여 자신이 난리와 함께 죽을 것을 예언하였다. 돌아오는 길에 서울을 들러 또 몇 차례 소를 올렸으나 조정에서 받지 않아서 헛수고로 돌아갔다.

선조께서 왜국 사신을 꾸짖어 돌려보낸 것은, 조헌의 소를 받아들였기 때문이 아니라 그렇게 함으로써 명나라에 대한 의리를 세우고, 또 그 힘의 그늘에서 일본에 한 번 호통을 쳐 보자는 허세에 지나지 않았던 것이다.

'다른 나라의 사신을 베다니······.'

이것은 어림도 없는 이야기다. 나라 안은 동인과 서인, 북인과 남인으로 당파가 갈리어 싸우고 있을 즈음에 일본은 조선 땅을 향하여 병선을 줄지어 띄워 보내고 있었다.

20만명을 헤아리는 왜군이 부산에 상륙한 것은 선조 25년(1592) 4월 13일 이른 새벽이었다. 이 때 부산성을 지키던 정발 장군이 군사 2만으로써 지키고 있었는데, 왜군이 급히 오지는 못하리라 보고, 영도 섬에 나가 술 마시며 사냥을 하다가 이 일을 당하였던 것이다.

왜군이 상륙하자, 그날로 부산은 왜군 손에 들어가고 이튿날인 14일에는 동래부가 함락되면서 동래부사 송상현이 전사하였다. 뒤이어 양산, 울산, 그리고 김해가 결딴날 무렵에야 비로소 왜군의 침략 소식이 서울에 전해졌다. 조정은 물론이고 장안의 백성들은 물끓듯이 술렁거리며 싸움에 이겼다는 좋은 기별이 오기만 고대하는데, 기대와는 다르게 졌다는 소식만이 계속해서 들어온다. 상주가 함락된 지 사흘 만에, 신립 장군이 충주성 근처에서 벌어진 탄금대 전투에서 졌을 뿐만 아니라 전사했다고 하니, 이제 더 기대할 것이 무엇이랴. 이때, 대궐에서는 영의정 이산해가 선조 앞에 엎드리어,

"전하, 평안도 땅으로 잠시 몽진(먼지를 덮어 쓴다는 뜻으로, 임금이 피난을 떠나는 것을 말함) 하심이 좋을까 하나이다."

하고 피난을 가라고 한다. 임금을 아끼고 위하는 마음에

서라기보다 임금이 서울에 버티고 있으니 저희들이 피난을 할 수가 없었기 때문이었다.

"……."

임금은 아무 말씀도 안 계시다. 그러나 이때 도승지(비서실장)로 있는 이항복도 앞으로 나서며 한마디 하였다.

"상감마마, 나라가 이 지경이 되었사오니 서경(평양)으로 가시어 명나라의 도움을 빌릴 길밖에 없는가 하나이다."

왕은 눈을 번쩍 뜨시더니 주먹으로 용상을 두드리신다.

"이놈, 김성일이 놈 어디 있느냐. 왜에 다녀와서 하는 말이, 왜는 군사를 일으키지 않을 것이라 하여 우리는 아무런 방비도 아니 하였더니, 오늘 이것이 무슨 꼴이냐?"

하며 눈물을 흘리신다. 그러나 결국은 서울을 떠나기로 결정을 보아, 그러면 신고 가야 할 터이니, 미투리(신발)를 사오너라, 짐을 묶어라 하여 시장에는 신발이란 신발은 한 켤레도 남지 않도록 다 사들였고 짐짝 묶을 새끼나 노끈 따위도 씨도 볼 수 없게 모조리 긁어 들였다.

이 소문을 들은 왕족들은 대궐 앞에 엎드리어 통곡을 한다.

"전하, 서울을 버리지 마옵소서."

목멘 소리로 아뢰고, 신하 중에도 제법 거센 체하는 무리들이,

"서울을 굳게 지키소서."

하며 법석이므로 왕은 어찌 할 바를 몰라 하시면서,
"200여 년의 종묘사직이 내 대에 와서 망하다니."
하시며 자꾸만 눈물을 흘리시다가,
"가자, 가야 하는 길이면 가야지."
하시고는 둘째 아드님 광해군을 세자로 삼으시어 국방에 관한 일을 맡기는 동시에, 다른 왕자들을 각 도에 보내어 군사를 모집하라 하시고는, 30일 밤에 말을 타고 대궐을 나서시었다. 도승지 이항복이 선두에 서서 촛불을 밝히면서 길을 인도하는데, 때마침 내리는 비는 가뜩이나 어두운 밤을 캄캄하게 만들고 항복이 받쳐든 촛불을 자꾸만 끄려고 한다.

바람에 일렁거리는 촛불에, 왕의 얼굴이 어둠 속에 감추었다 나타났다 한다.

선조 임금은 키가 크지 않은 분이다. 작달막한 키에 얼굴은 박박 얽어 곰보 자국이 가득한데, 그리로 빗물과 눈물이 흘러내려 자국마다 괴었다가 수염을 적시며 떨어진다. 임금이 입은 군복이 벌써 다 젖어서 밤 바람에 소름이 오싹오싹 끼치는 듯하다.

임금이 이 꼴이니 다른 사람이야 말해 무엇하랴. 왕비를 모시고 뒤따르는 궁녀 10명의 모습은 가엾다 못해 애처로운 지경이었다.

도승지 이항복은 되도록 눈물을 감추었다. 그는 이 어려운 처지에서도 임금을 안전하게 모시고 가야 할 책임이 있는 몸이라, 밤새도록 걸어 임진강 나루터를 건너 다음날에는 개성에 다다를 수가 있었다.

이럭저럭 평양까지 간신히 몽진한지 겨우 스무날 만에, 왜군도 임진강을 건너고 있었다. 이제는 평양도 안전한 곳이 못되어 영변 땅으로 옮기시고 다시 의주로 옮겨 가고자 할 때, 평양성은 왜군에게 빼앗기었다.

이때 중봉 조헌 선생은, 고향인 옥천 땅에 있다가 난리를 당하였다.

4월 첫 무렵의 일이다. 날씨가 맑은데 갑자기 동쪽과 남쪽에서 크게 우렛 소리같은 것이 나므로 중봉 선생은 크게 놀라며 말하기를,

"저 소리는 보통 우뢰가 아니라 하늘 북이 울리는 소리니, 지금쯤 적의 군사가 바다를 건너오고 있을 것이다."

하더니, 과연 며칠이 지나지 않아 큰 난리가 나라 안을 휩쓸고 지나가게 되었다. 그는 가만 있을 사람이 아니다. 곧 의병(의용 군사)을 모집하여 1천 7백 명이나 되는 장정들을 얻게 되자, 몸소 대장이 되어 이들을 이끌고 금산 땅으로 몰려든 왜군과 싸움을 벌리었다. 적은 숫자의 군사로 많은 적을 맞아 싸우기란 쉬운 일이 아니다. 그러나 잘 싸워서 수많은 적을 무찔렀지만 그도 1천 여명의 군사를 잃어버렸으므로 이제 남은 군사는 겨우 7백 여명 뿐이다. 이제는 군사

에게 먹일 것도 없었다. 군량미가 떨어진 것은 그런대로 굶으면서라도 버틸 수가 있겠으나, 활이 부러지고 화살이 동이 난 것에는 어떻게 해볼 용기가 나지 않는다. 이쪽은 맨주먹인데, 적에게는 총이 있다. 이제는 구원병이나 와야 살아볼 길이 있겠는데, 그것은 기대할 수 없는 일이다.

'어찌하면 좋단 말인가?'

전쟁 상황은 이롭지 못한 정도가 아니라, 이대로 있으면 전멸을 면치 못할 처지였다. 이때 의병들이 그의 앞에 나와 말하기를,

"대장께서는 여기를 피하시오."

그의 아들까지도,

"아버님, 우리가 지킬 것이니, 나이가 많으신 아버님께서는 이 위험한 곳을 떠나십시오."

하고 권한다. 중봉 선생은 한 번 웃고 나서,

"나라를 위해 적과 싸우겠다고 나선 몸이 위험한 곳을 피해 다닌대서야 말이나 되느냐. 내가 죽을 곳이 바로 여기니, 그리 알고……."

그는 결사대를 조직하였다. 변변한 무기도 없이 맨손과 맨주먹으로 덤벼든 7백 여명은 중봉 선생과 그의 아들 완기를 비롯하여 전원이 장렬하게 전사하고 말았다.

이런 눈물겨운 일이 여러 곳에서 벌어졌건만, 나라의 운명은 바람 앞의 촛불과 같았다.

새 임금

난리는 7년 만에야 끝이 났다. 그 사이 명나라 군사의 도움을 받고, 또 이순신 같은 명장이 바다에서 큰 승리를 거두어 적군을 몰아내었기 때문에 평화가 다시 이 땅을 찾아온 것이다.

그 오랜 세월을 도승지 이항복은 임금을 잘 모시는 가운데 병조판서(국방부 장관)가 되어서 국방에 관한 일을 슬기롭게 처리하여 큰 공을 세우고 임금과 함께 서울로 돌아왔다.

와서 보니 수많은 군사와 백성이 희생을 당하여 잃어버린 것은 말할 나위도 없거니와, 경복궁과 창경궁까지 다 불타 버렸으므로 당장 임금이 지내실 대궐마저도 없는 형편이다. 하는 수 없이 경운궁(지금의 덕수궁)을 임시 대궐로 삼아 임금을 그리로 모시었다.

아무리 괴로웠던 일도 세월이 가면 다 잊는 법인가? 세상은 다시 조용해지고 사람들은 가정을 지켜 저 살 일에만 바쁘게 돌아간다.

임금의 다친 마음도 다시 3년이 지난 후에는 옛날로 돌아갔다. 임금의 보령(나이)도 이제는 쉰 살이시다. 임금으로 계신 동안에 여러 가지 어려운 일, 성가신 일, 그리고 위태로운 일을 치러 넘기신 어른이시다. 이제 임금께서는 별다른 즐거움이 없으시다. 왕자들의 재주를 보시는 일, 수 많은 손자님네의 재롱을 보시는 것이 유일한 즐거움이었다.

오늘도 임금께서 어린 왕자와 손자들에게 그림이나 글씨를 쓰라 하시고 만족한 듯 굽어보시고 계신 자리에 이항복이 들어왔다.

"오, 대감, 마침 잘 오시었소. 이 애들의 재주를 보고 칭찬을 좀 해 주구려."

임금은 자랑스럽게 손을 들어 그림과 글씨들을 가리키시었다. 은근히 자랑을 하고 싶어서 그러시는 줄 알면서도 워낙 성미가 빳빳하여 아첨할 줄 모르는 이항복은 별로 칭찬을 하려고도 아니하고, 그림과 글씨들을 살펴볼 뿐이었다. 임금에게는 모두 대견스럽기만 하겠지만 이항복이 보기에는, 솔직히 말해서 그리 잘 된 것이 없었다. 임금은 칭찬해 줄 것을 채근이나 하시듯 이항복의 얼굴을 굽어보시었다.

"대감, 마음에 드는 것이 없소?"

임금은 기다리다 못하여 이렇게 물으시었다.

"예, 신의 눈에는 별로 모르겠나이다."

"흠."

임금은 퍽 불만이신 눈치였다.

"그래도 더러는 있겠지. 대감, 이 글씨나 그림 중에서 마음에 드는 것이 있으면 몇 장 골라 가지시오."

이 말에는 이항복의 눈이 번쩍 빛났다.

"예."

이렇게 대답은 하여 놓고도, 이항복은 글과 그림은 보지 않고 왕자와 왕손들의 얼굴만 차례차례 살펴보고 있을 뿐이다. 그의 눈은 올해 일곱 살밖에 안된 어린 손자 능양군의 얼굴 위에 멈추어져 움직이지 않는다. 말하자면 작품이 아니라 사람을 고르고 있는 것이었다. 귀골로 생긴 희고도 동그란 얼굴에 힘있게 다문 입술, 눈에는 총기가 있어 광채가 나고 그러면서도 호수처럼 잔잔하다.

"아직도 못 골랐소?"

"아니오, 골랐사옵니다. 이것을 가지겠나이다."

항복은 능양군 앞에 놓인 종이를 가리켰다.

"흠, 능양의 그림을."

그것은 버드나무에 말 한 필을 매어 놓은 그림인데, 아직 어린 아이의 솜씨라 그림으로는 그리 잘된 것이 아니었다.

"……몇 장 더 골라 보오."

"신은 이 그림 한 장이면 족하옵니다."

"과인이 보기에는 더 잘된 것이 있는데, 하필 그 그림을 택하려 하오?"

임금은 의아하신 모양이다. 나이가 많은 왕자, 왕손의 글씨나 그림이 더 잘 되었을 것이 뻔한데, 하필이면 보잘것없는 어린아이의 그림을 택하였을까.

"글씨나 그림보다 신이 택한 것은 인물이옵니다."

"그러하오? 경은 능양이 그리도 마음에 들었소?"

"그러하옵니다."

항복은 능양군이 그린 말의 그림을 얻어 집으로 돌아와 무슨 까닭인지 족자로 꾸며서 소중히 간수하였다.

선조 41년 이른 봄에, 임금은 갑자기 경운궁(덕수궁)에서 세상을 뜨시었다. 자리보전은 하였어도 이제는 병환이 많이 나아 며칠 지나면 일어나실 것이라고 믿고 마음을 놓고 있던 이항복은, 하늘이 무너진 것 같이 놀랐다. 너무나 갑자기 당한 일이기에, 기별을 받고 대궐로 달려갔을 때, 임금은 이미 이 세상 사람이 아니었다.

하늘을 우러러 부르짖으며 목을 놓아 울어도 시원치가 않았다. 그러나 언제까지 슬퍼하고만 있을 수는 없는 노릇이다. 그의 직위가 조정의 대신이므로 국상을 모실 일도 알아서 해야 하고, 잠시도 비워 둘 수 없는 임금의 자리를 잇게 하는 것도 알아서 해야 할 일이었다. 이는 임금이 살아 계실 때부터 약간의 말썽이 없지 않던 문제였는데, 전란 중에 동궁이 된 광해군에게는 임해군이라는 친 형이 있었다. 그러나 임해군은 성질이 사납다 하여 그 아우인 광해군을 세자로 삼았던 것인데, 아무래도 임해군의 존재가 늘 마음에 걸리고 꺼림칙하던 판이다.

'내가 임금이 되는 날에는 그냥 살려 두지 않으리라.'

하고 벼르고 있던 광해군이다. 선조 임금이 세상을 떠나신 바로 그날, 광해군은 조선왕조 제15대 임금이 되었다. 광해군이 어릴 때는 매우 착하고 퍽 어진 이었으나, 그 사이 안으로는 복잡한 대궐 살림에 시달리고, 또 난리에 볶이어서 신경질적인 사람이 되었을 뿐 아니라 병이라고 할 만큼 남을 믿지 않는 버릇이 생겼다.

누구나 자기를 해치려는 사람같아 보였다. 임금의 이러한 마음은 차츰 잔인한 성질로 바뀌어 갔다. 임금이라는 하늘 같은 자리를 누가 엿보고 노리는 것 같아서 밤에 잠을 이룰 수가 없을 지경이었다.

'누가 이 자리를 노릴까?'

'불평으로 가득 찬 사람.'

'누가 불평이 있을까?'

이때 가장 먼저 머리에 떠오른 것이, 형 임해군이었다.

'내가 형인데 아우가 임금이 되다니.'

이런 꽁한 마음을 먹고 있을 것만 같았다.

임금의 이러한 마음을 재빨리 짐작한 조정의 간신들이 임금 앞에 나와,

"임해군이 왕위를 엿보고 못된 짓을 꾸미려 하고 있소."

하고 없는 말을 만들어서 일러바쳤다.

임금은 가슴이 덜컥 내려앉았다.
'음, 내 그럴 줄 알았지.'

비록 이 고자질이 정말이 아니더라도 임해군이 눈엣가시처럼 싫기만 하던 터인데, 언젠가는 반드시 역적질을 하고야 말 것 같은 생각이 들었다. 또 설령 임해군 당사자는 그런 생각을 아니 한다 하더라도 자기와 사이가 언짢은 사람들이 그를 앞장 세우고 일을 꾸밀 것 같아서, 이 기회에 아주 없애버려서 뒤탈이 생겨나지 않도록 하리라고 결심하였다.

새 임금이 좀 더 훌륭한 분이었다면,
'앞으로 내가 정치를 잘 하여 백성들의 지지를 받아 착하고 슬기로운 임금이 되면 인심이 저절로 내 앞으로 모이게 되리라.'

하는 생각을 할 것이지만, 옹졸한 그는 마음에 안 드는 사람을 다 없애 버린 후에 마음 놓고 임금 노릇을 하리라는 생각을 가지게 되었다. 그래서,

"임해군을 잡아들여 죄상을 알아보라."

는 명령을 조정에 내리었다. 새 임금에게 잘 보이려고 애쓰던 간사한 무리들이 이 말을 듣자, 얼씨구나 하고 아무 죄도 없는 임해군을 잡아다가 욕을 보이려 한다. 그러나 이 일에 반대하고 나선 사람도 적지 않았다.

"아니 되옵니다."

이항복이 반대하였다.

"못 하십니다."

이덕형도 뒤를 따랐다. 임금이 하려는 일을 정면으로 반대하고 나서면 반드시 화가 미치리라는 것을 알면서도 성품이 곧고 마음이 바른 사람은 모조리 들고 일어났다. 참으로 임금을 아끼고 나라를 사랑하는 사람이라면 임금의 비위나 맞추어 가며 아첨하기보다는, 나중에 욕을 먹을지언정 그 일을 못하도록 막는 것이 옳다고 여긴 것이다. 나라에는 간신만 있는 것이 아니라 이러한 충신도 많이 있었다. 충신은 용기가 필요하다. 벼슬을 내놓을 각오를 해야 할 것은 물론이거니와, 목숨까지도 바칠 결심이 아니고서는 못 할 일이다.

죄 없는 형에게 벌을 준다는 일이 옳지 못하다는 것쯤은

임금도 잘 알고 있다. 그러나 안심하고 임금 노릇을 하려면 없애 버려야 한다. 그래서 반대하는 신하들 앞에서 임금은 크게 노하였다. 아니, 노한 시늉만을 했을 뿐이다.

"경들은 역적을 두둔하는 것이오?"

이 바람에 뜻있는 대신들은 벼슬 자리를 내어놓고 뿔뿔이 흩어져 시골로 내려가 문을 닫고 들어앉아 책을 읽거나 가벼운 베잠방이를 입고 농사에만 열중하게 되었다. 어지럽고 꼴사나운 세상을 멀리 떠나, 보지도 듣지도 않으려는 것이다. 이항복과 이덕형은 벼슬을 스스로 내놓기 전에 쫓겨나서, 그들도 저마다 시골로 내려갔다. 이제는 거치적거릴 것이 없게 된 광해군은, 당장 임해군을 죽이고 싶었으나 세상 인심이 돌아가는 것을 좀 더 두고 보자는 생각에서, 우선 귀양을 보내 두었다가 뒤이어 없애 버리고 말았다. 하나 임금에게도 양심은 있었다. 사람으로서 못할 짓을 하고 보니, 이제는 정말로 세상이 온통 자기를 흘겨보는 것 같았다.

악독하고 잔인한 임금, 사나운 임금이라는 딱지가 붙으면 언제 어디서 누가 허술한 낌새를 틈타서 무슨 짓을 할는지 알 수 없는 일, 이렇게 된 바에는 아예 송두리째 뿌리를 뽑는 편이 좋지 않을까, 자기 앞에 와서 알랑거리는 사람이 아니면 다 원수인 것 같다. 이 원수를 모조리 없애자면 세상 사람들을 다 죽여야만 할 것이다.

'그럴 수는 없으니, 눈에 띄는 놈부터……'

새 임금 291

여기에 걸려든 것이 배다른 어린 아우인 영창대군이었다. 자기는 후궁의 자식이요, 영창은 정비의 자식인데다가, 대군의 어머님이신 김씨와 외할아버지 김제남이 살아 있으니, 영창을 왕으로 삼고자 무슨 꿍꿍이를 꾸밀 것이라 짐작하고 은밀하게 조사를 시켜 보았으나, 아무 짓도 하는 것이 없으므로 거짓 증거를 만들어 역적모의를 한다는 죄를 씌워서 김제남과 영창대군을 잡아 옥에 가두었다. 이렇게 하고도 마음이 안 놓여서 김제남은 제주도, 영창대군은 강화도로 각각 귀양을 보내었다.

이 일을 원망한다 하여 영창대군의 어머니이자 자기에게도 어머니 뻘이 되는 인목대비에게도 벌을 내릴 궁리를 하고 있었다. 임금의 이러한 마음을 짐작한 조정의 간신배들이 임금을 부추기었다.

"전하, 대비께서 생부 김제남과 영창대군이 귀양 가 있음을 원망하여, 황공한 말씀이오나 전하를 원망하고 조정을 비방한다 하옵니다."

"그런 말은 과인도 들었소. 이 일을 어찌하면 좋겠소?"

"마땅히 벌을 내려야 할 줄로 아옵니다."

"벌을? 아바마마의 비 마마를 과인의 손으로 어찌……."

임금의 가슴속에는 아직도 한 조각의 양심은 남아 있었다. 그렇지만 그냥 내버려둘 수도 없었다. 되도록 신하들이 하도 졸라서 당신은 마지못해 벌을 내리는 형식을 취하고 싶다. 그렇기 위해서는 조정에 공론을 일으켜야 한다.

'오냐, 이 사람을 시켜서 공론을……'

이렇게 작정한 임금은,

"대신들의 뜻은 어떤지 알아보시오."

하고 넌지시 선동을 하였다. 조정에서는 이미 뜻이 있는, 바른말을 할 수 있고 할 줄 알고 할 만한 선비들은 거의 한 사람도 남아 있지 않았다. 어떻게 하면 임금의 눈에 꼭 들어서 벼슬이 높아지고, 또 그 자리를 오래 지닐 수 있을까, 하는 궁리에만 골몰한 무리가 있을 뿐이다. 그들은 임금의 마음을 짐작하고 있는 터라, 서로 의논하고 임금 앞에 나아가,

"대비에게 벌을 내리시옵소서."

"대비를 폐위하여 서인(일반 백성)으로 삼으시옵소서."

"대비를 옥에 가두시옵소서."

하는 등등의 과격한 말을 무엄하게 지껄였다.

왕은 듣지 않은 체하였다. 그렇게 함으로써 당신의 체통을 지키려는 것이다. 벼슬을 내어 놓고 포천 본향에 내려가 있던 이항복이 이 소식을 듣고는 오래간만에 말을 내어 타고 집을 떠났다.

이덕형도 벼슬을 내어놓고 소양강가 용진 땅, 경치 좋은 곳에 나와 문 닫고 들어앉아 세상일을 잊고자 책을 벗삼으며 조용히 살다가, 어수선한 나라 꼴을 보고는 그 빌미로

새 임금 293

홧병이 되어 자리에 누워 앓고 있었다. 싸늘한 늦가을이라 밖에는 낙엽지는 소리가 쓸쓸하고 바람에 흔들리는 문 소리가 요란한데, 난데없이 말굽소리가 들려온다.

'음, 누구일까? 찾아올 사람이 없는데……'

귀를 기울이고 있노라니까,

"명보."

하고 부르는 소리는 틀림없는 이항복의 것이다.

"백사."

이덕형은 자기가 앓고 있는 것도 잊어버리고 벌떡 일어났다. 너무나 반가워서 눈물이 날 지경이었다. 이항복은 포천 집을 떠나 서울로 가지 않고 이리로 온 것이다. 오래간만에 만난 어릴 적부터의 친구는 서로 웃으며 농담을 주고받다가 이야깃거리가 조정에 관한 일에 미치게 되었다.

"우리 두 사람이 죽을 각오로 같이 임금을 뵙고 아무쪼록 효도를 극진히 하시도록 아뢰면 어떨까?"

하는 항복의 말에, 덕형은 웃으며 말했다.

"아마 소용없을 걸세. 좀 더 두고 볼 수밖에. 나는 얼마 동안 내 몸의 병을 다스리고 나서 다시 생각해 보겠네."

"그렇게 하세. 앓는 몸으로 옥에 갇히기라도 하면 큰일이니까. 날씨도 점점 추워지겠고."

이날부터 항복은 그냥 머무르면서 집으로 돌아가지 않았다. 덕형의 병이 낫는 것을 보고 떠나려는 생각이었다.

이때, 제주도에 귀양가 있는 김제남에게 사약을 내려 죽였다는 기별을 받게 된 이덕형은, 가슴을 치며 울다가 자리에 거꾸러져서 다시는 일어나지 못하였다. 그는 뼈만 앙상한 손으로 항복의 손을 꼭 잡으며,

"백사, 아무래도 난 더 살지 못할 것 같아…… 내가 죽은 뒤에라도 나라 꼴이 바로 잡히도록 일 많이 하게."

10월 10일 이날, 이덕형은 정신이 갈팡질팡하는 것 같이 보였다.

"백사, 나는 가네."

이덕형이 빙그레 웃으면서 말했다.

"죽는 맛이 어떤가?"

"글쎄, 처음으로 죽어 보는 거라, 잘 모르겠는걸, 하하하."

그들은 죽는 마당에도 이러한 농담을 주고받았다. 이덕형은 그날을 넘기지 못하고 53세를 일기로 그만 세상을 뜨고 말았다. 이항복의 슬픔은 말할 나위도 없었다. 울면서 장사를 치르고 집에 돌아오니, 세상이 온통 빈 것 같이 허전하다. 가뜩이나 슬퍼서 못 견디는 항복에게 또 한 가지 슬픈 소식이 전해졌다. 강화도에 귀양가 있던 영창대군이 죽임을 당했다는 기막힌 소식이 그것이었다.

이때, 영창대군의 나이는 겨우 열네 살이었다. 이 어린 나이에 죽어도 그냥 죽은 것이 아니라, 강화부사 정항의 손에 잔인무도한 방법으로 희생이 된 것이었다.

정항은 용렬하고도 잔인한 사람이었다. 섬에 귀양 와 있는 죄없는 영창대군과 무엇이 그리도 원수진 일이 있기에 들들 볶으며 무진 구박을 했다. 먹을 것도 입을 것도 잘 주지 않아, 영창은 헐벗고 굶주려서 거의 거지꼴이 다 되어 있었다. 임금이 미워하는 영창이기에 그를 잘 대우하면 임금에게 미움을 받을 것이라고 생각한 때문이리라. 이러한 때에 대궐에서 내려온, 영창을 죽이라는 밀지(임금이 비밀리에 내리는 명령)를 받은 정항이었다. 죽이는 방법은 마음대로 하라는 것이다. 정식으로 벌을 주는 것이라면 임금의 전교와 함께 사약이 내려오는 법이건만, 그렇게 하면 세상에 소문이 퍼질까봐 몰래 없애 버리려고 정항에게 밀지를 내린 것이다. 정항은 어떻게 죽일까 곰곰 궁리한 끝에 이전에는 볼 수 없었던 잔인한 방법을 생각해 냈다. 그는 영창이 밖에 나오지 못하도록 방 안에 가두어 놓고 아궁이에 기둥만한 장작을 지피어 놓았다. 아랫목이 뜨거워지자 영창은 윗목으로 옮겨 갔다. 윗목까지 뜨거워지니 문을 열고 뛰쳐 나가려 하였으나, 문은 밖으로 버티어 놓아서 뛰쳐나갈 수가 없었다.

이제는 방바닥이 불덩이처럼 달아올라서 발 붙일 곳이 없게 되었다. 방안의 공기도 화끈거렸다. 땀이 철철 흐르고 숨통이 막히어 숨도 제대로 쉴 수가 없었다. 영창은 이불을 포개 놓고 그 위에 앉아 보았다. 그러나 이불이 탈 것 같은 위험이 있어서 치워 버리고 이내 횃대에 매달리었다. 그러나 맥이 빠져서 언제까지나 매달려 있을 수는 없었다. 영창은 울면서 애원하였다.
"군사 아저씨, 날 살려 줘요."
뜨거운 방바닥을 깡충깡충 뛰면서 문을 두드려 보았으나 밖에서는 대답이 없었다. 발을 들어 문을 걷어차 보았으나 끄덕도 아니 하는 문.
영창은 눈 앞이 아찔해지더니 이내 정신을 잃었다. 기운이 다 빠져 버린 그는 방바닥에 쓰러져 버렸다. 뜨거운 줄을 모르게 되었을 때, 그는 숨이 끊어져 있었다.
이리하여 영창대군은 한창 살아갈 열네 살의 좋은 나이에 왕자로 태어난 죄로 형님이신 사나운 임금에 의해 원통하고도 억울한 죽임을 당하고 만 것이다. 영창이 죽은 줄 알고야 마음을 놓게 된 광해군이었으나, 그것도 잠시 동안의 일이고, 다음에는 또 능창군이 마음에 걸리었다. 능창군은 광해군의 친조카로 광해군의 동생인 정원군의 셋째 아들이다. 인물이 뛰어나고 체격이 훤칠할 뿐 아니라 모든 사람에게 인기가 있어서 광해군의 시기를 받게 된 것이다. 잘못이 있다면 그것 뿐인데, 광해군은 능창군이 무척 미웠다.
'용상을 노린다면 능창이야말로……'
당장 드러난 죄는 없더라도 앞으로는 반드시 무슨 일을 꾸밀 인물이 능창군인 것 같았다. 이리하여 그는 광해군이 억지로 꾸며낸 역적죄로 죽게 되고, 능창군의 아버지인 정원군은 그 일이 하도 원통하고 분하여 화병으로 앓아 누웠다가 그만 세상을 뜨고 말았다. 다음은 정원군의 맏아들이요, 능창군의 맏형인 능양군의 차례였다. 능양군은 자기 신변에 위험이 닥쳐온 줄을 알자, 집을 몰래 빠져 나와 이곳 저곳을 돌아다니며 숨어 살아야 했다.

 능창군에게 역적이라는 누명을 씌워서 억울한 죽음을 내린지 2년 후인 광해 9년에는, 아무래도 영창대군의 어머니인 인목대비가 아버지 김제남과 아들 영창의 복수를 하고자 무슨 일을 꾸밀 것만 같아서 광해군은 마음을 놓을 수가 없었다.

 '음, 대비마저도 꼼짝을 못하게 만들어 놓아야……'

 이렇게 작정한 광해군이 심복 신하에게 귀띔을 하자, 조정에서는 곧 들고 일어났다.

 "죄인의 딸이요, 죄인의 어머니인 대비를 대궐 안에 그냥 살도록 함은 당치 않은 일이옵니다."

 하는 상소문이 빗발치듯 올라왔다. 상소문의 내용은 날이 갈수록 심해져 가기만 했다.

 '대비를 폐위하여 서인으로 만들고 바깥 세상과 연락을 못하도록 막아야 하옵니다.'

 하는 것이다. 이 말은 대비를 어디다가 가두어 두자는 뜻이었다. 소문을 들은 이항복은 시골 집에 가만히 있을 수만은 없었다. 지금까지도 억지로 참고 있었으나 이제 더는 못 참겠다.

'세상에 그런 법도 있는가? 어머니에게 벌을 내리다니……. 오냐, 상소문을 올리자. 남들이 겁을 내어서 못하는 바른말을 여쭈어 잘못된 길로 가는 임금을 조금이라도 바른길로 인도하자.'

이러한 결심을 하기까지는 큰 용기가 필요했다. 바른말을 하면 반드시 벌이 내려질 것이다.

'벌을 받아 본댔자, 죽기밖에 더 하겠는가? 내 나이가 벌써 60이 넘었는데 이제 죽는다고 아까울 것이 무엇이랴? 그렇다. 죽을 각오로 마지막 충성을 해야 한다.'

이렇게 작정한 이항복은 상소문을 써 가지고 대궐로 찾아왔다.

이항복을 만나 본 광해군이 상소문을 펴 보자, 온몸을 덜덜 떨며 화를 내었다. 그도 그럴 것이 상소문의 내용으로, '형과 아우를 죽이고, 부왕의 장인을 죽이고, 그러고도 오히려 모자라서 대비를 내쫓고 가두겠다는 것이 말이나 되느냐?'는 불같은 반대가 글 속에 가득히 씌어 있었기 때문이다.

이항복의 상소문을 본 임금도 화가 났거니와, 이 일을 알게 된 조정의 간신들은 일제히 공격의 화살을 그에게 퍼부었다.

"이항복은 역적을 두둔하는 고약한 사람이니 벌을 내리시옵소서.”

하는 말로 왕을 졸라대었다. 왕은 이항복의 공로와 충성심을 아는 터라 밉기는 하여도 무거운 벌을 내릴 생각은 없었는데, 옆에서들 자꾸만 조르니까 하는 수 없이 멀리 함경도 북청 땅으로 귀양 보낼 것(이를 '원지유배'라고 함)을 결정하였다. 이항복은 껄껄 웃으면서,

"내 이번만큼은 꼭 죽는 줄 알았는데, 귀양을 가는 것으로 끝나게 되었으니 오히려 가벼운 벌을 받았다."

하며 식구들을 위로한 후, 큰 아들을 불러 놓고 이런 말을 일렀다.

"귀양을 간다지만 이번에 북청으로 가면 다시 살아서는 못 돌아올 것이니, 죽은 후에 입고 갈 베옷 한 벌을 짐 속에 넣어 두어라."

대감이 귀양길을 떠나게 되었다는 말을 듣고 놀라서 달려온 사람 중에 김류라는 사람이 있었다. 김류는 전에 이항복이 서북체찰사라는 벼슬을 하여 지방으로 나갈 때, 종사관(비서)으로 데리고 갔던 사람이라 믿을 만한 부하인데, 항복은 김류에게 그림 한 장을 내어주며,

"이 그림을 자네 집 사랑방 담벼락 위에 붙여 두면 자연히 좋은 기회를 얻게 될 것일세."

그 그림은 옛날 선조 임금께서 어린 왕자, 왕손에게 글씨와 그림을 그리게 하고 즐기시다가 항복에게 아무 거나 가

지라 하여 골라 가진, 왕손 능양군이 그린 버드나무 아래 말을 매어 둔 한 폭의 그림이었다. 이 수수께끼같은 말을 듣고 김류는 곧 시키는 대로 할 것을 결심하였다.

　추운 겨울날이건만 늙은 대감 이항복은 귀양길을 떠나지 않으면 아니되었다. 함경도의 추위는 서울과는 비교도 안 될만큼 추웠다. 주름이 잡힌 뺨에 눈보라가 부딪쳐서 춥기가 한량 없다. 그래도 이항복은 돌아올 기약없는 귀양길을 마냥 가야만 했다.

귀양살이

 죄인 아닌 죄인 이항복이 귀양살이를 하게 될 곳은, 크게 농사를 지으며 부족함이 없이 살아가는 농부 강윤복이라는 사람의 집이었다. 죽을 고생을 하며 찾아온 곳인데 와서 보니, 강윤복의 대우가 융숭할 뿐 아니라, 북청부사에게 이항복을 잘 대접하라는 왕의 명령이 따로 내려져 있었기 때문에 생각했던 바와는 달리 별로 고생되는 일은 없었다. 그러나 한평생 해온 일을 가만히 돌이켜보니 억울하고 분하기만 하다. 나라와 겨레를 위해 몸과 마음을 바쳐서 살아온 일생이 아니더냐. 지내 놓고 생각하니, 벼슬도 영화도 다 뜬 구름이요, 물거품이다. 지금의 처지에서는 강윤복이 무척이나 부럽다. 부지런히 농사만 지으면 넉넉히 살 수 있고, 몸과 마음이 편하니 다른 근심이 있을 턱이 없다.
 하루는 이항복이 그 집 대문에 이런 글을 써서 붙여 놓았다.
 '사람이 세상에 나거든 나라의 대신 노릇하기를 바라지 말라. 강윤복의 처지만 같으면 충분하도다.'

한때는 공이 많다 하여 오성부원군이라는 높은 지위도 얻은 분이, 이제는 죄인으로 한낱 농사꾼의 집에서 더부살이를 하게 되다니…….

그렇지만 이항복이 아무 죄도 없는 것과, 높고 깨끗한 인격을 사모하는 함경도의 선비나 그곳 벼슬아치들이 자주 찾아와 놀기도 하고 의논도 하는 것은, 외로운 그에게 큰 위로가 되었다.

한번은 북청 부중('부'는 지난 시절 행정구역 단위의 하나)에서 관리를 새로 채용하기 위한 시험을 치르게 되었다.

수험생은 대부분이 향교에서 공부하는 학생들인데, 이 시험에 합격하면 관리가 될 수 있는 반면에, 낙제하는 날이면 병정으로 뽑혀 가게 되어 있었으므로 모두들 벌벌 떨면서 어떻게 해서든지 시험에 합격하려고 애를 쓰는 판이었다.

시험 보는 날짜가 되어 어느 학생 하나가 시험관 앞에 섰다. 시험관은 〈맹자〉라는 책 속에 있는 '홍안'이란 말의 뜻을 물었다.

"홍안이 무엇이냐?"

홍안이란 '큰 기러기'와 '작은 기러기'를 아울러 이르는 말이나, 이 학생은 알지 못하는 모양이었다.

학생은 끙끙거리기만 할 뿐 말은 못하고, 얼굴에서는 땀이 비오듯이 쏟아진다. 옆에 있던 다른 학생이 보다 못하여,

"기러기, 기러기."

귀양살이 303

하고 일러주었건만 수험생은 입만 얼어 붙은 것이 아니라 귀도 막혔는지, 말을 알아 듣지 못한다. 벼슬을 하느냐 병정으로 뽑혀 나가게 되느냐는 갈림길이라 당황한 나머지 귀도 먹먹해졌던 것이다. 일러주던 학생들이 답답하고 안타까운 끝에,

"못난이."

하는 욕이 저절로 나왔다. 그러자 수험생이 욕하는 말은 얼른 알아 듣고,

"예, 홍안이라 함은 못난이를 말하는 것입니다."

하였다. 수험장은 웃음 바다가 되고 그 수험생은 물론 낙제가 되었다. 그러나 분해서 못 견디겠다.

'무슨 좋은 방법이 없을까?'

하고 궁리한 끝에, 그는 귀양살이 와 있는 이항복을 찾아와 의논을 하였다. 시험장에서의 일을 낱낱이 말한 후,

"무슨 좋은 분별이 없겠습니까?"

항복은 말 없이 한참 동안이나 그 수험생을 쳐다보았다. 퍽 똑똑하게 생긴 젊은이였다. 그러나 아무리 부탁을 받았다 하더라도 규칙을 어겨서 부정행위를 하면서까지 이 젊은이를 도울 수는 없는 노릇이다. 그래서 머뭇거리고 있을 때 젊은이도 대감의 마음을 알아차린 듯 간곡하게 애원을 한다.

"시생이(제가) 부족하여 저질러 놓은 일이기는 하여도, 시

생에게는 늙은 부모가 계실 뿐 아니라 형제자매도 없는 외아들이어서 병정에 뽑혀 나가면 시생보다도 늙으신 부모님께서 무척 슬퍼하실 것입니다. 그 일을 생각하면 차마 발이 떨어지지 않으니, 대감께서는 시험관을 잘 알고 계신 줄 아오니 특별히 부탁을 하셔서 어떻게든 시험에 다시 합격이 되도록 힘을 좀 써주십시오."

"그건 안 되지. 한 번 낙제를 했으면 그만인 것이고."

항복은 잠시 눈을 감고 궁리에 잠겼다가 도로 번쩍 떴다.

"좋아, 하는 데까지는 힘을 써 보기로 하지."

"무슨 좋은 방법이라도 생각이 나셨습니까?"

젊은이의 눈이 희망에 빛나며 항복을 쳐다 보았다.

"음, 좋은 방법이 되는지 어떨지는 모르지만 며칠 안에 그 시험관이 나에게 인사를 하러 올 것이야."

"아, 그때에 부탁을 해 주시겠습니까?"

"부탁한다고 될 일은 아니고, 또 나의 체면도 있는 것이니까, 그 일은 나에게 맡겨 두고 자네는 살아 있는 기러기 한 마리를 구해다가 노끈으로 매어서 저 마루 아래 넣어 두게."

"예."

젊은이는 좋아라 하며 항복이 시킨 대로 기러기 한 마리를 사다가 마루 밑에 넣어 놓고 집으로 돌아갔다. 이윽고 사흘만에 시험관인 북평사(벼슬 이름)가 대감을 뵈러 찾아 왔을 때, 이런저런 이야기를 하던 끝에 하인을 불러서 마루

밑의 기러기를 가리키며,

"여봐라, 저 못난이를 놓쳐 버리지 않도록 조심해야 한다."

하고 일렀다. 이 말을 들은 북평사는 눈을 커다랗게 떴다.

"저게 기러기가 아닙니까?"

"기러기지."

"기러기를 왜 못난이라고 하십니까?"

"허, 자네는 아직 모르는구먼. 지방에는 어디나 사투리가 있는 법이라네. 이 고장 사투리는 기러기를 못난이라고 하지."

북평사는 깜짝 놀랐다.

"그렇습니까?"

"왜 놀라나?"

"실상은 전날 이 고을 선비들에게 과거 시험을 보일 적에 '홍안'이 무엇이냐고 물었더니, '못난이'라고 대답한 이가 있었습니다."

"흠, 사투리로 대답을 했구먼. 그래서?"

"제가 사투리를 모른 탓에 그만 낙제를 시켰습니다."

"그거 안 되지. 사투리로라도 기러기는 기러기라고 한 것이니까."

"대감 말씀이 옳습니다. 곧 돌아가 합격을 시켜야겠습니다."

"그게 옳지, 그렇게 하게."

 이리하여 그 수험생은 병정에 안 뽑히고 시험에 합격이 되었으나 북평사는 한평생 기러기를 못난이로 아는 '못난이'가 되었을 것이다.
 하루는 북청부사가 이항복의 집에 놀러 왔다. 놀러 왔다기보다 제철에 맞추어 인사를 온 것이다. 이런저런 이야기를 주고받은 끝에 부사가 하는 말,
 "대감, 백성을 다스린다는 일이 몹시나 어렵습니다그려."
 "쉽지 않지. 나라를 다스리는 일이나 한 고을을 다스리기나 어렵기는 마찬가지야."
 "아닙니다. 조정에서 나랏일을 다스리는 데에는 서로 의논할 분이나 여럿이 있지마는, 시생(저) 같은 처지에서는 일을 당하면 혼자서 궁리하여 처결해야 하며 또 직접 백성을 상

대하기 때문에 공정하지 못할 때에는 원망을 사기도 쉬우니까요."

부사는 얼굴을 찡그리며 한숨까지 몰아 쉰다.

"무슨 골치 아픈 일이라도 생겼는가?"

"예, 시생의 지혜로는 도무지 결말을 지을 수 없는 어려운 일이 생겼습니다."

"뭔데? 말해 보게나."

"예, 아뢰옵지요. 실은 다름이 아니라……."

하며 시작한 부사의 말은 대강 이런 것이었다.

박 서방이라는 정직한 농부가 농우로 쓰던 늙은 황소 한 마리를 백 냥을 받고 팔아 가지고, 대신 송아지 한 마리를 사 가지고 돌아오는 길에, 더운 여름 날이라 산속 시원한 곳에 앉아 담배를 피워 물고 잠깐 쉬고 있는데, 김풍헌(반장)을 만났다.

"아니, 박 서방 아닌가. 어디 갔다 오는 길인가?"

"아, 풍헌 어른이시군요……. 집에 있던 황소가 너무 늙어서 부리기가 어려워졌기에 장에 가서 팔아 송아지를 사 갖고 오는 길입니다."

"그래? 그럼 돈이 좀 남았겠네그려?"

"예, 서른 냥 가량 남았습니다."

"흠, 그 전대 속에 든 게 그 서른 냥이란 말이지?"

"그렇습니다."

"마침 잘 됐어. 그 돈을 날 좀 빌려주게. 난 돈 좀 장만하느라고 늦게야 장에 가던 길인데, 다녀만 오면 곧 백 냥이 생겨. 내 오늘 저녁에 이자로 닷냥을 얹어서 서른다섯 냥을 줄 것이야."

박 서방이 가만히 생각해 보니까, 손해볼 것도 없는 이야기다. 집에까지 가려면 아직도 멀었는데, 이 더운 날씨에 그 무거운 돈을 허리에 차고 가기란 쉽지 않은 일이라, 서른 냥을 김풍헌에게 빌려주면 저절로 집에까지 배달해 주는 폭이 되고, 게다가 이자 닷냥까지 붙여 준다니, 그런 큰 이익이 어디 있는가. 오래 쓴다는 것도 아니다. 저녁때까지만이라고 하지 않는가. 게다가 김풍헌은 살림 형편이 넉넉한 사람이다. 서른 냥 쯤으로 손해를 입힐 사람이 아니다. 그래서 기분 좋게,

"그렇게 하십시오."

하고 허리에서 전대를 끌러 선뜻 내어주며,

"세어 보십시오. 서른 냥입니다."

"뭐 세어 볼 게 있나, 맞겠지. 저녁에 하인을 시켜서 보내줄 것이니, 기다리게."

"예, 부탁합니다."

"그럼 난 가네."

"예, 다녀오십시오."

고갯길에서 김풍헌과 작별하고 박서방은 가벼워진 몸으로

기분 좋게,

"이랴, 낄낄."

하며 송아지를 몰고 집으로 돌아왔다. 돌아와서 아무리 기다려도 김풍헌 집에서는 하인은커녕 강아지도 나타나지 않는다. 저녁 때까지라고 했는데, 기나긴 여름 해가 다 지고 어두워졌는데도 감감 무소식이다.

"늦었으니까 내일 아침에 보내 주려나보지. 내일 아침에는 틀림이 없을 거야."

이렇게 믿으면서 그 밤을 자고 이튿날 아침에도 기다렸으나, 정오가 지날 때까지 김풍헌 집에서는 아무 기별도 없었다.

'이상한걸. 혹시 김풍헌 어른이 잊어버리신 건가? 내가 찾아가 볼 수밖에.'

이렇게 생각한 박 서방이 김풍헌 집으로 찾아갔다.

"풍헌 어른 계십니까?"

"오, 박 서방인가. 이거 오래간만일세."

하며 김풍헌이 나왔다.

'어럽쇼. 어제 만났는데 오래간만은 무슨 오래간만이야?'

"그런데 무슨 일로 왔나?"

박 서방은 마음 속으로 의아하였으나 풍헌 어른이 잊어버리고 있구나, 하는 생각이 들어,

"저, 어제 빌려 드린 서른 냥 돌려 주십사 해서 온 길인

데요."

하고 말을 꺼냈더니, 풍헌은 시침을 뚝 뗀다.

"이 사람 무슨 말을 하고 있어? 서른 냥이라니? 자네 꿈을 꾸고 있나?"

"예? 풍헌 어른이야말로 무슨 말씀을 하십니까. 어제 고갯길에서 만났을 때 소 팔아 가지고 오던 돈, 서른 냥을 빌려 드리지 않았습니까?"

"이 녀석이 환장을 했나? 내가 언제 자네 돈을 썼다는 말인가?"

"그래 안 쓰셨단 말씀이세요? 이자로 닷냥을 얹어서 준다고까지 하시고선."

"생사람 잡을 놈 다 보겠군. 내가 뭐가 아쉬워서 자네 같은 가난뱅이의 돈을 써? 트집을 잡아도 푼수가 있지, 또 다시 그런 소릴 했단 봐라, 가만두지 않을 테니."

하고는 문을 사납게 닫고 안으로 들어가 버린다. 박 서방은 어이가 없었다. 다음에는 슬퍼졌다.

그는 김풍헌이 있는 사랑방을 향해 울면서 애원을 시작하였다.

"풍헌 어른, 이런 일도 있습니까. 꼭 필요하다면서 빌려간 돈을 요긴히 썼으면 고맙다고는 못할 망정, 아주 모른다 하시는 게 말이 된다고 생각하십니까? 이자는 그만두고 본전만이라도 돌려 주셔야 어린 것들 데리고 살아가겠습니다."

문이 벌컥 열리며 김풍헌의 찌그러진 얼굴이 불쑥 나오더니, 불호령이 떨어진다.

"이놈, 시끄럽단 말이다. 어디 와서 생떼를 쓰는 거냐…… 얘들아, 게 아무도 없느냐?"

하는 소리에 하인 한 떼가 우루루 달려왔다.

"너희들 이 미친 놈을 혼내 줘서 내쫓아라."

"예."

박 서방은 억울하게도 흠씬 매까지 얻어 맞았다. 너무나 분하고 원통하여서 사실이 이만저만하다는 내용의 소장을 써서 북청부사에게 바치었다.

부사가 소장을 받아보고 곧 김풍헌과 박 서방을 동헌(고을의 원이 일을 다스리는 집무실)에 불러서 사실 심리에 들어갔다.

"……박서방이 소 판 돈 중에서 서른 냥을 김풍헌에게 꾸어주었다 이 말이지?"

"그러하옵니다."

이때 김풍헌이 펄쩍 뛰며,

"원 벼락을 맞을 일이옵지, 백성들의 형세가 그리 가난하지도 않은 터에 서른 냥을 꾸어야 할 까닭도 없으려니와, 그것이 사실이라면 냉큼 돌려 주지 어째서 안 돌려 줄 리가 있겠습니까?"

하고 악을 쓰다시피 몸을 덜덜 떤다.

"김풍헌은 잠자코 있고, 박 서방이 아뢰어라."
"예."
"소 판 돈 서른 냥을 김풍헌에게 빌려줄 적에 아무도 본 사람은 없는가?"
"없습니다."
"흠!"

부사는 말문이 막히었다. 아무도 본 사람이 없다면 누구 말이 옳고, 누구 말이 거짓이라는 것을 밝혀낼 길이 없다. 그렇다고 모른달 수도 없는 일이다. 그래서 두고두고 연구해 볼 요량으로,

"두 사람이 하는 말을 내가 다 알았으니, 오늘은 일단 돌아갔다가 뒷날 다시 부르거든 나오라."

하여 돌려 보내었다. 돌려 보내고 나서 아무리 궁리를 해 보나 안타깝기만 할 뿐, 해결 방법이 얼른 머리에 떠오르지 않았다. 그런 중에도 이 소문은 퍼져서 사람들이 모여 앉기만 하면 그 일이 화제가 되었다. 김풍헌이 옳다거니, 박 서방이 옳다거니 하며 입에 거품을 물고 다투는 판이었다.

"어디 두고 봐, 부사 영감이 어떻게 판결을 내리나."

부중 백성들 사이에는 흥미거리의 수수께끼일 뿐 아니라 부사의 총명을 시험하는 문제처럼 되어 버렸다.

"……자, 이런 형편인데 무슨 좋은 길이 없겠습니까?"

하는 부사의 말에, 이항복도 이맛살을 찌푸리었다.

"딴은 어려운 일인걸. 해결하기가 쉽지 않겠어."

항복은 한참 동안이나 눈을 감고 앉았다가 번쩍 떴다.

"부사가 보기에는 어때? 두 사람 중에 어느 한 쪽이 거짓말을 하는 게 분명한데, 어느 쪽이 거짓말을 하는 것 같은가?"

"글쎄요, 그걸 알 수가 없다는 말씀입니다."

"흠."

항복은 도로 눈을 감았다. 이때, 주인 강윤복이 꿀물을 타 가지고 손수 쟁반에 받쳐 들고 나타났으므로, 항복이가 그를 붙잡고 말을 건네었다.

"주인, 김풍헌과 박 서방을 잘 아나?"

"아, 서른 냥 재판 때문에 그러시는군요."

"그래, 자네가 보기에는 누가 거짓말을 하는 것 같은가?"

"그야 물론 김풍헌이 거짓말이지요."

"어째서? 왜 그렇게 생각하나?"

"뻔합지요. 박 서방은 비록 가난하지만 정직한 사람이고, 김풍헌은 보통 때는 착한 사람이지만 돈 욕심은 땅보다 두껍다는 위인이니, 거짓말하고 있는 게 틀림없사와요."

"세상 사람들도 다 그렇게 보고 있나?"

"그러문입쇼. 김풍헌이 나쁘다고 소문이 파다하답니다."

대감은 부사에게,

"김풍헌을 잡아 들이게."

"그러고는 싶지만서도 증거가 있어야죠."

"증거는 만들면 돼."

강윤복은 어른들이 중대한 얘기를 하는 자리에 더 있는 것이 예의가 아닌 줄을 알아서, 이내 피하여 밖으로 나왔다. 단 둘만이 남은 대감과 부사는 꽤 늦게까지 쑤근쑤근 귓속말을 주고받은 끝에,

"그렇게 하면 되겠습니다."

하며 부사의 얼굴이 한결 밝아졌다.

"잘 해 보게."

"내일 아침 일찍이 서둘러 보겠습니다."

"음, 그게 좋겠어. 부사의 명예를 걸고 한 번 솜씨를 보여주란 말이야."

"잘 되면 대감의 덕분입니다."

"내 덕분이랄 게 있나. 게다가 아직은 일이 마무리되기도 전 인데."

"마무리 된 거나 다름 없습니다."

부사는 한참 더 세상 이야기를 하다가 저녁까지 먹고 기분 좋게 돌아갔다.

그 다음날이었다.

김풍헌과 박 서방은 다시 동헌에 불리어 들어왔다. 부사는 부드러운 말로,

"김풍헌은 듣거라. 박 서방에게서 돈을 꾸기는커녕 요즈음

은 만나 본 일도 없었다고 했겠다?"

"그렇습니다."

"그렇다면 박 서방이 나쁘지 않은가. 만나지도 못한 사람에게 돈을 빌려 주었다고 떼를 써서 서른 냥을 공짜로 벌어 보겠다는 생각이 아니라구?"

박 서방은 울상이 되었다.

"아, 아닙니다. 분명 서른 냥을 빌려 주었습니다."

"아직도 허무맹랑한 말을 지껄이는가. 관가에 나와 관장을 속이는 죄가 어떤 것인지 몰라?"

"거짓말이 아닙니다."

"그렇다면 박 서방이 거짓이 아니라는 증거를 대란 말이다."

"아무도 본 사람이 없으니 증거는 없습니다."

"사람은 안 봤더라도 나뭇가지에는 새가 있었을 게고, 들에는 다람쥐라도 있었을 게 아닌가."

"그런 것은 있었겠지만……."

"그러면 가서 다람쥐라도 한 마리 잡아 오너라."

"다람쥐를요?"

"그래, 빨리 가서 잡아 와."

"잡아 와도 다람쥐는 말을 못 하니까……."

"그 녀석 말도 많다. 못 잡아오면 거짓말을 한 줄로 여길 터이니, 그리 알아라."

"예, 잡, 잡아 오겠습니다."

박 서방은 땀을 뻘뻘 흘리며 나갔다. 동헌에는 김풍헌과 부사만이 남았다. 아침 나절은 그래도 선선해서 더운 줄을 별로 몰랐는데 해가 높이 뜨자, 동헌 앞마당은 찌는 듯이 더웠다. 벌써 정오가 가까웠다. 부사가 크게 기지개를 켜면서 따분하다는 듯이 혼잣말을 중얼거렸다.

"간지가 언제라고 아직 안 온담."

이 말을 들은 김풍헌이 아첨 삼아,

"다람쥐를 쉽게 잡지도 못하려니와 거기가 15리도 넘는데 그렇게 빨리 올 수가 있겠습니까?"

하고 아뢰었다. 이 말이 떨어지자마자, 부사가 벌떡 일어나 앉으며 큰 소리로 사령을 부른다.

"여봐라, 사령."

"예!"

긴 대답 소리와 함께 호랑이같은 사령이 우둥우둥 몰려들었다.

"너희들 냉큼 김풍헌을 잡아 묶어서 형틀에 달아 올려라."

"예!"

김풍헌은 눈이 휘둥그레졌다.

"사또, 왜, 왜 이러십니까?"

"이 놈, 네 죄를 네가 알겠지?"

"모, 모르옵니다."

"몰라, 모른다고? 그럼 알도록 해 주마. 애들아, 그놈이 안다고 할 때까지 매우 쳐라."

"예에잇."

"철썩."

"아이쿠."

곤장 바람이 하늘을 가르며 내려오자, 김풍헌은 형틀 위에서 곤두박질을 하며 비명을 지른다.

"……사, 사또, 억울합니다. 무슨 죄가 있다고 이렇게 하십니까?"

"저놈이 아직도 엉큼스럽게. 이놈, 네 입으로 뭐라고 하였느냐. 박 서방에게서 돈을 꾼 자리가 15리도 넘는다고 했지? 요즈음 박 서방을 만나 본 일도 없다면서 그 자리가 15리가 되는지 20리가 되는지 어떻게 알고 있다는 말이냐?"

김풍헌은 할 말이 없었다.

"돈 서른 냥 꾼 것이 분명하지?"

"분, 분명하옵니다. 죽을 때라 그만……."

"여봐라, 사령."

"예."

"박 서방을 불러 들여라."

"예."

박 서방은 곧 불려 왔다. 그가 다람쥐를 잡으러 간다고 동헌 마당을 나섰을 적에, 부사는 비밀리에 사령 한 사람을 시켜서 더운데 갈 것 없이 부를 때까지 편히 기다리게 하라고 일렀던 것이다. 이리하여 박 서방은 잃어버린 줄 알았던 돈을 도로 찾았고, 김풍헌은 관장을 속인 죄로 곤장 열 대를 호되게 맞았다. 그리고 부사는 이항복 덕분에 백성들의 갈채를 받게 되었다.

이항복이 귀양을 살고 있는 강윤복의 집에 상서롭지 않은 사건이 생기었다. 그것은 다름 아니라 몇 십년을 하인으로 살아온 늙은 머슴(일꾼)이 까닭 모를 병으로 앓아 누웠다가 그만 죽게 되자, 그의 아들이 헛간에서 삼 노끈으로 목을 매달아 자살을 하려고 한 일이다. 다행히도 다른 하인에게 이내 발견되어 죽음은 면하였으나, 이번에는 음식을 전혀 먹지 않아 굶어 죽을 결심을 한 모양이었다. 물론 아버지가 세상을 떠났으니까 효성이 지극한 어린 마음에 자기도 죽어서 아버지 곁으로 가겠다는 단순한 생각에서인 듯하나, 반드시 그런 것 같지도 않았을 뿐 아니라 말못 할 곡절이 있어 보였다. 그래서 주인 강윤복은 소년이 앓아누운 방으로 찾아가 위로하면서도 또한 그 까닭을 캐어 묻기 시작하였다.

"돌쇠야, 내가 네 마음을 모르지 않는다. 아버지가 죽었으니 세상을 살아갈 마음이 없어질 것도 당연하지만, 네게는 어머니가 계시지 아니하냐. 아들된 도리로서 혼자 되신 어머니를 모시고 살면서 편하게 해 드려야지, 너까지 죽어 버린대서야 말이 되느냐. 이제라도 늦지 않다. 마음을 돌려서 늙은 어머니를 지성껏 봉양하도록 하여라."

"……."

돌쇠 소년은 입을 다문 채 감은 눈을 뜨지도 않는다. 주인 강윤복은 다시 여러 말로 격려하고 달래었다.

"사람이 죽고 사는 것은 사람의 힘으로는 안 되는 것이다. 먹을 것을 먹고 마실 것을 마셔서 기운을 내어 열심히 살아라."

"……."

소년은 역시 입을 열지 않는다.

"그럼 한 가지 물어보자. 아버지가 세상 떠난 일 말고, 또 네가 꼭 죽어야 할 일이라도 있다는 것이냐? 있다면 그것이 무엇인지 내게 말을 하여 보아라. 다 같이 힘을 모아서 해결할 수 있는 일이라면 해결해야 할 것이 아니냐?"

"휘유……."

긴 한숨을 쉬고 나서, 소년은 비로소 눈을 번쩍 떴다. 그 눈에 구슬같은 눈물이 빛나고 있었다.

"어서 말을 하여 보라니까."

강윤복이 다시 재촉을 하자, 돌쇠는 뜨거운 눈물을 흘리면서 간신히 입을 열어 띄엄띄엄 이야기를 시작하는 것이었다.

"아버지가 한평생 애써서 모은 재물을 몽땅 없애 버렸습니다."

"없애다니, 어떻게 없앴다는 말이냐?"

"아버지의 병환을 고쳐 보려고 ……."

말 끝이 울음으로 흐려졌다.

"그야 하는 수 없지. 의원에게 보이고 약을 쓰고 하느라고 없앤 거야 어쩌겠느냐. 게다가 약값이라야 그까짓게 얼마나 되겠기에……."

강윤복은 죽은 하인의 재물을 안다. 한평생 부지런히 일하고 절약하여 모은 재물이 적지 않았던 사람이다. 실상 약값이 얼마나 들었겠는가.

"약값 뿐 아니라 아버지의 병환을 빨리 낫게 하려고 박수무당(남자 무당)에게 재물 전부를 바쳐서 복을 빌어 달라고 했었는데, 아버지는 세상을 떠나고 재물만 없앴으니 이제 살아서 무엇하겠습니까?"

그런 일이 있었던가. 그러나 이제 와서 어찌하면 좋다는 말인가.

"박수무당에게 재물을 바쳐?"

"예. 무당의 말이, 분복에 태우지 않은 재물이 많아서 그 동티로 난 병이니, 재물을 다 바치고 복을 빌면 곧 병환이 낫는다고 해서 그렇게 하였던 것입니다."

듣고 보니 딱하다. 무슨 말로 위로를 하여야 하나?

"그러나 돌쇠야, 재물이란 있다가도 없어지고 없다가도 생기는 것, 네가 아직 젊으니 평생토록 열심히 모으면 될 것이 아니냐."

"재물 없어진 것이 아까워서가 아니라 아버지의 한평생 수고가 사라져 버린 것이 아쉬워서 하는 말입니다."

"흠."

이번에는 강윤복이가 말문이 막히었다. 꼭 죽기로 작정한 돌쇠 소년을 죽지 말고 살라고 격려할 말이 없었다. 아무리 하인들이 지키고 앉았지만 어느 틈에라도 무슨 짓을 할는지 누가 알겠는가. 이에 강윤복은 박수무당을 찾아갔다.

박수무당은 강윤복이가 왜 자기를 찾아왔는지 이미 알아차린 눈치였다. 그는 몹시 경계하면서 쌀쌀하게 대하였다. 인삿말이 오고간 후에 강윤복은 대뜸,

"내가 온 건 다름이 아니라 돌쇠 아범의 재산을 그 아들에게 돌려주라는 말을 전하고자 온 것이외다."

하고 찾아온 내력을 털어놓았다. 무당은 차갑게 웃으며,

"그건 말도 안되는 말씀이오. 신령님께 일단 바친 것을 어떻게 돌려 드릴 수가 있겠습니까?"

하고는 눈을 사납게 부릅떴다.

"아무리 신령님께 바친 것이라지만, 돌쇠 아범의 병이 낫지 않았으면 돌려주어야 하지 않겠소?"

"그렇게는 안되는 겁니다. 돌쇠 아범은 죽었지만 그 대신 극락세계로 간 것이오. 만일 신령님께 재물을 안 바쳤으면

돌쇠 어머니도 돌쇠도 다 죽었을 것인데 살아 있는 것은 다 영검하신 신령님께서 복을 내려주신 덕분이외다."

 능글맞은 박수무당과 입씨름을 하여서 이겨낼 자신이 없다. 그렇다고 주먹다짐을 할 수도 없는 노릇이다.

 왜냐하면, 박수무당은 기운이 여간 장사가 아니다. 싸움을 걸었다가는 도리어 얻어맞기가 십상이겠기에, 다른 말을 더 해보지도 못한 채 돌아오고 말았다. 돌아와서 생각해 보니, 이런 분할 데가 없다. 이렇게 되면 돌쇠를 위해서라기보다 자기가 웃음거리로 된 것이 더 분하고 억울한 것이다.

 '어떤 수단을 써서라도 박수무당을 한 번 혼내 줘야 하는데……'

 하고 궁리를 하여 보았으나 뾰족한 방법이 생각나지 않았다. 그는 드디어 큰사랑에 귀양살이 와 있는 이항복이 생각났다.

 '옳지, 대감께 여쭈어 보아야……'

 그는 얼른 큰사랑으로 나와 대감을 만나 보고 전후 사실을 낱낱이 말하고 좋은 지혜가 없겠느냐고 여쭈었다. 대감은 팔짱을 끼고 몸을 좌우로 흔들며 앉았다가,

 "내가 한 번 직접 만나볼 터이니, 그 박수무당을 데려 올 수 없겠나?"

 "찾아가서 말은 해 보오리다마는 안 오겠다면 어찌 하오리까?"

귀양살이 323

강윤복은 고개를 갸우뚱거린다.
"안 온다고 하면……."
이항복은 빙그레 웃고 나서 다시 말을 계속한다.
"……안 오겠다고 하면 하인을 데리고 가서 억지로라도 붙잡아 오게."
이 말에 기운을 얻은 강윤복은 의기양양하여 박수무당을 찾아갔다. 이번에는 무당도 버티고만 앉아 있을 수가 없는 줄을 깨달았다. 이항복의 이름은 시골 사는 무식한 박수무당 귀에까지도 들린 바 있었다.
"대감이 날 왜 부르시는 것이오?"
"글쎄, 좀 만나 보자는 것 뿐이지요."
"안 간다면 어쩔 거요?"
"안 오겠다면 잡아 앞세우고 오라 하시었소."
"잡아 앞세우고……?"
무당의 얼굴이 핼쑥해졌다.
"그렇소이다. 빨리 가서 만나 뵙는 게 좋을 것 같소."
무당은 가만히 생각하였다. 이왕 가야 할 바에는 붙잡혀 가지 말고 제 발로 걸어가는 편이 나으리라고.
"갑시다."
이리하여 박수무당은 어쩔 수 없이 이항복이 귀양살이하는 곳으로 왔다.
"자네가 박수무당인가?"

부드럽게 묻는 말에 무당의 대답은 굳기만 하였다.
"예, 그러하옵니다."
"남의 재물을 받고 복을 판다며?"
무당은 마른 침을 꿀떡 삼키고 나서,
"그런 것이 아니오라, 신령님께 기도를 올리려면 음식을 차려야 하고 굿도 하여야겠기에 바치는 재물은 받고 있습니다."
"돌쇠의 경우도 그런건가?"
"예, 그러하옵니다."
"그렇다면 돌쇠는 복을 못받아 아비를 여의었으니, 그의 재물은 돌려주는 것이 옳은 경우가 아닐까?"
"그건 그렇지가 않습니다."

"뭐가 그렇지가 않아? 복은 신령님께 돌려드리고 돈은 돌쇠에게 돌려주란 말이야."

"그렇게는 못 하겠습니다."

박수무당은 그래도 버티어 나갔다.

"어째서 못 하겠다는지 그 내력을 좀 들어 보세."

이항복은 박수무당 앞으로 한 걸음 다가앉았다. 박수무당도 지지 않고,

"소인은 바치는 것만 받았지 억지로 빼앗거나 훔친 것은 아니니까요."

"그건 나도 알아. 하지만 받기는 받았겠다?"

"예, 받았습니다."

"분명?"

"분명히 받았습니다."

"그런데 돌쇠는 신령님한테서 복을 못 받았다는 거야. 복은 안 주고 재물만 받았으면 고약하지 않은가?"

"그건 거짓말입니다. 소인은 굿을 하고 복을 빌었으니까요."

"아무리 복을 빌었더라도 돌쇠 아범은 죽었으니까 복을 못 받은 게 아닌가?"

"복을 내렸는지 안 내렸는지를 신령님께 여쭈어 보았더니, 정녕코 내렸다고 말씀하셨습니다."

"그런데 돌쇠는 제 아범의 혼백에게 복을 받았는가 안 받

았는가를 물어보았더니, 안 받았노라고 대답하더라네."

박수무당은 말문이 막히었다. 그래서 그 다음부터는 억지를 쓰기 시작했다.

"말은 그러하지만 이왕에 비용으로 쓴 것이니, 다는 줄 수가 없고 나머지도 당장엔 어렵습니다."

"당장에 어렵다면 언제 돌려주겠다는 말인가?"

"소인에게 돌려주고 싶은 마음이 저절로 우러날 때까지는 못하겠나이다."

"흠, 저절로 우러날 때까지라? 그게 언제 쯤이 될까?"

"알 수 없습니다. 10년 뒤가 될지 20년 뒤가 될지."

"알았네. 그럼 우리 이렇게 하도록 하세."

"어떻게 말씀입니까?"

"자네에게 돌쇠의 재물을 돌려줄 마음이 저절로 우러날 때까지 자네를 옥에 가둬 두기로."

"예? 옥에 가둔다고요?"

"음, 마음이 저절로 우러날 때까지만 말일세. 내 북청부사에게 일러서 자네를 곧 데려가라고 부탁을 할 요량이라네."

"대, 대감 마님, 지금 마음이 우, 우, 우러났습니다."

"하하하, 빨리도 우러났네그려."

이리하여 돌쇠가 잃어버렸던 재물의 3분의 2가 당장 돌아온 것은 물론이다.

귀양살이 327

죽어간 넋이라도

서울로 가는 인편이 있어, 이항복은 서울 망우리에 살고 있는 가족에게 편지를 썼다. 그 글의 사연은

'……나에게 마지막으로 두 가지 소원이 있으니, 하나는 대궐 안의 흙을 밟아 보는 것이요, 다른 하나는 서울의 미나리 나물을 먹어 보는 것이니, 이 두 가지 일을 할 수 있다면 더는 한이 없겠다.'

하는 야릇한 것이었다. 그의 아들 성남은 이 편지를 받아 들고 아우인 정남을 불렀다.

"형님 왜 그러시오?"

"이 편지를 읽어 보아라. 아버님께서 대궐 흙을 밟고싶다 하신 것은 우리 마음대로 안 될 일이지만, 서울 미나리를 자시고 싶다는 소원이야 못 풀어 드려서 쓰겠니?"

편지를 받아 읽은 정남도,

"한평생 음식에 대범하시던 아버님께서 이런 말씀을 하신 것은, 미나리를 자실 욕심보다도 가족들을 보시고자 하심이라, 마지막이 다가오신 듯합니다."

"어쩐지 내게도 그런 생각이 든다. 그렇다면 여기에 이러고 있을 것이 아니라, 곧 귀양지로 가서 아버님을 만나 뵙도록 하자."

"그럽시다."

이리하여 형제는 싱싱한 미나리를 구해다가 축축하게 간수하여 가지고, 날랜 말을 몰아 북청으로 향하여 수일 내로 정다운 부자분이 오래간만에 한 자리에 모여 앉게 되었다. 항복은 몸이 약간 수척해 보였으나, 몸에 별로 탈이 있어 보이지는 않았다. 그러나 어딘가 좀 달라 보였다. 미나리 나물을 맛나게 무쳐서 밥상에 놓았건만, 두어 젓가락 집을 뿐으로 어디서 생긴 것이냐고 묻지도 아니한다. 형제는 무엇인가 허전한 느낌을 감출 길이 없었다.

그러나 항복의 농담은 여느 때와 다를 게 없었다. 언젠가 강윤복이 그에게 물었다.

"대감마님의 지혜는 머리에서 나옵니까, 담력입니까?"

그는 불쑥 두드러져 나온 배꼽을 내놓고 어루만지면서,

"여기서 나오는 것일세. 모든 것은 배짱이지."

하고 껄껄 웃었다.

"그러면 마님은 배꼽대감이시군요."

강윤복도 농담을 좋아하는 사람이다.

"그렇지, 나야 배꼽대감이지, 하하하."

이렇게 유쾌하게 며칠을 지낸 뒤, 음력으로 5월 11일 밤의 일이다. 잠을 자던 이항복이 홀연히 꿈을 꾸었는데, 그 꿈의 내용은 다음과 같았다.

세상 떠나신 선조 임금께서 류성룡, 이덕형 등의 신하를 거느리고 조정에 납시어서 핼쑥하신 얼굴로,

"지금의 임금이 잔인무도하여 형제를 함부로 죽이고 어머니를 폐하는 등 몹쓸 짓을 무수히 하니, 과인이 경들을 불러 그 일을 의논하고자 함이라."

하신다. 다른 신하들이 황송하여 말을 못하고 있을 때, 이덕형이 나서서,

"이것은 나라의 큰 일이라, 신들 몇 사람만으로는 처리할 일이 아니오니, 이항복과 함께 의논하기를 원하나이다."

이리하여 항복이 귀양이 풀려서 조정으로 돌아갔던 바 선조 임금이 반갑게 맞으시면서,

"경을 생각한지 오래 되었소. 지금 나라 안에 간신이 들끓고 따라서 나라의 정치가 흐려졌으니, 이 일을 장차 어찌하면 좋겠소."

하는 말씀에 항복은 엎드리어 여쭈었다.

"예, 앞으로 몇 해 안에 나라가 도로 바로잡힐 것이니, 전하께서는 조금도 근심하지 마옵소서."

아뢰고 물러나려 하니까, 임금이 울음 섞인 음성으로,

"대감은 아무데도 가지 말고 내 곁에 있어 주오. 장차의 일이 있고 또 내가 항상 외로우니, 나의 곁을 떠나지 마오."

하고 붙드신다. 항복이 잠을 깨니, 한바탕 꿈이었다.

그는 두 아들을 불러 놓고 꿈 이야기를 하고 나서,

"이 꿈이 하도 이상하니, 아마 내가 앞으로 살 날이 며칠 안 남았나보다."

하고는 곧 목욕을 하고 새 옷으로 갈아입고는 단정히 앉아 무엇을 깊이 생각하는 듯하다가, 사흘째 되는 날에 별로 유언도 남긴 것 없이 잠드는 듯 눈을 감으니, 63세로 배꼽 대감은 일생에 막을 내린 것이다.

세상에 태어날 때도 야릇하게 오고, 세상을 떠날 때도 야릇하게 떠난 이항복이다.

비가 주룩주룩 내린다. 이렇게 되면 급한 볼 일도 없는 바에는 바깥 출입하기가 을씨년스러워서 김류는 진종일을 큰사랑에서 보내다가 저녁 나절에는 하도 따분하기에 한길 쪽으로 난 들창을 열고 바깥 쪽을 내다보았다. 비는 그때까지도 부슬부슬 내리고 있다. 무심코 처마 밑을 바라본 김류는,

'음? 저 나그네가 여태도 가지 않고 서 있담?'

아까부터 서 있었던 젊은 나그네다. 비를 피하느라 잠깐 동안 서 있었던 것이라면 이제는 떠남직도 하건만, 아직 그냥 서 있다.

'갈 곳이 별로 없는 사람인가보다.'

옷이 남루하고 행색은 초라하나 어딘지 모르게 귀하게 자

라난 사람처럼 보이는 것이다.

'무엇하는 사람일까?'

'어디로 가는 사람일까?'

김류는 호기심에 궁금증이 부쩍 나서 하인을 불러,

"처마 밑에 서 있는 나그네, 그리 바쁜 길이 아니거든 잠깐 들어와 쉬어 가시라고 여쭈어라."

하고 시키었다. 나그네는 별로 마다하는 빛도 없이 하인을 따라 주인이 있는 사랑으로 들어왔다. 주인이 다시 자세히 보니 한동안 세수를 하지 못한 것 같은 얼굴이라든가 때묻은 옷으로 봐서 제 집에서 자고 다니는 사람이 아니라, 아무 데서나 먹고 자는 방랑객임을 증명한다. 주인은 이내 인사를 청하였다.

"나는 김류라는 사람이거니와 댁은 성함이 어떻게 되시오?"

나그네는 놀란 듯이 주인을 한 번 보더니,

"성도 이름도 내놓을 만한 사람이 아닙니다."

하고는 이내 외면을 한다. 이런 무례한 일도 있는가. 서로 인사를 나누자는데 이름을 말하지 않다니…….

그래도 주인은 나무라는 기색이 없이,

"좀 쉬었다가 가시는 것이 좋을 듯하여 들어오시라고 한 무례를 용서하시오."

하고 도리어 용서해 달라고 하였다.

이 때, 안에서 계집 종이 조촐하게 차린 음식상을 받쳐 들고 나왔다.

'흠, 이상한 일이다. 손님이 있는 줄을 어떻게 알고 음식을 내어보냈을까?'

김류는 아내가 한 일이 궁금하였다.

"자, 좀 잡수시지요."

어떻든 차려 내어보낸 음식이고 손님이 매우 시장해 보였으므로 이렇게 권하였더니, 손님도 사양 않고 맛있게 음식을 먹는다. 나그네가 음식을 먹으면서 무심코 쳐다본 바람벽에 그림 한 장이 걸려 있다. 주인의 오래 전 상관인 이항복이 복청으로 귀양갈 때 주고 간, 버드나무 아래 말 한 필을 매어놓은 그 그림이다.

나그네는 손에 들었던 수저를 떨어뜨릴 만큼이나 놀라는 눈치다. 주인이 얼른 알아보고,

"왜 놀라시오? 저 그림이 낯이 익기라도 하시오?"

하고 물었던 바, 나그네는 음식을 먹고 있던 것도 잊어버린 것처럼,

"이 그림이 어디서 났습니까?"

하고 되묻는다.

"예, 오성 대감께서 귀양 길 떠나기 전에 나에게 주시면서, 잘 간수해 두면 뒷날 쓸 데가 있을 것이라고 하시기에 둔 것이외다."

"흠, 오성 대감이……."
손님은 식사할 기분이 사라졌는지 상을 물려 놓고,
"저 그림 누가 그린 것인지 아시오?"
"모릅니다."
김류는 알면서도 짐짓 모른다고 하였다. 나그네는 괴로운 듯이 입을 열었다.
"실상은 제가 어릴 때 그린 그림이외다."
"예?"
이번에는 주인이 놀랐다.
"그러시다면?"
이 보잘것없는 젊은이가 선조 임금님의 손자 되시는 능양군이라는 말인가? 만나기는 처음이라도 능양군의 일이라면 소문을 들어서 잘 알고 있다. 그 아우가 억울한 역적 누명을 쓰고서 죽고, 그때문에 아버지마저 여의고서 분하고 원통한 마음을 품은 채 장차 자신에게 닥쳐올 위험을 피하여 몸을 숨기어 몰래 다니는 왕족의 어른.
주인은 벌떡 일어나 젊은 나그네 앞에 큰 절을 하며,
"몰라뵈었습니다. 능양군 마님, 소인 문안 드립니다."
하고, 김류는 황공하여 어쩔 줄을 몰랐다.
주인과 손은 한참 동안이나 세상 형편에 대한 이야기를 주고받고 나서,
"나 그럼 가 보아야겠소."

하며 능양군이 일어났다.

"며칠 묵으시다가 가시지 않고······."

"아니요, 오라는 데는 없어도 찾아다녀야 할 곳은 많소이다."

"나가셔서 보실 일 다 보시고는 소인의 집으로 돌아오십시오."

"그럴 수는 없지요. 나같이 덕과 복이 없는 사람이 댁에 머무르면 여러 가지로 폐가 될 일이 많을 것이오. 나를 감추어 둔 일이 관가에 알려지는 날이면 어쩌려고 그러시오? 그러므로 오늘은 이만하고······."

"가시면 어디로 가실 것입니까?"

"떠돌아다니는 신세가 정한 곳이 어디 있겠소? 발길 닿는 대로, 마음 내키는 대로 다닐 뿐이지요."

굳이 가는 곳을 말하고 싶어 하지 않는 눈치다.

"그러시다면 앞으로는 다시 만나 뵈올 기약이······."

"그야 연분이 있으면 살아 있는 사람끼린데 못 만날 까닭이 있겠소?"

막연한 말이다. 그러나 김류로서는 이대로 헤어지기가 너무 아쉬웠다. 자꾸만 피하려는 태도에 안달이 났다.

한 번 놓쳐 버리면 다시는 쉽게 만나질 것같지 않은 사람인 능양군에게 이렇게까지 자꾸 마음이 끌리는 것은 왜일까. 거기에는 물론 충분한 까닭이 있다.

김류는 지금 여러 동지들과 함께 임금을 갈아치울 계획을 진행시키고 있는 중이다. 그러려면 악하고 잔인한 임금 대신에 착하고 슬기로운 임금을 모셔야 한다. 그런데 알맞은 후보가 없어서 고민하던 중인데, 오늘 능양군을 처음 만나보니, 이 어른이야말로 앞으로 이 나라를 맡아서 잘 다스리기에 어울리는 인물인 것같다. 그러고 본다면, 이항복이, 능양군이 어릴 때 그린 그림을 일부러 자기에게 준 데에도 깊은 뜻이 담겨져 있는 것만 같았다.

 '음, 분명히 암시를 주고 가신 것이야.'

 일이 잘 되어 가느라고, 능양군이 하필이면 자기 집 처마 밑에서 비를 피하고 서 있었던 것이라는 생각이 든다.

 '오냐! 이 어른을 새 임금으로 모셔야겠다.'

 생각이 여기에 미치자, 김류는 바짝 달려들었다.

 "무엇을 하시거나 어디 계시거나, 소인을 가끔 만나 주실 수는 없사올지……?"

 "하하하."

 능양군은 쓸쓸히 웃었다.

 "……주인도 참 이상한 분이시오. 나같이 보잘것없는 사람을 자주 만나서 무엇 하시려오?"

 "외롭고 쓸쓸한 사람끼리 서로 만나서 호젓한 마음을 위로 받자는 것이 잘못된 일입니까?"

 "잘못이랄 건 없지만……."

"계신 곳이나 다니시는 데를 알리고 싶지 않다는 말씀 같으시니, 그렇다면 소인 집을 가끔 찾아 주십시오."

"그건 어렵지 않소이다. 그렇게 하지요."

겨우 이러한 허락을 받은 후에, 주인과 손은 헤어졌다. 김류는 능양군을 대문 밖까지 바래다 주고 그 걸음으로 안방에 들어가 부인을 만났다. 부인이 먼저,

"여보, 그 손님 가시었소?"

하고 묻는다.

"가시었소. 그런데 부인, 한 가지 물어볼 것이 있는데."

"무슨 말씀이오?"

"대관절 큰 사랑에 손님이 온 것은 어떻게 알았고, 또 거지같은 손님에게 음식 대접할 생각이 어째서 났소?"

하고 아까부터 궁금하던 일을 물어보았다.

"그것은 다름이 아니라, 간밤에 이상한 꿈을 꾸었거든요."

"이상한 꿈? 어떤 꿈이오?"

"임금이 우리 집에 거동하시지 않았겠어요?"

"뭐? 광해군이 우리 집에 와?"

"임금이 온 적이 없으니 누구인지는 몰라도, 왕이 타는 수레가 큰 사랑으로 들어가는 꿈을 꾸었기에 하인을 시켜서 지켜보게 했다가 손님이 오셨다기에 상을 차려 보내었던 것입니다."

"잘 하였소. 썩 잘한 일이야."

김류는 더욱 더 계획하는 일에 자신을 얻었다.
'꿈에 임금이 왔다면 능양군이야말로……'
하고 혼자 고개를 끄덕였다.

김류는 곧 그의 혁명 동지인 이귀, 김자점, 이괄 등을 만나보고 능양군을 새 임금으로 모실 일을 의논하였던 바, 모두 찬성하므로 이 해(광해군 15년) 3월 12일에 다 같이 궐기하기로 작정하고 착착 계획을 진행시켰다. 12일은 달이 밝았다. 그들은 예정했던 대로 서대문 밖 홍제원에 군사를 모았다가 도성 안으로 쳐들어왔다. 대궐은 어렵지 않게 점령이 되었다. 그러나 임금을 찾아낼 길이 없었다. 임금은 잠을 자다가 이 기별을 받고 크게 놀라서 대궐 뒷문으로 빠져 나와 안국신이라는 신하의 집에 숨어서 벌벌 떨고 있었다.

'내가 왜 그런 짓을 하였던고?'

이제사 왕은 지난 날에 행한 갖가지의 몹쓸 짓들이 생각나서 후회를 하며 눈물을 흘리었으나, 때는 이미 늦었다.

"와……!"

하는 군사의 아우성 소리가 차츰 가까워진다. 대궐을 점령한 군사들이 안팎을 샅샅이 뒤졌으나 끝내 임금을 찾아내지 못하자, 이번에는 대신들 집을 뒤지기 시작하였는데, 그 한 떼가 안국신의 집까지 몰려온 것이다.

"문 열어라."

대문을 사납게 흔드는 요란한 소리가 나자, 임금은 울면서

방을 빠져 나가 광 속에 숨었다.
"이 문 빨리 열지 못 할까?"
거친 소리와 함께 냅다 지르는 발길질에 대문 잠근 빗장이 우지끈 부러지면서 문이 활짝 열리었다.
"와……!"
안국신은 임금을 더 감추어 둘 수가 없고 임금도 더 숨어 있을 수가 없었다. 그래서 일어서려 하나, 전신의 맥이 탁 풀리고 다리의 기운이 쑥 빠져서 두 팔로 엉금엉금 기어 나왔다.
"살, 살려만 주오."
왕은 얼굴이 새파랗게 질려 울면서 두 손을 싹싹 비비었다. 형제를 참혹하게 죽이고 어머니를 가두고 외할아버님을 죽이기까지 한 임금이건만 그래도 자기는 죽고 싶지 않은 모양이었다.
이 때, 능양군은 인목대비의 허락을 받아 이미 임금이 되어 있었다.
이 분이 조선왕조 16대 임금이신 인조 임금이시다.
군사에게 붙잡힌 광해군이 새 임금 앞에 끌려 왔다.
흥분한 군사들이 광해군을 죽이자고 자꾸 졸랐다. 그러나 인조 임금은 아무 말도 안 하시었다. 아버지와 형제를 죽인 원수, 억울한 세월을 보냈던 생각을 하면 당장이라도 목을 베어 죽이고 싶으나 임금은 참았다.
그러나 무리들은 성화같이 보채었다.

"광해군의 목을 베시오, 벌을 내리시오."

임금은 듣다 못해,

"그것은 아니 되오. 한 때는 임금이었으니, 그렇게는 못 하는 법이오."

결국 쫓겨난 광해군은 강화도로 귀양을 가게 되었다. 죄없는 어린 아우 영창대군을 부참히도 온돌방에서 타 죽게 한 강화도 귀양지에서 광해군은 아픈 가슴을 얼싸안고 뉘우침과 슬픔 속에 치욕스러운 여생을 살아가야 했다.

한편, 새 임금 인조는 나라를 착하고 어질게 다스리려고 무척 애를 썼다. 임금은 가끔 이항복을 생각한다.

"내가 왕이 될 것을 생전에 미리 예언한 사람."

김류에게서 도로 찾은, 버드나무 아래 말을 매어 놓은 그림을 가까이에 두고 볼 적마다 어릴 때 만난 일이 있는 이항복의 생각이 되살아난다.

'할아버님께서는 복 많은 분이시었어. 이항복 같은 충신을 거느리셨으니까.'

이런 생각을 되풀이하면서 그를 그리워했다. 이항복이 세상을 떠난 지는 이미 오래 되었다. 그러나 생전에 이룩한 빛나는 업적은 임금을 비롯하여 백성들의 가슴 속에 영원히 살아 있다.

그는 이미 죽었으나 그의 혼은 살아 있어 이 나라를 염려하고 보호하고 있을 것이 아니겠는가.

조흔파

소설가. 평양에서 태어나다. 일본 센슈대학 법과 졸업. 국도신문사, 세계일보사, 한국경제신문사 논설위원과 공보실 공보국장, 공무원 사무처 공보국장, 중앙방송국장을 역임. 지은 책에 《대하소설 한국인》《대하소설 만주》《소설 한국사》《소설 성서》《조흔파문학전집 8권》《얄개이야기 총20권》 등이 있음.

조흔파얄개걸작시리즈 5
얄개·배꼽대감 짱짱
조흔파 지음
1판 1쇄 발행/2018. 5. 5
펴낸이 고정일
저작권 정명숙
펴낸곳 동서문화사
창업 1956. 12. 12. 등록 16-3799
서울 중구 다산로 12길 6(신당동 4층)
☎ 546-0331~6 Fax. 545-0331
www.dongsuhbook.com
*
이 책의 출판권은 동서문화사가 소유합니다.
의장권 제호권 편집권은 저작권 법에 의해 보호를 받는 출판물이므로 무단전재와 무단복제를 금합니다.
사업자등록번호 211-87-75330
ISBN 978-89-497-1668-8 74800
ISBN 978-89-497-1663-3 (세트)